修订版

"小橘灯"
青春励志故事
（艺术求美卷）

刘素梅◎主编

不用说教，念故事书就好。

中国华侨出版社

图书在版编目(CIP)数据

"小橘灯"青春励志故事·艺术求美卷 / 刘素梅主
编.—北京:中国华侨出版社,2012.7 (2021.2重印)

ISBN 978-7-5113-2667-6

Ⅰ.①小… Ⅱ.①刘… Ⅲ.①故事–作品集–中
国–当代 Ⅳ.①I247.8

中国版本图书馆CIP数据核字(2012)第159288号

"小橘灯"青春励志故事·艺术求美卷

主　　编 / 刘素梅

责任编辑 / 筱　雁

责任校对 / 孙　丽

经　　销 / 新华书店

开　　本 / 787×1092毫米　1/16开　印张/16　字数/234千字

印　　刷 / 三河市嵩川印刷有限公司

版　　次 / 2012年10月第1版　2021年2月第2次印刷

书　　号 / ISBN 978-7-5113-2667-6

定　　价 / 45.00元

中国华侨出版社　北京市朝阳区静安里26号通成达大厦3层　邮编:100028
法律顾问:陈鹰律师事务所
编辑部:(010)64443056　　　64443979
发行部:(010)64443051　　传真:(010)64439708
网址:www.oveaschin.com
E-mail:oveaschin@sina.com

前 言

什么是青春?青春是那悠扬的歌,青春是那醇香的酒,青春是那南飞的雁,青春是那根永不褪色的青藤……有人说"所谓青春,并不是人生的某个阶段,而是一种心态。卓越的创造力、坚强的意志、艳阳般的热情、毫不退缩的进取心以及舍弃安逸的冒险心"。

青年人在懵懂中成长,他们拥有风一般的灵动,拥有火一般的热情;青年人崇拜英雄,追逐偶像,学习一切自己感兴趣的知识,而阅读无疑是最好的途径,那些拥有感人事迹的英雄模范无疑是青年人最好的励志目标和学习的榜样。

于是《"小橘灯"青春励志故事》系列丛书应运而生。

本书选取了古往今来的最有励志价值的人物,为他们做传,书写他们那或催人奋进,或感人至深的故事,力求将中华民族最传统的美德,最精粹的文化呈现在青年人的面前。要知道,一个国家、一个民族的领袖人物和英雄人物,是这个国家的历史标本和精神典范。这些青春励志人物,无不有着坚定的理想信念,有着高尚的道德情操,有着伟大的国际情怀。我们传承历史,弘扬民族精神,发生在这些人身上的真人真事才是最有说服力的励志经典。

他们中,既有中国伟人、革命英烈,也有国际友人、平民英雄。由于人物众多,我们将其分为爱国求是、科学求真、人文求善、艺术求美、创业求实五卷,分别讲述这些励志人物的经典故事。这些英雄模范人物、先进人物的事迹是引导青年树立正确的核心价值观，树立健康向上的生活态度、积极进取的人生观的最好素材。

爱国求是卷选取的是那些不畏强权，捍卫正义的英雄人物。方志敏、叶挺、李大钊、秋瑾、文天祥……他们为了实现自己心中的正义与各种各样的反动势力做殊死的搏斗，他们中的很多人甚至不惜牺牲自己的生命。

科学求真卷选取的是那些为了国家和民族的发展而奋斗在科研战线上的科学家们。钱学森、茅以升、李四光、华罗庚、陈景润……他们为了追逐科学与真理，造福国家与人民而努力拼搏，他们中的很多人放弃的是外国更好的待遇和科研环境甚至自己的健康，他们虽不是烈士，却也同样伟大。

人文求善卷选取的是那些著书立说泽及后世的文化名人，以及一心为民乐于助人的道德模范。白芳礼、陈逢干、钱钟书、鲁迅、蔡元培……他们为了创造文化、启迪智慧，为了心中的善意，为了能让其他人过得更好而不惜牺牲自己，不息奋斗终生，他们中的每一个，都是值得我们尊敬和学习的人。

艺术求美卷选取的是那些在艺术上取得卓越成就，为人民带来美的享受的艺术大师。常香玉、梁思成、郭沫若、梅兰芳、徐悲鸿……艺术是他们所从事的职业，美是他们毕生的追求，他们最大的成就，就是把美带到了世界的每一个角落，也带进了我们的心里。

创业求实卷选取的是那些立志为人类为国家创造财富的成功企业家和杰出的劳动者。袁隆平、王进喜、张謇……他们用自己的双手建设了这个国家，让人民过上幸福美满的生活，他们虽不是英雄，但却是不折不扣的伟人。

最后，希望那些热爱读书的青年人能够形成知荣辱、讲正气、守诚信、作奉献、促和谐的良好风尚，成为对国家和社会有益的人，这是本书编者最大的愿望。

CONTENTS **目 录**

董希文

"油画中国风"的倡导者

——目前还有些美术家不重视中国画,
这种思想实质是缺乏民族自尊心

姓　名	董希文
籍　贯	浙江省绍兴县柯桥区
出生日期	1914 年 6 月 27 日
人物评价	20 世纪中国最杰出的油画家之一,他创作的《开国大典》在人民心中打上了不可磨灭的印记,这幅热情讴歌人民革命的世纪杰作,受到广大人民群众由衷的喜爱。

在中国油画界有一个响当当的人物,他就是董希文。董希文擅长人物绘画,但是他从不拘泥于传统的画法,其油画结合了西方文艺复兴以来的现实主义传统和中国传统绘画的装饰趣味(包括敦煌壁画的鲜明色泽),十分符合大众审美趣味,他为中国油画艺术的发展做出了突出的贡献。

画猫乱真

浙江省绍兴县是一个人杰地灵的地方, 数不清的为世人熟知的英才从这里走了出去,他们为世界做出了巨大的贡献,董希文就是其中的一个。

少年时代的董希文就已经展露出了绘画的才能。当同龄的孩子们在门外嬉戏打闹的时候，董希文则在家里拿着笔在纸上兴奋地画着。他觉得画画是一种享受，是生活中最大的乐趣，一支笔可以勾勒出自己的快乐，更可以描绘出这个世界的乐趣。

可以说，年少的董希文是画画长大的，画画是他生命不可分割的一部分，是他热情的所在。他能够用心刻画出自己所看到的、所想到的，每当看到跃然纸上的画面，董希文的内心就会一阵激动。成为一个著名的画家是年少的董希文的梦想，为了实现这一梦想，董希文发愤图强，刻苦练习，让自己的画画技巧不断提高。

董希文很喜欢猫，他觉得猫很温顺，很可爱。当时董希文生活在江南小镇，水乡农村养猫的人家比较多，猫也就成为了年少时董希文很好的玩伴。小希文非常喜欢用小鱼虾喂猫，也常常拿一些玩具逗猫，他总是拿一些线团、皮球等让猫玩耍，有时也会捉来一只乌龟，让猫玩"猫抓乌龟"的游戏。看着猫认真而又滑稽地玩耍着这些玩具，小希文会笑得合不拢嘴。笑归笑，小希文会非常认真地在旁边观察猫的各种恣态，他会目不转睛地盯着玩耍的猫，看它的每一个动作、表情，观察一次不够就观察第二次、第三次……直到自己能够很好地把握猫的动作和形态。观察的同时，小希文会在现场认真地作素描，画草图，一张不满意就会画第二张，就这样草稿画了一叠又一叠。

由于董希文认真观察，勤奋用心，他画的猫越来越好，越来越形象，画到最后几乎可以乱真了。街坊四邻都对这个小孩刮目相看，纷纷夸赞他。这些表扬非但没有让小希文骄傲，相反却让小希文更加坚定了当画家的梦想。

作品一津不得出境

董希文为了实现当画家的梦想不停地努力，他放弃了很多玩耍的时间，一门心思扑在画纸上，让自己在画中徜徉。

功夫不负有心人，1933年，董希文考入了苏州美术专科学校。接着他又

2

转入杭州国立艺专求学,其间曾在上海美专借读半年。1939年,董希文又随校迁至贵阳、昆明,不久又赴越南河内美专深造。不停地转学没有给董希文的绘画之路带来困难,反而给他带来了巨大的财富。他在几所学校学到了不同的绘画理念,这让他有了更多的启发,他不断完善自己的绘画手段,让自己的画画技巧更加的丰富。1942年,董希文创作了油画《苗女赶场》,可以窥见他对中外艺术传统的深入研究和勇于探索艺术表现力的勇气。

1943年,董希文毅然前往西北敦煌艺术研究院,扑进了举世震惊的敦煌壁画的怀抱,激动的他把自己的热情全部投入进了对敦煌壁画的研究。

董希文临摹的敦煌壁画量很大,包括北魏时期的壁画和不少盛唐时期的作品,他对古代无名画师表现人物运用勾勒和设色的精微入化深有心得,认为敦煌壁画上的人物双色不依靠明暗法塑造形体及质感,其效果可与欧洲文艺复兴时期大师的杰作媲美。在研究壁画的过程中,他的思想有了很大的变化,他把壁画的绘画风格运用于油画创作之中,使画风发生了转换,有了质的飞跃。

董希文绘画艺术手法深受敦煌壁画的影响,他的画有着十分明显的东方艺术特色。他对敦煌壁画的临摹和深入研究,对他以后的油画创作,无论是造型手段还是色彩装饰的独到之处,都是有着非常大的关系的。1946年,董希文举办了"董希文敦煌壁画临摹创作展览",给世人带来了惊喜。

"即使很有艺术经验的人,一旦关起门来,绘画上总是很快地走下坡路。"这是董希文对绘画艺术的深刻体会,正因为如此,董希文很重视艺术的表现力,同时也十分重视深入生活。1948年,董希文以饱满的热情创作了《哈萨克牧羊女》,这幅画给人们带来了感动,从这幅画里,可以很清晰地看出董希文的亲身经历过的生活感受。整幅画既富丽、又柔和,董希文没有把古代壁画生搬硬套地运用其中,而是用内心存在的真挚情感把兄弟民族地区风情形象地表达了出来,十分感人。1949年1月,董希文创作了大型水粉画《北平解放》,其表现手法深受传统壁画的影响,全图构图饱满、情绪热烈是少有的佳作。更难能可贵的是,董希文用自己的热情把人民获得解放的无限欢欣的情景非常准确生动地表达了出来,作品画风朴素,充满了艺术家对人民的深情。

1946年,董希文来到北平艺术专科学校任教,尔后,他又先后担任了中央美术学院教授、预科主任、油画教研室主任、油画系第三工作室主任教师,中国美协创作委员会委员,为中国的绘画艺术做出了不可磨灭的贡献。

1962年后,中央美术学院为董希文成立了工作室,他主持的工作室在基础课和创作课都有独到的建树,他主张因材施教,发展学生各自的特长,工作室学术空气很浓厚,为绘画艺术培养了诸多人才。

董希文的一生有非常大的成就,他在油画上的造诣让人感叹。他绘画时整体观念非常强,且画得很活,这些全在于他在生活中的深入观察和分析。由于董希文的油画水平高,画作精美,国家文物局规定他的作品一律不得出境,这足以见得董希文画作的珍贵性。

开国大典——历史巨作

要说董希文的神来之笔,那就一定是众人皆知的、一直被誉为"共和国成立的艺术见证"的《开国大典》了。

《开国大典》的出现还有一个小插曲,1951年初,中国革命博物馆遵照中宣部、文化部的指示,开始筹备建党30周年绘画展览。这是中国美术史上的一次风云会,许多的绘画名家慕名参展,近百件珍贵的绘画作品在博物馆中向世界展示了出了独特的魅力。很多作品都被中国革命博物馆收藏,甚至后来一些作品还在中国美术史上赢得了一席之地。

然而,虽然这些好作品引起了人们的共鸣,但是却仍然没有一件可以体现共和国成立气氛的作品,而当时急需一幅这样的画作,《开国大典》的出现也就顺理成章了。

1952年，中国革命博物馆决定委托中央美术学院组织完成《开国大典》，这幅画凝聚着全国人民的爱国情感，在创作人的选择上非常慎重。中央美术学院深知这幅画的重要性，因此寻找了很多的知名画家。经过不停地筛选，最终中央美术学院把这项艰巨的任务交给了37岁的青年画家、知名教授董希文。

当时的董希文在美术界早已声誉鹊起，他的画多次得到徐悲鸿、艾中信等著名画家的好评。他曾经几次为领袖、英雄画像，并参加过开国大典，把这项任务交给他，应该说这是一个公正的选择，更是一个历史的选择。

董希文非常热爱祖国，接到这项重任顿感光荣，同时也深知任务的艰巨。他不敢怠慢，接到任务后，立即投入到《开国大典》的创作准备工作中。

为了很好地完成任务，董希文进行了大量的准备工作。他找来开国大典的电影资料片和一些摄影图片资料，对其进行深入地研究，从中寻找最好的灵感。经过不断地摸索，董希文初步构想出了草图，他认为整幅画中华人民共和国开国领导群体与广场群众必须要囊括进去，只有这样才能更好地表达出全国人民大团圆的情境，才能体现开国大典所具有的人民胜利的伟大意义。因此，董希文大胆地打破了写实的创作手法，决定按自己的理解选择画面构图。

董希文突破传统的绘画限制，在草图中以左实右虚相差悬殊的方式来布局，虽然整幅图看上去有失平衡，但它却因此加大了领导人与广场群众一实一虚、一近一远、一少一多的对比效果，从而更好地突出了节日气氛。

除此之外，董希文还做出了一个大胆的设想——"抽掉"天安门城楼的大红柱子，这是有违正常视觉规律的，但是在董希文看来，"抽掉"这根柱子，广场显得更为开阔，相反如果画上这根柱子反倒显得累赘了。为此，董希文特意请教了几个建筑学家。听了董希文的设想，建筑学家全都表示认可。著名建筑学家梁思成这样评价到："画面右方有一个柱子没有画上去，这在建筑学上是一个大错误，但是在绘画艺术上却是一个大成功。"得到建筑学家的肯定后，董希文更加坚定了自己的看法加紧创作。经过董希文的潜心绘画，《开国大典》的草图很快就画好了。

草图画好后，为了保险起见，董希文又去寻求徐悲鸿、艾中信、江丰、吴作人、罗工柳等名家的意见，以期弥补不足之处。几位名家看了董希文的草图非常赞赏，觉得很是大气，这使董希文对创作好《开国大典》充满了信心。

很快，董希文投入《开国大典》的实画创作。为了让画能够更好地适应当时的要求，董希文将西洋绘画的各种表现技法和民族绘画的长处结合在一起，借鉴了民间美术和传统工笔重彩的表现手法，让画中的内容形成了强烈的对比，让整幅画更加生动大气，增加了节日的喜庆气氛，使之具有鲜明的民族特色和时代特色。除此之外，董希文又对整幅画进行大胆的艺术加工，他根据画面主题和总体需要以及中国人的审美进行创作，甚至在颜料中掺上锯木的木屑，其大胆创新由此可见一斑。

经过两个月的不懈努力，董希文出色地完成了一幅高 233 厘米、长 400 厘米的巨幅油画《开国大典》。《开国大典》整幅图大气磅礴，却又通俗易懂，看起来似乎简单，实则充满创意，引起较大反响。

知名画家看了《开国大典》后大为赞赏，都认为这是一件不可多得的绘画精品。画家艾中信曾作过如下分析："从构图到设色，从人物到场面，它的气派很足以反映泱泱大国的风度。董希文把主要人物处理在不到一半幅面的左侧，不仅是手法的大胆，重要的是他懂得构图的大局……"。徐悲鸿看了《开国大典》之后更是兴奋非常，他连声夸赞董希文说："董希文圆满地完成了任务，应得一百分。"

至此，绘画界掀起了董希文所一直倡导的"油画中国风"。而《开国大典》不仅成为了董希文的佳作，更成为了中华民族的典范之作。1953 年，人民美术出版社将《开国大典》印成年画在全国发行，受到广大人民群众由衷的喜爱，发行量达 100 多万张。

1973 年 1 月 8 日，20 世纪中国最杰出的油画家之一，身患癌症的 58 岁的一代油画大师、美术教育家董希文不幸逝世。他的离去是绘画界的损失，更是人类的损失。但是他的创作仍会陪伴着我们前行，给我们力量。

关山月

岭南画派的主流画家

——国画之曙光,岭南之奇葩

姓　　名	关山月
籍　　贯	广东省阳江县
出生日期	1912 年 9 月 16 日
人物评价	关山月是我国岭南画派的代表人物之一,他在艺术上非常推崇岭南画派的革新主张,他的画追求时代感和生活气息。关山月在山水画上有很深的造诣,立意高远,境界恢弘,给人一种深入其境的感觉,为中国的绘画艺术注入了新鲜的血液。

关山月原名关泽霈,生于广东省阳江县,早年就读于广州市立师范学校本科。关山月非常喜爱画画,他通过不断的努力自学成才,后得到岭南画派主要创始人高剑父先生的赏识,招其免费进入春睡画院,成为高氏入室弟子,并为其改名关山月。关山月在山水画上有很高的造诣,他为人民大会堂创作的《江山如此多娇》至今仍为人津津乐道。

艰辛学画恩师惜才

1912 年农历 9 月 16 日,关山月降临在了广东省阳江县那蓬乡的果园村里。喜得一子让关山月的父母十分开心,但是谁也没预料到这个孩子后来却成了绘画界的新星。

从很小的时候，关山月便对画画产生了浓厚的兴趣，他喜欢用笔在纸上画来画去。后来，关山月考上了广州市立师范学校，紧张的学习没有阻挡关山月刻苦学画的心，反而迸发出了他对画画的更大热情。就这样，关山月通过自己的努力在绘画的道路上不停前行。

当时岭南画派的主要创始人高剑父已经非常有名，关山月对他异常崇拜。有一次，关山月在广东一家裱画店看到了高剑父的作品，他立刻就被吸引住了。看着高老的作品，关山月内心澎湃："我要是能够拜高老为师那该有多好啊！"

从那时起，关山月便把高剑父当成自己奋斗的目标，他痴迷高剑父的每一个作品，并努力让自己向高老看齐。后来，关山月听说高剑父在中山大学当老师，他非常兴奋，千方百计地借来了中山大学的学生证，冒名顶替报名听课。

接下来的日子里，只要高剑父来学校上课，关山月便来上课。有一次，高剑父要求同学们临摹他的一幅画。同学们都在桌子上认真地画着，高剑父则走下讲台查看同学们临摹的情况。当高剑父走到关山月面前时，他停了下来看着关山月画画。看了一会，他问关山月："你是哪个班的学生呢？"

关山月心中一紧，但是又不敢说谎话，只好结结巴巴地回答到："对不起老师，我不是您的学生，可是我非常喜欢您的画，所以借了一个学生证听您的课。"说完，关山月满脸通红，重重低下了头。

关山月本以为高剑父会严厉地批评自己，他心里十分害怕，可怎么也没想到，高剑父非但没有责怪他，反而对他说："你明天不用来了，到我的春睡画院学，免收学费，包吃包住。"

就这样，关山月幸运地拜高剑父为师，实现了自己的愿望。从那时起，关山月这个名字才开始被使用。关山月非常珍惜这个机会，因此他极其认真地学习高剑父的绘画技巧，在老师的悉心调教下，关山月一步步地成长着，成为了绘画界一颗冉冉上升的新星。

伉俪情深

关山月能取得如此大的成就不光要感谢高剑父的提拔,还要感谢他的妻子李秋璜。

关山月任教广州市第九十三小学时,李秋璜是关山月班中最大的学生。李秋璜学习成绩优秀,深得关山月喜欢。但是李秋璜家境贫寒,交不起学费,难过的她一度产生轻生的念头。见此情况,关山月一直耐心劝慰她,甚至还请求学校食堂负责李秋璜的一日三餐。在关山月的耐心劝导下,李秋璜重拾了信心,她非常感激关山月对自己的照顾,因此总是帮助关山月做一些家务事。

就这样,两个人关系越来越近,终于在工友的撮合下结成连理。李秋璜从来都没有嫌弃关山月穷,甚至他们的婚礼都是由工友们凑钱办理的,二人就是在这样简陋的情况下办了一场奇怪的婚礼——没有新娘参加的婚礼。原来李秋璜家里只有两件破旧衣服,没有像样的衣服让她羞于上酒席,最终他们的婚宴只有关山月一个人参加。

然而,这些都没有影响二人的感情,几十年间二人相依相伴,李秋璜任劳任怨,没有一句怨言。1943年,关山月决定前往敦煌去研究壁画,李秋璜毅然跟随前往。艰苦的生活环境没有让他们退步,在幽暗的洞窟中,关山月认真地研究着这古老的艺术。李秋璜成为了他的得力助手,她没有感到厌烦,相反的,她全力支持着自己的丈夫,她为关山月一路举着油灯,为他照明。在李秋璜的陪伴和帮助下,关山月成功临摹了80幅珍贵的壁画,为他后来的艺术成就奠定了坚实基础。

1993年,李秋璜病逝。亲友们知道关山月非常爱自己的妻子,害怕他在告别仪式上动情,于是坚决不让他参加。83岁的关山月十分思念李秋璜,于是在自己的画展中增加了几幅敦煌壁画摹本,以纪念妻子恩情。

几十年来，二人相濡以沫，互相包容，互相关照。可以说，关山月的成功也有李秋璜的巨大功劳。

心存大爱

由于关山月的不懈努力，很快的，他就成为了绘画界的大家。成名后的关山月没有骄傲自满，仍旧在永无止境的艺术道路上不停探索着、追求着。

高剑父非常担心关山月会为了名利而改行，在关山月离开澳门时，他特意念了"在山泉水清，出山泉水浊"两句古诗作为临别赠言。关山月感念恩师的栽培，一直用这句诗引以为戒，他还把自己的画室命名为"鉴泉居"。

关山月成名后，他的画得到了人们的推崇，很多海外商人不惜重金购买。但是关山月从来都不为钱所迷。在抗战时期，关山月忍饥挨饿，到西南西北举办抗战画展，也未卖出其中的任何一幅作品。一次，一位美国的新闻处长想要用高价购买关山月临摹的敦煌壁画，面对高价的诱惑，关山月不为所动，一口拒绝。

关山月是一个非常有善心的人，他义卖行善的记录多到数不清。当他得知香港培侨中学修建校舍时，毅然在香港义卖了一幅精品红梅，所得 60 万港元全部捐给了学校。他还曾把自己多年积攒的稿费全部捐给了广州美术学院设立了"关山月中国画教学基金"。江苏等南方七省市遭受百年水灾，关山月先后捐画两幅义卖，筹得 50 万元。最令人记忆犹新的一次是，广州美术学院一学生病情危急，手术费用非常高，关山月听到这个消息后，直接就向医院提出，用他的画偿还学生的全部手术费用，以画换肾，而这也成为了当地的美谈。

关山月与张大千

关山月在艺术的道路上一直前行，艰难的生活没有让他退缩半步，他一直坚持着自己的梦想，从来都没有后悔过。

在他深入生活写生创作的日子里，为了生存，他一边创作一边卖画、开画展。1945年，他到成都举办画展，画展还没有结束时，展厅的负责人便毫不讲理地要求关山月交展场租金。关山月非常生气，但是手上没钱，一时间急的大汗满头。

正巧画展的第一天，张大千第一个到展场看画。得知了展厅要求关山月交纳租金的事情，张大千非常生气，为了帮助关山月，张大千立刻找到定价最高的一幅画，当场交了现款，买下了它，这些钱足够关山月数月的开支。张大千的订条挂在了画作上，很多人见到张大千买下了画，顿时觉得画一定非常好，于是便纷纷慷慨解囊，全都抢购关山月的作品。

关山月非常感激张大千对自己的帮助，时刻牢记着他的恩情，二人成为了生死之交。1983年，张大千与世长辞，关山月非常难过，他写诗哀悼："夙结敦煌缘，新图两地牵。寿芝天妒美，隔岸哭张爱。"

二人的惺惺相惜，谱写了现代版的"高山流水"，成了绘画界的一段佳话。

不停追逐的画家

关山月一生酷爱绘画，半个世纪中，关山月先生一直牢记恩师高剑父的教诲，在艺术上，他主张"折衷中西，融汇古今"和"笔墨当随时代"，并始终不渝地贯穿于他的创作实践、生活实践和教育实践之中。

关山月并没有一味地继承传统的绘画技法，他一生都致力于绘画技术的创新和发展。在关山月看来，只有深入生活才能让创作更加真实，为此他的足迹遍及祖国大江南北和世界各地。

1939年，关山月以《渔民之劫》等作品参加了在苏联举办的中国美术展览。同年秋至1940年春，他首次于澳门、香港及湛江举办个人画展，在自己的艺术道路上迈出了坚实的一步。1939年至1940年间，关山月的足迹走遍了广东、甘肃、青海、广西、贵州、云南、四川、陕西等省区，他不怕苦、不怕累，深入生活，收集创作素材，边写生，边创作，并沿途举办个人画展，使得自己的绘画心得有了更深层次的提高。他的一生都在追求着更高的目标，他所创作的大量脍炙人口的作品是鲜明的时代精神和个人艺术技巧完美结合的典范。

关山月很清楚好的作品一定是来源于现实，为此在1947年，他毅然先后在泰国、马来西亚和新加坡等地旅行写生，并举办个人画展，深受华侨的喜爱。

中华人民共和国建立后，关山月先后担任中南文艺学院教授兼中南文联美术部副部长、中南美术专科学校教授兼副校长、广州美术学院教授兼副院长、中国美术家协会副主席、美协广东分会主席、广东画院院长等职务，为中国绘画艺术孜孜不倦地工作着，付出了自己的一切。

1959年注定不平凡，这一年关山月和傅抱石先生接受了为人民大会堂创作巨幅国画《江山如此多娇》的任务。二人压力非常大，他们一致认为这个题材实在太大，不大好把握，他们认真研究了几天，画出了小稿。经过两个多月草图准备，两个月的紧张创作，《江山如此多娇》这幅巨画基本完成了。这幅画一经推出，便得到了大家的一致认可，画作不仅完美地突出了"娇"字颇具大气，受到了人们的喜爱。

关山月从没停止前进的脚步，即使他已经功成名就也没有放弃更高的目标。他的一生绘画风格有很大的变化，早期时，关山月继承了中国写意画中水墨为主与古代壁画中人物画的方法，同时明显地吸引了西画的写实手法。

到了50年代到70年代的约30年间，关山月进入到了创作的巅峰时期，他用中国画的艺术形式描绘了广大人民进行社会主义建设的现实生活，留下了很多的优秀作品。这个时期，他致力于创作人民大众所喜爱的精神，他的作品具有较强的现实主义精神，因而也体现了鲜明的时代精神。到了这一时期，关山月的绘画技艺已经非常精深，得到了人们的一致认可。

　　然而，关山月没有满足，他又开始研究山水、花鸟、人物的创作，此时他以山水画、花鸟画表现出了较强的社会意义和精神内涵，不但丰富了自己的绘画技巧，更拓展了传统的中国画，使中国画在新的时代更具丰富的表现力。为中国画的创新和发展做出了不可磨灭的贡献。

　　2000年7月3日下午，关山月因病在广州去世，享年88岁。他虽然离去了，但是他的作品以及作品中包含的热情会一直留在人们心中。

张大千

五百年来一大千

——多看名山巨川、世事万物，以明白物理，
体会物情，了解物态

姓　　名	张大千
籍　　贯	四川内江
出生日期	1899 年 5 月 10 日
人物评价	"当代世界第一大画家"（纽约"国际艺术协会"1958 年评）、"五百年来一大千"（徐悲鸿语）。

张大千，原名正权，后改名为爰，字季爰，号大千，别号大千居士、下里巴人，斋名大风堂。四川内江人，祖籍广东省番禺。出生于一个书香门第的家庭。早期专心研习古人书画，特别在山水画方面卓有成就。后来旅居海外，画风工写结合，重彩、水墨融为一体，尤其是泼墨与泼彩，开创了新的艺术风格——大风堂画派，或称大千画派。他是一位全能型画家，其创作达"包众体之长，兼南北二宗之富丽"，集文人画、作家画、宫廷画和民间艺术为一体。于中国画人物、山水、花鸟、鱼虫、走兽，工笔、无所不能，无一不精。其诗文率真豪放，其书法劲拔飘逸、外柔内刚。在国内，与齐白石并称"南张北齐"；在国外，与毕加索并称"东张西毕"。

身陷匪巢也学诗

张大千自幼生活在一个具有良好艺术氛围的家庭中，其艺术的启蒙老师有三位：一位是擅长工笔花鸟的母亲曾友贞，一位是大姐琼枝，一位是自号"虎痴"的二哥张善子。小时候，张大千家境并不富裕，因此时常用树枝、小木棍、石块在地上、沙土上练画。一次在家门外"画娃儿"玩，被一过路的抽签算命者相中，而张大千欣然应邀为其画算命用的小画卷，为此还获得了80枚小钱的酬金。

不久之后，他就能画一些同龄人所不能画的花卉、人物，他的刻苦用功得到了邻里人们的频频称赞。后来张大千成名了，有人说张大千是天才。可张大千却认为："从前的人说，'三分人事七分天'，这句话我却绝端反对。我以为应该反过来说，'七分人事三分天'才对。就是说任你天分如何好，不用功是不行的。"

后来，张大千常常对后辈、大风堂弟子说："作画如欲脱俗气、洗浮气、除匠气，第一是读书，第二是多读书，第三是须有系统的读书。"

当然，除家学熏陶外，也离不开张大千所处的人文背景。内江自古"英才辈出，人文荟萃"，有丰富的人文积淀。内江这方水土，养育了诸如孔子之师苌弘、理学鼻祖陈抟、唐代状元"文章天下第一"的范崇凯、清末状元骆成骧、双钩书法家公孙长子等。内江文风、学风兴盛，先贤们起了楷模作用，激励着后来者努力进取。

1914年，张大千前往其四哥执教的重庆求精中学读初中。其间，仍然持之以恒地作画习字，可谓勤学苦练。在作画题材中，张大千尤善古装仕女、竹等，在校内颇有名气，许多同学都向他索画。然而十分遗憾的是张大千未曾读完初中，在1916年放暑假返家途经江津时，被土匪绑票。在匪巢里，张大千偶得一本《诗学涵英》，于是常常捧着书本学习吟诗、做诗，学习写诗的规则技巧。后来张大千诗、书、画三绝以及20世纪40年代艺坛对张大千的赞誉："欲向诗中寻李白,先从画里识张爱。"都是同身陷匪巢而仍然刻苦学诗这一段经历分不开的。事实上,张大千一辈子都在持之以恒地刻苦攻读、努力学习,不断探索、不断前进。

拜师学艺,师古出新

谈到张大千正式拜师学艺,这得从1917年说起,这年春天,奉家人之命张大千到日本职业学校——京都公平学校学习染织技术,但染织专业他并不感兴趣,所以就挤出时间自学绘画,同在日本的二哥也就因势利导、耳提面授,为他提供金石书画及参考资料。同时,当时日本公私收藏的中国画甚多,这给张大千提供了极好的观摩与临仿机会,使张大千观摩并临摹了相当多的存世日本的中国画。在日期间,尽管不喜欢染织技术,但其中涉及色彩方面,张大千则是加倍用心,这对于以后作画用色帮助不小。

日本之行,坚定了张大千从艺的信心与决心。因此,1919年回国后,张大千赴上海正式拜衡阳名士曾熙、碑学大师李瑞清学书法、诗文和绘画。这二位老师除精于诗、书、画外,还有一个与众不同的就是精于鉴赏、极富收藏。因此,张大千在"学三代两汉金石文字、六朝三唐碑刻"的同时,又有幸地临摹二位老师收藏的历代名家书画作品,由书法通画法并从近代的石涛起步"师古",往上追,跨过明人、元人、宋人,直追唐人,越追越远,越追越精,越学越广,越学越深,宽泛而精华的吸取了古代艺术遗产中丰富的养料。他画人物,从山水的点景到唐寅的仕女,进而仿赵孟頫的《九歌》、李公麟的《七贤》,落脚于敦煌的供养人,追寻人物画的远源,取为己用。他画花鸟,仿新罗、陈老莲的细笔和易元吉的黑猿,又回到八大的写意和新罗的没骨。他画山水,由石涛起步,扩及石溪、渐江,进而仿王蒙、追董源、巨然。在师古的过程中,张大千最善"师古人之心"因而能旁敲侧击,触类旁通。不仅写意作品不同于逸笔草草的文人画，且工笔作品也不同于刻板繁琐的院体画，而是工写结合，行神兼备，雅俗共赏。当1925年张大千在上海举办首次个展时，100幅作品一售而空，在上海引起轰动。张大千也因诗书画三绝和临摹八大、石涛等几可乱真而被誉为"后起之秀"，"石涛专家"。但张大千并没有在荣誉面前停滞不前，而是更深入的、更全面的向古人学习。

"五百年来一大千"

张大千曾讲："要成为一个真正的画家，不仅需要在绘画上勤学苦练，在书法、文学、理论、生活等多方面都必须下功夫，而且必须终生学而不厌，老而不辍"。一份耕耘，一份收获。在早期阶段里，由于张大千非同寻常的勤奋，使张大千在艺术界的地位与声望越来越高。1931年他被推举为中国古代名画展览代表，赴日本参加国际画展。1933年徐悲鸿携带中国名画家作品赴欧洲和苏联举行"中国近代绘画展览"，张大千的《金荷》轰动欧洲，被巴黎博物馆购藏，其《江南山水图》则被莫斯科博物馆购藏。

从此，张大千及其作品频频在海内外亮相，这颗冉冉升起的艺术之星震动着国内及世界画坛。尤值一提的是，1936年，徐悲鸿盛赞张大千为"五百年来一大千"，称"其清丽雅逸之笔，实令欧人神往，故其金荷藏于巴黎，江南景色藏于莫斯科诸国立博物院，为吾国现代绘画生色。"

为寻求国画之发展源流，进一步师法古人，20世纪40年代初，张大千在敦煌苦苦面壁近三年，不辞艰辛，不惜背上巨债，去完成只有靠国家的人力财力物力才能完成的工作。为莫高窟、榆林窟等石窟编号；调查敦煌地区文物分布；临摹了敦煌在十六国、两魏、北周、隋、唐、五代、宋、西夏等历朝的壁画精品共达两百多幅；并做了大量的文物考证、研究等工作。同时，在他的极力倡议下，政府很快成立了敦煌艺术研究所。1943年夏，张大千从敦煌归来，连续在兰州、成都、重庆举办了"临摹敦煌壁画展览"，震动了全国艺术界,使国人提前认识了本民族的艺术瑰宝,对提升国人的民族意识与自信起了很大的作用。与此同时,张大千也从敦煌壁画中,探索到唐隋两魏的艺术精华。面壁三年,张大千不仅为敦煌艺术的发掘、保护和传播作出了巨大的、不朽的贡献,而且敦煌艺术的决定性影响,也使张大千画风巨变,使他的艺术风格更上一层楼。

博采众长,师法自然

张大千早期师法古人,客观上为中期形成瑰丽雄奇的艺术风格打下了扎实的基础。而最为重要、最为突出的本质,则是博采众长和师法自然。其博采众长主要表现在三个方面:

一是博采唐、宋、元、明、清历代书画家之长,而并非只学一家之长。诚如齐白石等言"大千临摹古画之功夫,真是腕中有鬼!所临之青藤、白阳、石涛、老莲、冬心、新罗各家,确能乱真"。

二是博采同道中人之长。张大千交友广阔,穷苦青年、达官贵人、诗人墨客、艺坛宗匠、俳优名厨、道士和尚,他都能倾心结识,如:何香凝、张学良、柳亚子、杨虎城、徐志摩、于右任、张群、梅兰芳……等,他广结师友并与齐白石、徐悲鸿、黄宾虹、沈尹默、叶恭卓、陈巨来、蒋兆和、刘海粟、叶浅予……等国内各名家及西方艺术大师毕加索交流切磋。

三是博采姊妹艺术之长。张大千于诗文古词、书法篆刻、戏曲文艺、造园制林、摄影烹饪无所不学,学无不精,包容撷取,触类旁通。正因为如此,艺术界、评论界对张大千有"全才通才"的评价,称张大千不仅是画家,还是书法家、诗人、金石篆刻家、鉴藏家、摄影家、戏曲家、动植物学家、旅行家以及园林专家、烹饪专家等等。

师法自然就是"师造化"亦即向大自然学习、向生活学习,说简单点就相当于我们今天说的深入生活,观察、写生。从20世纪20年代末起,张大千在继续师古人的同时转向了师造化，开始了"搜尽奇峰打草稿"的频繁旅行。他遍游名山大川，曾经三上黄山，两登华岳，数攀峨眉，久居青城，长履鸣沙，"举凡名山大川，幽岩绝壑，南北二京，东西两海，笠屐所至，舟舆所经，无不接其胜流，睹其名迹"。

广泛的游历和观察，更使得他眼界大开，于是，张大千将其游历与生活的体验融入进创作之中，以自然实景之山水为描绘对象。同时，也很注重物理、物情、物态的写实性传达，包括山石林木的质感，自然生态以及空间透视等，达到了"心中有丘壑，下笔如有神"的境界。再加之他的勤学苦练，手不停挥，其画艺有了长足的进步，"于山水、花鸟、人物，无所不工；笔路之广，见者莫不折服"。徐悲鸿赞叹曰："大千以天纵之才，遍览中土名山大川，其风雨晦冥，或晴开佚荡，此中樵夫隐士，长松古桧，竹篱茅舍，或崇楼杰阁，皆与大千以微解"。

按照这种"读万卷书，行万里路"的指导思想，张大千在20世纪40年代末开始，又将足迹延伸到了香港、台湾、印度、泰国、阿根廷、巴西、日本、美国、意大利、法国，进一步的探悟更为宽泛更为奇异的大自然。其间，张大千"眼到、心到的彻底观摩"了拉斐尔的壁画、达·芬奇的杰作以及米开朗基罗的雕刻等等。

萍踪海外，为国争光

1950年春，张大千应印度美术学会之邀赴新德里举办了为期一月的展览。随即，为观摩和了却当年在敦煌留下的夙愿：敦煌壁画是印度传来的还是中国人自己的艺术？张大千前往印度阿旃陀石窟考察壁画。经过认真细致的研究，张大千得出了结论："敦煌壁画尽管其题材、故事等借用了印度佛经典故，但显示的人物、风格与习惯，都是我国传统的表现，敦煌绘画是中国人自己的艺术，并非印度艺术的传入"。之后，张大千又到印度六大佛教胜地等了解风土、人情以及大自然的风光。在印度一年半的时间里,张大千精湛的技艺、蕴涵浓郁民族风格的艺术,受到了印度各界人士的欢迎。

其间及离印之后的一年里,张大千往返于印度、香港、台湾、日本、阿根廷,举办展览、传扬艺术。1952年8月,张大千离港移居阿根廷。好友问及移居海外的理由,张大千说:"远去异国,一来可以避免不必要的应酬烦嚣,经营深思,多作几幅可以传世的画;再者我可以将中国画介绍到西方,中国画的深奥,西方人极不易了解,而近年来偶有中国画的展览,多嫌浮浅,并不能给外国人留下深刻的印象,更谈不上震惊西方人的观感;另外,中国的历史名迹、书画墨宝,近几十年来流传海外者甚多,我若能因便访求,虽不一定能合浦珠还,至少我也可以看看,以收观摩之效"。

离港前,张大千将最心爱的五代顾闳中的《韩熙载夜宴图》、董源的《潇湘图》、宋代刘道士的《万壑松风图》及一批珍贵文物书画以远低于市场价的价格卖给国家文物局,使这批国宝完整回归祖国。不仅如此,在1953年和1955年,张大千亲属还按张大千意愿先后将两百余幅临摹敦煌壁画、八十枚书画印章等交四川省博物馆保存,其爱国举措倍受称赞。

1956年6月应卢浮宫萨尔馆长之请在巴黎东方博物馆举办"张大千临摹敦煌石窟壁画展览"时,张大千一改素不出席自己画展的习惯,亲自前往现场,向西欧观众系统地介绍了中国丰富悠久和光辉灿烂的古代文化艺术,使西方人士对谜一样的中国文化刮目相看。同年7月,"张大千近作展"在卢佛宫美术博物馆隆重举行,展出了《秋海棠》《山园骤雨》《长臂猿》等精品。巴黎各界对张大千的精湛技艺给予极高评价。法国著名艺术评论家但尼·耶华利则称:"批评家、爱好艺术者及汉学家,皆认为张大千画法变化多端,造型艺术深湛,颜色时时更新,感觉极为灵敏。他在接受中国传统下,又有独特的风格,他的画与西方画风对照,惟有毕加索堪与比拟。"

从"东张西毕"到"当代世界第一大画家"

不久,毕加索即邀请张大千至毕宅午餐会谈。在毕宅内,张大千与毕加索互相切磋技艺,赠送礼品,照相留念。会谈中毕加索感慨地说道:"这个世界上谈到艺术,第一是你们中国人有艺术,其次是日本的艺术,当然,日本的艺术又是源自中国,第三是非洲的黑种人有艺术,除此而外,白种人根本无艺术!所以我最莫名其妙的是,何以有那么多中国人、东方人要跑到巴黎来学艺术!"这次会晤,被誉为"东西方艺术史上的高峰会"、"东西方艺术史上的泰斗会",把张大千与毕加索称之为"分踞中西画坛的巨子",从此世界艺坛盛传"东张西毕"美谈。

而两年后的1958年,设在美国纽约的"国际艺术协会"公选张大千为"当代世界第一大画家",同时,张大千荣获该协会颁发的金质奖章和荣誉证书。这是中国人第一次获得这样的世界级艺术称号。

在此后的数十年间,包括1969年移居美国加州卡麦尔的"环荜庵"和1976年春回到台湾台北外双溪"摩耶精舍"定居的时间里,张大千分别在巴西、瑞士、西德、西班牙、比利时、希腊、香港、新加坡、马来西亚、美国、曼谷、英国、台湾、日本、南朝鲜等国家和地区辗转举办展览,有的国家和地区还反复、巡回的举办展览。张大千所到之处,皆会为该地掀起一股东方书画、东方文化的浪潮。报刊杂志争相报道已是家常便饭,如:张大千先生"在巴西已成了大人物,美髯须就是他的商标。你只要画一个大胡子的人像,不必写名字,邮差就会一无乖舛地送到大千先生的手上。"的确,"张大千先生的画,是全世界无人不知、无人不佩服的艺术瑰宝,他不仅是中国的伟大画家,也是当代世界画坛的宗匠!"

启功

集诗、书、画、文物于一身的艺术大师

——行文简浅显,做事诚平恒

姓　　名	启功
籍　　贯	北京
出生日期	1912 年 7 月 26 日
人物评价	中国当代著名教育家、古典文献学家、书画家、文物鉴定家、红学家、诗人,国学大师,主要代表作有《启功丛稿》、《启功韵语》、《古代字体论稿》等。

启功是一个正宗的爱新觉罗氏,清朝皇族的后裔,但如果他不告诉你,你就永远不知道这个秘密。启功又是一个正宗的艺术大师,他集诗、书、画和文物鉴赏于一身,是享誉国内外的专家学者。但你若不是刻意去查证,你也不知道他是这样一个大人物。这就是启功,正如他所说的那句——行文简浅显,做事诚平恒。

幼年失怙,发愤自学而成才

启功是个真正的皇族后裔,他是清世宗雍正皇帝的第五子和亲王弘昼的第八代孙。出生时,他父母健在,家道兴旺,然而 1 岁时,父亲就过世了。那

时曾祖父和祖父还在,他们疼爱启功,待他稍大一些就送他到雍和宫,拜主宫的老喇嘛为师。

然而,天有不测风云,启功10岁时,曾祖父和祖父相继去世。家庭立刻陷入经济危机,再加上连连偿还债务,家道已经败落得一贫如洗。后来,在曾祖父门生的帮助下,启功才勉强入校学习。

在别人接济的情况下求学,启功越发勤奋学习,他还爱上了书法,常常自行研习书法艺术。到了1933年,21岁的启功虽然还没有读完初中,但他笔下的书画文章已经显露出佼佼之色。祖父的门生傅增湘见了他的作品十分欣喜,立刻找到当时辅仁大学的校长陈垣。

没想到,陈垣一见那作品,就说启功是个可塑之才,决定帮助他继续写字作画。为了能让启功自食其力,陈垣帮他在辅仁大学附属中学找了一个教国文的工作。家境贫寒的启功,能有这份工作实属不易。但准备兢兢业业教书的启功没几天就被学校辞退了,理由只有一个,他中学没有毕业,没有教学文凭。

启功没有灰心丧气,他想既然自己是个穷书生,就只好用书生的方法来维持生计了,于是他终日他终日习书作画,以卖字画为生。这样一来,他既能维持生活又不耽误写字作画。1935年,经陈垣校长的介绍,启功又站在了辅仁大学美术系的讲坛上。然而,这次他依然因为没有文凭,而被再度辞退。

启功两次被学校拒之门外,但他并没有感到挫败,相反,这让他清醒地意识到,只有自强不息,大力提高自己的真才实学,才能在社会上立稳脚跟。这时,古道热肠的陈垣第三次介绍他到辅仁大学教大一国文,启功第三次站在了讲台上,这次,他果然成了一位没学历的大学教授。启功回忆道当年的情景时说:"当时师生之谊,有逾父子。"

从那时起,启功兢兢业业教学,养成了在学术上务实、求真的习惯,几十年如一日,从不敢放松对自己的要求。在辅仁大学,他先后教授过中国文学、中国美术和唐宋诗词、历代散文选等课程,也靠着出色的教学水平和能力由助教晋升为讲师、副教授。直到新中国成立，院系调整之后，启功继续在北京师范大学中文系任教。

　　启功先生正是受业于著名史学家陈垣先生，专门从事中国文学史、中国美术史、中国历代散文、历代诗选和唐宋词等课程的教学与研究。启功执教六十余年，在中国古典文学教学与研究等方面取得了突出成就，为国家培育了一大批古典文学的教学与研究人才。后来，启功为了促进祖国的教育事业，并报答陈垣受业之恩，用出售字画所得 200 余万元，设立了励耘奖学金，帮助了一批又一批莘莘学子完成求学之路。

别说我是书法家

　　启功先生也是中国当代著名的书画家，他的旧体诗词亦享誉国内外诗坛，因此有诗、书、画"三绝"之称。然而，不管是书法家、文物家，还是史学家，在他看来，这些都是副业。

　　启功虽然没有很高的学历，但他在很年轻的时候就已经名满书画界了。不过，一般人知道他，都是因为他写得字好，还被誉为"中华第一笔"。但在启功先生眼里看来，这都是别人对他过高的评价，他自己认为"字不如画，画不如文物鉴定"。之所以写字写得好是因为写字不像画画那么费事，只要乐意拿起笔就写，所以写得也就多，影响也就大了。所以，他不喜欢别人称他为"书法家"，更愿意被人称为"教授"、"学者"。

　　启功先生的谦虚还不仅于此。谈到他的书法，不得不联想到他对碑帖的精深研究。碑帖之学是明清两代兴起的一门学问，这门学问现在随着地下墨迹的不断出土，开辟了新的境界，而他就是这片园地的开拓者之一。

　　研究碑帖之学可分为二类：一是研究其中历史资料，以碑刻文辞证史补事，或校读文辞；二是赏鉴、研究其书法艺术。启功先生兼于两者，精于后者，他在两者之间融合贯通，其方法突破前人藩篱。一首"买椟还珠事不同，拓碑多半为书工。滔滔骈散终何用，几见藏家诵一通"足见他对碑帖书法的重视，同时还批评了以往碑帖学重书法而轻文辞的疵病。

启功先生虽然对历代书法作品都十分熟悉，十分敬仰，但对自己的作品则不屑一顾。由于启功先生见识卓异，加上丰富的文物知识和文史修养，劣品和赝品总逃不过他的火眼金睛。曾有个"造假作品"的专卖铺子，标价不高，店主也十分痛快地承认这里的作品全是赝品。启老听说这件事后，就来到这个铺子，一件一件十分认真仔细地把玩。

这时，有人认出启功先生，就问他："启老，这是您写的吗？"启老听了，笑呵呵地说："比我写得好。"当时在场的人全都哈哈大笑了起来。一会儿之后，启功又认真地告诉大家：说"这是我写的。"后来人们问他为什么把赝品说成自己的真品，他说："用我的名写字，是看得起我，再说，若不是生活困难缺钱花，怎么会仿写被人的东西？"回家后，他还专门撰写一篇文章称赞明代文征明、唐寅等人，说即使有人伪造他们的书画，也从不辩驳，甚至还会在赝品上题几个字，使那些穷人回家多卖几个钱。这种做法虽然不符合知识产权保护法，却能体现出启功先生的一片仁者情怀。

成为大名鼎鼎的书法家后，慕名求字者自然不少，但启功不论尊卑，凡有所请，便欣然给予。启功先生从来不喜欢别人称他为书法家，这种谦虚谨慎的心态也让他变得更加宽容大度、豁达幽默。

进入电脑时代后，人们逐渐淡忘了传统的"笔、墨、纸、砚"，越来越多的人习惯用电脑"写"字。于是，方正集团推出方正启体等18款新字体，并邀请启功到方正集团字模部现场，观看电脑造字的全过程。作为一代著名书法家，启功先生不但给电脑造字提出了建设性的意见，还十分欣赏这种将传统书法艺术与现代电脑技术相结合的作法，连说三个"好"字。

经他点拨的方正启体点画活泼，体势清朗，眉目清秀，体态大方，体现了启体典雅遒丽、豪迈潇洒的书法风格，看起来十分明快大方，令人耳目一新。启功先生当时在为方正题字时就笑称："我就差公厕没写字了。"在名人访谈节目中,记者采访作为大书法家的启功先生时,他再一次声明自己不是一个书法家,他说他首先是一个教师,然后勉强算是一个画家,书法只是他的业余爱好而已。

说到作画就不得不提启功先生所画的《秋山》,画中远山微云掩映,楼阁隐现,恍若不可企及的仙境。画中小屋只是披麻皴和淡墨的点染,正是这种简洁使画中自有一种清静的意韵。而整幅画设色温润,又使这幽远清静中带了一些关怀人世的态度,从而将画家旷达的胸怀融入其中。

的确,启功诗书画成就斐然,但书画却非主业。他从教六十年,主业文史,一生教授古典文学、汉语,研究古代文学、史学、经学、语言文字学、禅学,著有《汉语现象论丛》、《诗文声律论稿》、《古代字体论稿》等。他还熟知清史,曾经7年点校《清史稿》;20世纪50年代注释《红楼梦》。

书画鉴定七大忌

中国书法家协会副主席彭利铭如是评价启功先生:"启功先生是中国书法界和文物收藏界的泰斗,他率直刚正、儒雅大方、幽默风趣,是为人师表的典范。启功是第二届中国书法家协会主席,为中国书法的正本清源、发展创新做出过巨大贡献,他的逝世,是中国书法界和文艺界的巨大损失。启功先生直到晚年还坚持带学生,一生桃李满天下,我们将会永远记住他。"在书画鉴定方面,彭利铭先生也对启功先生十分敬仰。

山东省博物馆研究馆员、中国书法家协会评审委员陈梗桥先生说:"启老是一代著名的学者、教育家、书法家,也是社会公认的鉴赏家,一直大力支持中国的文物鉴赏和文物拍卖,中国文物界对他敬爱有加。从20世纪80年代初开始,我与启功先生有过多次交往,他给我印象最深、启发最大的是在文物鉴定方面的实事求是:鉴定古代书画,知道的就是知道,不明晰的就说不知道,非常坦诚。我曾携带省博物馆收藏的一清代的册页到北京请启功先生鉴定,他给了我很多启发。"

启功先生自己也称,他平生用力最勤、功效最显的事业之一是书画鉴定。他从实践中总结了七条鉴定忌讳,即一、皇威,二、挟贵,三、挟长,四、护短,五、尊贤,六、远害,七、容众。说白了,前三条说的是鉴定不要受制于社会权威的压力,后四条是说鉴定不要存在私心。

启功先生曾亲自举过一个例子来对此加以说明:"就拿我尊敬的张效彬先生来说,他是我的前辈,由于熟识,说话就非常随便。他晚年收藏了一幅清代人的画,正好元代有一个和他同名的画家,有人就在这幅画上加了一段明朝人的跋,说这幅画是元代那个画家的画。我和王世襄先生曾写文章澄清这一问题,张老先生知道后很不高兴。再见到我们的时候用训斥小孩子的口吻半开玩笑地说:'你们以后还淘气不淘气了?'我们说:'不淘气了。'大家哈哈一笑也就过去了。这虽然是一段可入《世说新语》的雅趣笑谈,但足以说明'挟长'、'挟贵'的现象是存在的。"

他指出"挟贵""挟长"指的是迷信权威,迷信权威也包括对某些著录的迷信。曾有一个人写了一本《壬寅消夏录》,他一直想找一张古老有分量的人物像放在书封面。后来,一个叫蒯光典的人知道了,就拿了一张号称尉迟乙僧画的天王像,找上门去。这人记得著录书上曾记载过尉迟乙僧曾画过这类题材的作品,于是就付出很高的代价把画留下,殊不知正中了蒯光典的下怀。

后来,启功先生说他在美国华盛顿亲自见过这张画,虽然上面有很多题跋,但大部分都是假的,只有宋人的一个账单记载此画在当时流传过,但这也不足以说明它就是尉迟乙僧的作品。

启功先生鉴定书画的态度就反应了他的人生态度,不畏权势,不恋金钱。启功先生过惯了几十年的穷困日子,到晚年写字作画达到"一字千金",有条件享福了,却依然保持粗茶淡饭,土鞋布衣。对他来说,做学问做艺术跟做人是一样的,都要遵循一句话"行文简显浅,做事诚平恒。"

王国维

中国近代享有盛誉的国学大师

——古今之成大事业、大学问者，必经过三种境界

姓　　名	王国维
籍　　贯	浙江海宁
出生日期	1877 年 12 月 3 日
人物评价	我国近代享有国际盛誉的著名学者，近现代在文学、美学、史学、哲学、古文字学、考古学等各方面成就卓著的学术巨子，国学大师。

作为中国近代著名学者，王国维从事文史哲学数十载，是近代中国最早运用西方哲学、美学、文学观点和方法剖析评论中国古典文学的开风气者，又是中国史学史上将历史学与考古学相结合的开创者，确立了较系统的近代标准和方法。这位集史学家、文学家、美学家、考古学家、词学家、金石学家和翻译理论家于一身的学者，生平著述 62 种，批校的古籍逾 200 种。被誉为"中国近三百年来学术的结束人，最近八十年来学术的开创者"。

清贫的名门之后

王国维出生于浙江海宁，但实际上，王世家子的祖籍是河南开封。

在宋朝时，王家的门第极为显赫。其中的王圭、王光祖、王禀、王荀等人都曾为国家立下过赫赫战功。其中王圭、王禀以及王荀还为国捐躯。尤其是王禀，在宋朝有名的靖康之变中，时任太原兵马督总管的王禀死守太原城，抵抗金国名将完颜宗翰的进攻将近一年之久。但可惜始终得不到援兵的支援，太原城最终还是被金军攻破了，王禀身中数十枪，携长子王荀投汾河而死，以身殉城。

后来，王禀之孙王沆追随宋高宗来到南方，承袭了安化郡王的爵位，赐第盐官，从此，王家在浙江海宁定居了下来。王国维的父亲王乃誉是宋朝安化郡王的第三十二世嫡孙。王氏家族因抗金名将王禀及袭封前爵、赐第盐官的王沆，在海宁受到当地人民的长期敬仰。

虽然王国维出身名门，但海宁王家到了他这一代早就已经衰败了。王国维的少年时代极其清贫。

四岁时，王国维的母亲凌夫人去世了，他和姐姐蕴玉的生活主要由叔祖母照顾，而他的读书生活，则主要受到其父王乃誉的影响。家境虽贫，但仍是书香门第。王国维生活在这样一个富有文化修养的家庭里，从小便聪颖好学。

1883年，王国维七岁起便先后在私塾跟随潘紫贵及陈寿田先生读书，并在父亲王乃誉的指导下博览群书，涉猎了传统文化的许多领域，并初步接触到近代先进的科学文化知识和维新思想，逐步形成了读书的志向和兴趣。王国维年少聪颖，很早就考中了秀才，但在乡试当中却屡屡受挫，一直没能考上举人。

1894年，没有考上举人的王国维考入了杭州崇文书院。但是，他自从考入州学后，却并未用主要精力准备应试，而是从博览群书中产生了对史学、校勘、考据之学及新学的兴趣。1894年甲午战争以后，大量的西方文化科学向中国输入，王国维接触到新的文化和思想，产生了追求新学的强烈愿望。虽然因为家贫而不能以资供其外出游学，他仍关心时事，研读外洋政书和《盛世危言》、《时务报》、《格致汇编》等等。

学贯中西

1898年正月，王国维由父亲王乃誉亲自陪送，踏上了赴上海求学的旅程。同样也是在这一年，戊戌变法失败了，维新派的领袖康有为、梁启超外逃，谭嗣同等"戊戌六君子"惨遭杀害。受新学影响极深的王国维对此深感不平，时常扼腕槌胸，愤怒地质问苍天，为何要对正人君子如此不公。

1900年春，王国维得到了进一步接触西方文化的机会。在教育家罗振玉的资助及藤田、田岗两位日本教师的帮助下，王国维于1900年12月成为了日本东京物理学校的一名学生。

但可惜好景不长，1902年，王国维因病不得不提前结束了自己的留学生涯，返回了中国。此后，学贯中西的王国维主要从事翻译西方学术著作的工作，在罗振玉办的《教育世界》中发表了大量译作，继而成为该刊的主笔和代主编，通过编译，并加以自己的论述，介绍了大量近代西方学人及国外科学、哲学、教育学、美学、文学等领域的先进思想。在此期间，王国维研究了康德、叔本华以及尼采的哲学思想，结合先秦诸子及宋代理学，又攻西方伦理学、心理学、美学、逻辑学、教育学，并最终成为了兼通世界学术的大学问家。

三十岁以后，王国维转而研究文学。他第一次全面地向国人介绍了俄罗斯文学家托尔斯泰，并对莎士比亚、但丁、歌德等进行介绍和比较，介绍了托尔斯泰的《战争与和平》、《安娜·卡列尼娜》、《复活》等名著及英国十九世纪浪漫主义诗人拜伦等人。同时，王国维还对美学、词学进行研究，写出了著名的《人间词话》,对中国戏曲史进行研究,撰有《曲录》等多部著作,为《宋元戏曲考》的完成奠定了基础。

学界巨擘,前清遗老

1923 年春,当时已经因学识而名满天下的王国维经推荐,到北京充任已经逊位的清朝最后一任皇帝溥仪的南书房行走。按清代惯例,有资格在南书房工作的人全都是进士、翰林一类学问渊博的著名人物,王国维之前虽然连举人都没能考中,但因为他的学名实在太过响亮,所以得以与杨钟羲、景方、温肃三人同时入南书房工作。在此期间,王国维得到了遍览皇家藏书的机会,这也使得他的国学修养进一步加深。

1924 年冬天,军阀冯玉祥发动了"北京政变",溥仪被赶出了紫禁城,王国维担任南书房行走的生涯当然也就此结束了。对于这件事,自认为清朝遗老的王国维引为奇耻大辱。激愤之下,他与罗振玉等其他前清遗老相约投金水河为大清殉难,但因为家人的阻挠最终没能如愿。

1925 年,当时同样是大学问家的胡适、顾颉刚等人因崇仰学界巨擘王国维的学问,推荐他担任新成立的清华大学国学研究院院长。王国维不愿理事,拒绝担任院长,但却愿意以教师的身份来清华大学讲授《古史新证》及《说文》、《尚书》等课程。

在清华大学任教期间,王国维从事《水经注》校勘及蒙古史、元史研究,与梁启超、陈寅恪、赵元任、李济被称为"五星聚奎"的清华五大导师。他以其精深的学识、笃实的学风、科学的治学方法和朴素的生活影响了清华学人,培养和造就了一批文字学、历史学、考古学方面的专家学者,中国近代的文学家、史学家、考古学家、戏剧学家当中很多都是王国维的桃李门生、私淑弟子。同时他自身的学术也更加精进,学术成果丰硕,达到了炉火纯青的地步,其论殷周、释甲骨、释钟鼎,处处卓绝,语语精到,皆出自己心得、发明和独创,对古代历史古代地理等研究做出重大贡献,受到了海内外学者一致的尊敬和推崇。

1927年国民革命军北上时,6月1日,清华大学国学研究院第二班毕业。中午,王国维参加了研究院师生叙别会,并在午后拜访了陈寅恪先生。6月2日上午,王国维告别了清华园,自沉于颐和园鱼藻轩昆明湖,并留下“经此世变,义地再辱”的遗书,在其五十岁人生学术鼎盛之际,为国学史留下了最具悲剧色彩的“谜案”。

死后的王国维葬于清华园东一里西柳村七间房之原,清华大学至今仍然有王国维的纪念碑。

王国维生前著作六十余种,他自编定《静安文集》、《观堂集林》刊行于世。逝世后,另有《遗书》、《全集》、《书信集》等出版。更有今人整理出版之遗著、佚著多种。梁启超称赞他“不独为中国所有而为全世界之所有之学人”,而郭沫若先生则评价他“留给我们的是他知识的产物,那好像一座崔嵬的楼阁,在几千年的旧学城垒上,灿然放出了一段异样的光辉”。

旷世名作《人间词话》

王国维是中国近代最后一位重要的美学和文学思想家。他第一个试图把西方美学,文学理论融于中国传统美学和文学理论中,构成新的美学和文学理论体系。从某种意义上说,他既集中国古典美学和文学理论之大成,又开中国现代美学和文学理论之先河。在中国美学和文学思想史上,他是从古代向现代过渡的桥梁,起到了承上启下,继往开来的作用。

王国维的《人间词话》是中国近代最负盛名的一部词话著作。他用传统的词话形式及传统的概念、术语和思维逻辑,较为自然地融进了一些新的观念和方法,其总结的理论问题又具有相当普遍的意义,这就使它在当时新旧两代的读者中产生了重大反响,在中国近代文学批评史上具有崇高的地位。

《人间词话》,在理论上达到了很高的水平,一些问题上颇有创见,足可称得上是"旷世名作"。

《人间词话》不同于当时有影响的词话,它提出了"境界"说。"境界"说是《人间词话》的核心,统领其他论点,又是全书的脉络,沟通全部主张。王国维不仅把它视为创作原则,也把它当作批评标准,论断诗词的演变,评价词人的得失,作品的优劣,词品的高低,均从"境界"出发。因此,"境界"说既是王国维文艺批评的出发点,又是其文艺思想的总归宿。

《人间词话》在学界享有十分崇高的地位,得到了很高的评价,如朱光潜在《诗的隐与显——关于王静安的〈人间词话〉的几点意见》一文中说:"近二三十年来,就我个人所读过的来说,似以王静安先生的《人间词话》为最精到。"王攸欣在《选择、接受与疏离——王国维接受叔本华、朱光潜接受克罗齐美学比较研究》一书中说:"王国维寥寥几万字的《人间词话》和《红楼梦评论》比朱光潜洋洋百万字的体系在美学史上更有地位。"

王国维与"人生三境"

除了旷世名作《人间词话》外,王国维先生留给后人的最重要的启示就是"人生三境"。所谓"人生三境"其实是王国维在《人间词话》里谈到的治学经验,他说:"古今之成大事业、大学问者,必经过三种之境界:

第 种境界为"昨夜西风凋碧树。独上高楼,望尽天涯路。"

这词句出晏殊的《蝶恋花》,原意是说,"我"上高楼眺望所见的更为萧飒的秋景,西风黄叶,山阔水长,案书何达?王国维则把此句中,做学问成大事业者,首先要有执着的追求,登高望远,瞰察路径,明确目标与方向,了解事物的概貌。

第二种境界为"衣带渐宽终不悔,为伊消得人憔悴。"

这引用的是北宋柳永《蝶恋花》的最后两句词,原词是表现作者对爱的艰辛和爱的无悔。若把"伊"字理解为词人所追求的理想和毕生从事的事业，亦无不可。王国维则别具匠心，以此两句来比喻成大事业、大学问者，不是轻而易举，随便可得的，必须坚定不移，经过一番辛勤劳动，废寝忘食，孜孜以求，直至人瘦带宽也不后悔。

第三种境界是"众里寻他千百度，蓦然回首，那人却在，灯火阑珊处。"

这引用的是南宋辛弃疾《青玉案》词中的最后四句。梁启超称此词"自怜幽独，伤心人别有怀抱"。这是借词喻事，已经脱离了文学赏析的范畴。他以此词最后的四句为"境界"之第三，即最终最高境界。这虽不是辛弃疾的原意，但也可以引出悠悠的远意，做学问、成大事业者，要达到第三境界，必须有专注的精神，反复追寻、研究，下足功夫，自然会豁然贯通，有所发现，有所发明，就能够从必然王国进入自由王国。

周璇

国语流行乐坛的"金嗓子"

——风流云散去,泣玉碎无痕

姓名	周璇
籍贯	江苏常州
出生日期	1918 年 8 月 1 日
人物评价	一代歌后周璇在国语流行乐坛拥有难以替代的地位,天籁般的歌声让她受到了人们的喜爱,即使在明星辈出的年代,她也能始终屹立不倒,受到广大人民群众由衷的喜爱。

一代歌后周璇,凭借着她那甜美动人的嗓音始终得到了人们的喜爱。当人们谈起国语流行乐坛时,周璇的名字永远不会被撇开。可以说周璇的名字就是国语流行曲史上一个金字招牌,她那燕语莺声一般的歌喉给人们带去了音乐的享受。她的一生命运多舛,但是她仍旧为人们留下了宝贵的艺术财富。

名字由来

周璇不是她的本名,这个出生在江苏常州的小姑娘本名叫苏璞,小名义官。周璇本来是一个普普通通的孩子,然而三岁那年,周璇的舅父把她拐卖到常州金坛县一带,后来被一户姓王的人家收养,那时起,她的名字被改成了王小红。

命运总是在捉弄她，不久她的养母就改嫁给了一名姓张的工人，而小红就被送到了北京的一户周姓人家，因此她又改名为周小红。

周璇本以为自己可以这样安安心心生活下去了，但是她七八岁时，周家变得越来越贫困，生活非常困难。为了生计，养母不得不去给大户人家打工，挣一些钱供家用。更悲惨的是，周璇的养父非常恶毒，他竟丧心病狂要把她卖去妓院当妓女，要不是养母的搭救，周璇的人生恐怕就是另外一副样子了。

那时生活非常困难，周璇很多时候都会饿肚子，然而生活的痛苦远比不上心理上的痛苦。生活的困苦让小周璇过早的成熟了，她总是感到无比的孤独，她没有朋友，没有人可以倾诉内心的压抑。歌曲成为了她释放自己内心哀愁的最好方法，于是她不停地唱歌，一遍又一遍。周璇在给《万象》杂志写的文章中这样说："我自幼爱听人家唱歌，耳音也好，常常跟着哼，一遍两遍，三遍四遍就能上口了，在学校里，我唱歌的成绩总是第一名。"这表明了周璇对音乐的喜爱，她的苦痛的经历也成了她日后成为歌手的重要条件。

长大后，周璇变得多愁善感，内心阴郁，在她心底总是存在着阴影，这让她变得非常自闭。她不知道自己的亲生母亲是谁，在一篇名为《我为什么出走》的文章中她痛苦的写到："6岁以前我是谁家的女孩子，我不知道，这已经成为永远不能知道的渺茫的事了！"虽然周璇内心孤独，但是她从没有放弃唱歌，歌声是她倾诉内心愁忧的最好方法，她对音乐的爱已经深入骨髓。

1932年对周璇来说注定是不平凡的一年，这一年她经人介绍加入黎锦晖创办的明月歌舞团习艺。周璇和伙伴们要在舞台上演出救国进步歌剧《野玫瑰》，终场前，她们要高唱主题曲《民族之光》，黎锦晖笑着鼓励她："小红，你这一句'与敌人周旋于沙场之上'唱得非常好，是你进剧社以来唱得最好的一句。你正好姓周，以后就改名叫周璇吧。"从那时起，周璇的名字就被一直叫了下来。当时谁也没有料到，这个名字后来成了国语乐坛的名片。

天籁女子

　　周璇的悲惨生活让她内心有着丰富的情感，她用歌声把这些情感宣泄出来，因此她的歌感情充沛，感人至深。她的歌能够穿透人们的心，让人置身其中，她的苦楚能从她的歌声中流露出来，人们听到她的歌会去猜测她的悲惨经历。

　　由于唱歌非常出色，周璇很快就崭露头角了。1931 年，周璇参加了上海明月歌舞团，主演了歌舞《特别快车》，动听的声音让很多人都记住了这个小女孩。尔后，周璇进入了新华歌舞社，她一步一步地走入了音乐的殿堂。1934 年，周璇在上海各电台联合举办的歌星比赛中名列第二，成为十大歌星之一，位列十大歌星之首，人们亲切地称她为"金嗓子"。

　　除了在音乐上有所收获外，周璇又开始拍摄电影。她从一个个小角色开始演起，先后在《美人恩》、《喜临门》、《满园春色》等影片中有所表现。1937 年，周璇在明星影片公司拍摄的影片《马路天使》中担任主角，成功地塑造了在旧社会受尽侮辱和损害的人物小红，而凭借这一角色，周璇开始为人们熟知，成为上海无人不知无人不晓的大明星。

　　接着周璇又主演了《孟姜女》、《李三娘》、《董小宛》、《西厢记》等近二十部影片，一时间周璇红遍了大江南北，成为了那个时期人们最喜爱的艺人。她的歌声和她出演的每一个角色得到了人们的青睐，她唱的时代歌曲和电影插曲也响遍大街小巷，娇滴滴唱腔成为一时风尚。

　　1945 年，周璇在上海举行了演唱会，昂贵的门票丝毫没有影响听众的热情，人们争相购买演唱会的票，每个人都为拥有一张周璇演唱会的门票而无比自豪，演唱会门票很快就销售一空，一时间轰动了全上海。

　　周璇的一生都在为艺术献身，她为中国音乐界和影视界起到了巨大的推动作用。在近 20 年的演艺生涯中拍摄了 43 部影片，演唱了 200 多首歌曲，成为早期娱乐界的一颗耀眼之星。周璇还塑造了很多经典的荧幕形象，得到了人们一致的认可。她的代表作《马路天使》、《忆江南》等片更是享誉海内外,受到广泛好评。其中《马路天使》在 20 世纪曾被评为"中国电影 90 年优秀影片"之一,周璇本人则荣获"中国电影世纪奖"。作家白先勇曾经回忆道:"我的童年在上海度过,那时上海滩到处都在播放周璇的歌,家家花好月圆,户户凤凰于飞",可见当时周璇的影响力有多么大。时至今日,她天籁般的歌声和她一个个活灵活现的荧屏角色依然在人们的脑海中跳动。

寻母之路

功成名就之后,周璇开始去探究自己的身世之谜,她非常想知道自己的亲身父母是谁,于是便踏上了寻找母亲的路。在茫茫人海中找寻一个人可谓是大海里捞针,周璇也曾想过放弃,但是她的心中总是有个结,总是有个声音呼唤她去继续探寻自己的身世。

这注定是一条没有希望的路,周璇不知道自己的真实姓名、生身父母、确切的出生日期,也不知道自己的家。留在她脑海中的只有零星的记忆,这点记忆对她寻找生母没有一点作用。

周璇记得自己 6 岁以前在尼姑庵里度过,后来被周姓人家收养。而自己亲生父母是谁却没有一点印象,后来找到周家时,已经没有了任何线索,这条线索中断了。

接下来的日子里,周璇又通过各种方式找寻自己的父母,媒体也在帮助她找寻她的亲人,可是茫茫人海找到一个人实在是困难重重,但是周璇依旧没有放弃自己的梦想。

1957 年夏天,一个叫顾美珍的女人从报刊上得知周璇患病住院,她急切地说:"我是母亲又是医生,女儿病了需要我照顾。"这个突然出现的人物引起了人们的注意。

起初人们都认为这又是一个贪恋周璇金钱的人,可是当他们听到这个女人说起了过去的事情时,感觉这个普通的妇女或许真是周璇的母亲,尤其是当顾美珍说出周璇腹部有一块胎记时,人们顿时觉得可信了。为了证明真假,特地为她们安排了一场特殊的母女相会。由于担心周璇受刺激,并没有说穿身份。本想等周璇病好一些再相认,可是周璇的病情持续恶化,最终离开了人世,母女二人最终也没有相认。

在周璇离开人世之前,她依然难以放下这件心事。她拉住老友的手非常难过地诉说着自己的心事:"我是苦命……一直见不到……亲生……父母!"

艰难的爱情

除了身世的凄惨外,一代歌后的爱情道路也颇为不顺。在爱情的道路上,周璇一再经历打击。

头上顶着耀眼的光环,这让周璇的爱情显得异常艰难,注定了她不能像普通人一样谈一场简简单单、普普通通的恋爱。她悲惨的经历让她内心非常孤独,以至于她总是不由自主地关闭自己的心,拒别人于心门之外,而这也成了她情感道路上最大的障碍。

周璇的初恋和结婚对象是严华,严华身材魁梧,一双明眸深得女孩的心。自从进入"明月"后,周璇一直得到严华的帮助。严华教周璇普通话,关心她爱护她。在周璇眼里,严华就像是自己的大哥哥,老师。严华多次帮助周璇解决困难,渐渐地,周璇开始对严华产生了仰慕之情。

后来,周璇进了"艺华影片公司",严华则随"大中华歌舞团"去南洋一带巡演。浓烈的思念之情让严华不到一年就跑回了国内,而周璇也为了爱情放弃了很多巡演的机会。郎有情妾有意,二人很快便在北平结了婚。本以为二人婚后就会快乐幸福地过上一辈子,然而快乐并没有维持多久。互相的猜忌让二人开始了无休止地争吵,周璇更是一气之下出走,加上媒体的恶意炒作,终于使两人的婚姻走向了终点。

第一段感情的不幸让周璇深受打击,在以后的很长一段时间内,周璇都不敢碰爱情这个敏感的话题,她害怕被伤害,害怕付出了感情没有收获,这种感情一直存在于她的脑海中，直到她遇到了另一个男人——石挥。

石挥是一个很有才华的男人，他维妙维肖地塑造各种人物，成为周璇心目中崇拜的偶像。二人在一次演出时认识了对方，一见面就彼此吸引。但是因为爱情失利的打击，使周璇对爱情筑起一道无形的墙，不轻易让人翻越。两人也因此总是隔着一层纸，没有更进一步地发展。1946年，周璇前往香港，在走之前，周璇终于向石挥吐露衷肠，二人的关系才得到确立。

思念让周璇很快又回到了上海，见到自己心爱的男人周璇十分开心。但是，工作的原因使得周璇不得不离开，临行前，周璇与石挥匆匆订立了婚约。但是周璇身边的人告诉她石挥是一个寡情男子，跟他在一起只会带来痛苦，他们甚至拿来了石挥的小报消息让周璇看，这让周璇心灰意冷，最终二人不欢而散。

两次感情的不幸让周璇一度不相信爱情，她心力憔悴，这时一个叫朱怀德的年轻商人闯入了她的生活。

当时周璇精神状态很差，身患重病。朱怀德不辞辛苦四处奔波为她寻找医生，他还帮助周璇打理生活上的一切。这样一个体贴入微的男人让周璇深受感动。1949年春末，周璇与朱怀德同居了，而朱怀德也答应周璇在战争结束之后，回到上海隆重举行婚礼。

见到朱怀德如此体贴自己，周璇感动地热泪盈眶，她决定把全部积蓄交给朱怀德掌管。本以为自己终于得到了一个好的归宿，可没想到朱怀德带着钱回到上海后便失去了消息。1950年，周璇带着二人的孩子回到了上海寻找朱怀德，当见到朱怀德时，一句"这孩子恐怕和你自己一样，是领来的吧"无情的话语彻底浇熄了周璇心中的希望。

周璇彻底的绝望了，此时她才明白过来朱怀德对自己的欺骗，心中寄托的感情瞬间踪迹全无。伤心绝望的她拍摄了她一生的最后一部作品《和平鸽》，拍摄过程中，这个可怜的女人疯了，整整五年，周璇都在疯狂的世界中徘徊。此后，她的病情有所好转，并与一直照顾自己的唐先生结为夫妻。1957年9月22日，周璇因为脑炎去世，享年39岁。

邓丽君

有中国人的地方，就有邓丽君的歌声

——我深知要做一位令人回味的歌手，
不能只具有一张美丽的脸

姓名	邓丽君
籍贯	台湾省云林县褒忠乡田洋村
出生日期	1953 年 1 月 29 日
人物评价	邓丽君是乐坛的一棵常青树，她的歌经久不衰，传唱至今。是一位在华人社会具有一定影响力的台湾歌手，亦是 20 世纪后半叶最副盛名的歌手。

邓丽君是音乐天才，她就是为了音乐而生的。邓丽君有着非常优越唱歌条件，是一个天生的歌手。她圆润温厚的嗓音让人陶醉。毫不夸张地说，只要有中国人的地方，就有邓丽君的歌声。邓丽君为中国乐坛所做的贡献是任何人都无法取代的。

名字的由来

邓丽君原籍是河北省邯郸市大名县万堤区大街乡邓台村，出生于台湾省云林县褒忠乡田洋村。

邓丽君在家排行老四，上有三个兄长，因此得到了父母的疼爱。从小邓丽君就是父母的掌上明珠,她有一个幸福的家庭,有着美好的童年,这也对她日后唱歌的风格有很大的影响。

邓丽君名字的由来有一个非常有意思的原因,邓丽君的父亲邓枢十分宠爱自己的小女儿,他希望女儿能够快乐成长,长成一个漂亮的姑娘,为此他绞尽脑汁想为邓丽君取一个好名字。后来邓枢听从袍泽建议以"美丽的竹子"之意,为这个小女儿取名为"邓丽筠",他希望女儿能像竹子一样快速成长、健康成长。

然而"邓丽筠"这个名字有很多人都叫错,大多数人都将"筠"字误念成"君"字,就这样"邓丽君"成为了艺名,此后一直被人们叫着。

天才歌手

邓丽君是一个天才歌手,很小的时候她就展现出了唱歌的天赋,身边的人都认为她将来一定会成为一名出色的歌手。

邓丽君在唱歌上的天赋让父母觉得女儿是一个好苗子,于是将她送到了屏东市仙宫戏院附近学芭蕾,这让邓丽君在很小的时候就得到了很好的艺术熏陶。1959年,邓丽君一家移居至台北县芦洲市,她便进入到了台北县芦洲市芦洲国民小学,邓丽君良好的唱功受到了老师的关注,她得到了自己的启蒙恩师李成清的歌唱指导,这让邓丽君唱歌更加规范,更加完美。

很快地,邓丽君便用行动报答了恩师的教导,1963年8月,邓丽君报名参加了"中华电台"黄梅调歌曲比赛,她凭借着一曲《访英台》获得了冠军,更难能可贵的是,她当时为参赛者中年龄最小者。

1966年,邓丽君参加了正声公司歌唱训练班,并以优异成绩毕业。随后她参加了金马奖唱片公司歌唱比赛,并以《采红菱》夺得冠军,再一次展示出了她不俗的唱功。紧接着,热爱唱歌的邓丽君不顾家人的反对,做出了一个大胆的决定——休学,家人和朋友们非常不支持邓丽君这样做,都认为认真读书才是正确的。可是邓丽君没有一丝犹豫，毅然决然的从金陵女中休学，休学后她便加盟了宇宙唱片公司开始灌录唱片。不久邓丽君便推出了个人第一张唱片《邓丽君之歌第一集——凤阳花鼓》，正式以歌唱为职业。

1969 年是邓丽君事业上升非常快的一年，邓丽君演唱了台湾首部连续剧《晶晶》主题曲并主持中视"每日一星"节目，她优美的歌声让人们如痴如醉，被誉为"天才女歌星"。这一年很多的人都认识了这个酷爱唱歌的女孩。

不久，邓丽君便迎来了自己事业的巅峰期，1971 年，邓丽君开始在东南亚展开为期一年的巡回登台，她的足迹遍及香港、新加坡、马来西亚、菲律宾、泰国、越南等地，受到了所到之处人们的热烈欢迎。

事业已算成功的邓丽君并没有满足于自己的成绩，她有更高的追求。1974 年，邓丽君开始赴日本发展，很快就以《空港》一曲获日文音乐祭"银赏"，并当选为 1974 年"最佳新人歌星赏"、"新宿音乐祭铜赏"、"银座音乐祭热演赏"，专辑总销量达七十五万张。成为了新一代的日本歌坛天后。

1980 年，邓丽君进军美国，她在美国纽约林肯中心和洛杉矶音乐中心登台表演。她的歌声迷醉了无数的人，同年，邓丽君在香港推出了第一张粤语大碟《势不两立》，瞬即达到白金唱片数字，这在当时可以说是一个神话，而邓丽君可以轻松实现，足见邓丽君当时的影响力。

接下来的两年间，邓丽君开始了 15 周年巡回演唱会，演唱会受到了人们的追捧，轻松创下四项新记录：首次红磡体育馆演出连续六场观众满座，观演人数多达十万人，同时也创造了红磡演唱会的最高票房纪录。

1986 年，邓丽君获选美国《时代杂志》世界七大女歌星，世界十大最受欢迎女歌星，是唯一一个同时获两项殊荣的亚洲歌手。

回顾邓丽君的演绎生涯可谓是一路顺风，这也让她为人们带来了非常多的作品。邓丽君获得的成就不胜枚举，她艺术生涯的成就有着非常高的高度，可谓是前无古人。

十亿个掌声的天籁女子

在中国的乐坛有着很多璀璨的明星,很多歌星都取得了不错的成绩,但是却没有任何一个人能够比肩邓丽君。

邓丽君是中国流行音乐史上承前启后、开宗立派的一代大师,她的地位无人可以取代,邓丽君的歌陪伴了一代又一代人。时至今日,当我们走在熙熙攘攘的大街上时,邓丽君的歌会时不时地飘进我们的耳朵里,她那动人的歌喉深深吸引着听到歌曲的每一个人,嘴里会不由自主地哼唱着。

邓丽君是一个时代的符号,她的歌曲伴随着很多人一起成长,很多年过去了,她的歌非但没有褪色,反而愈加显得弥足珍贵。邓丽君演唱的歌曲已经成为世界文化遗产的一部分,这是对她成绩的充分肯定。多年来,邓丽君受到了几乎所有人的喜爱,十亿个掌声的陪伴和鼓励让她不停前进。人们由衷地喜爱她,难忘她,怀念她。而她也对得起这十亿个掌声。

中国流行乐坛发展到今天,新人不断涌现出来。同样的,无数的歌手也在渐渐淡出人们的视线。这是一个需要创新的时代,那些墨守不变的歌星最终被人遗忘,然而邓丽君却依然在乐坛拥有不可撼动的地位,几十年过去了,她依然光芒四射,好像她从来就没有离开过一样。

邓丽君拥有高超的演唱基本功,她能够用国语、粤语、闽南语、日语、英语熟练地演唱各种歌曲。她唱功娴熟,能够很好地唱出风格迥异的歌曲,这在乐坛是十分不容易的。台湾电视公司著名主持人田文仲先生更是非常直接地说:"邓丽君的歌老少咸宜,从懂话的两岁娃娃到百岁的老人都爱听!"

邓丽君的歌不是被包装出来的,她的歌曲都是她最真实的声音,声音中饱含深情,毫不做作,具有一种浑然天成的美。懂音乐的人会对邓丽君的歌大为惊叹,即使不懂音乐的人也能够汲取出歌曲中蕴含的魅力,可能再也没有一种声音可以像邓丽君的声音那样真实动人,沁人心魄了。

邓丽君是最能够配得上十亿个掌声的歌星,她的歌没有任何修饰,非常的单纯,一如她的人一样。她的歌让人们无法拒绝,即使是当今时代,无数的人仍受她的歌曲熏陶着,成长着。邓丽君歌曲是有灵魂的,它们伴随着人们走过一个又一个春秋,邓丽君的歌会被世人一代一代的流传下去,这就是巨星最大的魅力!

李可染

中国现当代画坛"老牛"

——孺子可教成高才，素质可染变大师

姓　　名	李可染
籍　　贯	江苏徐州
生卒时间	1907 年 3 月 26 日~1989 年 12 月 5 日
人物评价	中国现当代画家、融合中西画技的大师、画坛"老牛"。

李可染，别名李永顺，自幼酷爱作画，深受街坊喜爱。成年后，拜中国画界泰斗齐白石和黄宾虹为师，越发青出于蓝而胜于蓝，享誉国内外画界。李可染指出，学习国画，第一步须使最大的功力打进去，第二步却要以同样大的力道打出来，才能有所成就。他还将西画中明暗处理的方法引入国画，促进中国传统绘画升华。

孺子可教

清光绪三十三年，即 1907 年，李可染生于江苏徐州一户平民之家。他父亲是贫农，为躲饥荒，逃到徐州谋生，先是捕鱼，后来做厨师。他母亲虽然生活在城市，但也是贫民。令人赞叹和佩服的是，这对一字不识的夫妻，生养了一位大画家。可见，并不是逆境就不能成才，并不是家庭环境不好就不能成为大师，关键在于个人奋斗。

李可染心灵手巧，非常喜爱戏曲绘画。他的一双小手没有闲着的时候，常常蹲在地上，用破碗片描画戏曲人物。穷街陋巷的贫寒人家很难得看一次戏，见李可染描摹戏曲人物，街坊们纷纷围拢观看，夸赞李可染有才。

这孩子不仅手巧，耳朵也非常灵敏，不仅能应和自然天籁，还能回应来自社会的凄苦之音。李可染还很小时，看见一位盲琴师，拨弄着凄凉的琴弦，一步一步，沿街行乞。听着那忧伤凄冷的曲调，李可染黯然神伤，泪水在眼眶里滚来滚去，几乎掉了下来。自此，每当听到琴音，李可染都悄悄跟随琴师，静静听着，默记曲调，直到老人歇止了，他才回家。

尽管夜深了才回家，李可染并不忙上床，而是仔细琢磨白天听到的是什么曲调，并仔细与以前的曲调对比，还撮起小嘴，哼吟连连。经过长年累月的练习，到了11岁，李可染便已会了不少民间谣曲。更令人意想不到的是，他还自制了一把小胡琴，拉起来悠悠扬扬的，低回婉转，忧郁似思。

上小学时，图画老师王琴舫见李可染又聪明，又好学，表扬："孺子可教，素质可染"。李可染谨记，改李永顺之名为李可染。1920年，李可染13岁，是他一生中最为重要的一年。暑假没事，李可染顺着城墙玩耍，见有一个亭子，亭中还有几个老者聚在一起，不知道弄些什么。李可染很好奇，走过去一看，喜上眉梢，原来亭中老者正在作画。

一个爱画画的孩子，见一群老者稳稳静静地作画，水平还不低，自然不愿离开了。第一天，李可染看得痴了，一看就是整整一天。第二天，李可染看得更痴了，也是一看就是整整一天。第三天如此，第四天也如此……这种情形，一直持续了好些天。

老者们见孩子面目清秀，痴于看人作画，也很喜欢，让李可染帮助研墨。能够担当研墨童子，李可染自然喜出望外。每天一大清早，李可染就已准备好了水，研好了墨，静静等待老者们前来作画。又过了好些天，老者们突然发现，李可染年龄虽小，记性却相当惊人。老者们所画的东西，李可染竟能背出。看着这个可畏的后生，不少老者就撺掇，劝李可染快拜师。李可染正愁没有高人良师指点，也不管对方是谁，当即就拜。

拜了师后，李可染才知道，眼前的师傅不是别人，正是有名的山水画家钱食芝。原来，那个小亭子，名叫"快哉亭"；亭中的老者，都是"集益书画社"的成员。作为启蒙恩师，钱食芝带领李可染学习王石谷一脉的山水画。自此，李可染正式走向艺术之道。

素质可染

1923 年，李可染考入上海美术专门学校普通师范，第一次见到名人吴昌硕的真迹。但是，影响李可染终生事业道路的，确是一次演讲。在一次纪念会上，学校请来了当时的大名人康有为。听说名人演讲，学生们都慕名而去。既然是名人，说的话自然有道理，听听总没坏处。同学们都这么想，李可染也这么想，还真对了。

康有为告诉同学们，他周游全球各国，包括美国、英国、法国等等，见了不少画家，看了不少经典画作，它们都很好。但是，无论外国那些画作多么好，都没有中国的好。中国的画作，尤其是唐宋时代的画作，才是世界艺术的高峰。

李可染听后，大受鼓舞，立志献身于美术事业，弘扬中国画技的精华。古人曾言，听君一席话，胜读十年书。李可染因为听了康有为的一次演讲，人生的志向就越发坚定了，就是一个实例。

两年后，李可染毕业了。他创作了一幅王石谷派系的细笔山水画，名列全校第一。有钱食芝那样的名师，自然有李可染这样的高徒。不久，李可染返回家乡徐州，在学校任教。然而，李可染岂是池中物，经过三年埋头苦学，李可染踏上了考研之路。

1929 年，李可染 22 岁，跨级报考西湖国立艺术院油画研究生。那是西湖艺术院第一次招收研究生,校长林风眠关心招收结果,更关心招收过程。翻看着考生的作品,林风眠突然眼前一亮,好似见了大宝。说实话,他有点不相信,在时间短促、神经紧张的考场,竟然能有考生画出雄厚朴茂的巨幅人体油画。如果说李可染是千里马,那么林风眠就是伯乐。一见了李可染的巨幅作品,林风眠什么都不考虑,破格录取。

据传,那次考试,还是李可染第一次拿油笔。而他的画工,还是同考考生张眺临阵教的。人们经常视"临阵磨枪"为贬义词,并且尽情地嘲笑临阵磨枪的人,因为临阵磨枪败多胜少。但是,一旦学问达到一定深度,临阵磨枪不但不会成为笑柄,还会被人当做聪颖能干的故事说给后人听。当时的李可染,对画作研究已经相当深入了。俗话说,一通百通。中国画与油画虽然有不同的地方,但同的地方也不少。李可染既然已经研究透了中国画,理解油画时也就不太难了。

20世纪30年代,人们发现,西湖边上突然多了两个形影不离的人,戏称为"西湖边上两兄弟",就指李可染与张眺。他们两人,穿着打扮非常相像。首先,个儿都很高,都很瘦,像根竹竿;其次,都穿长衫,而且是磨白了的长衫;最后,都留长头发,看去相当古典。另外,又因为他们都穷,两人合租一间最为便宜的破旧危楼,一同去上课,一道回危楼,可以说是形影不离。一有空,他们就一起去西湖边,或是看书,或是作画。时间一久,"西湖边上两兄弟"的名声就传开了。

"西湖边上两兄弟"虽然还是学生,但也很关心时事。他们是杭州进步团体"一八艺社"最早的成员,学习之余,坚持了解、传播新思想。张眺又被称为"张理论",李可染被称为"李艺术"。不久,当局压制新思想,逮捕先进人士,张眺被捕入狱。李可染找校长林风眠帮助,经林风眠担保,张眺被释放。一获得自由,张眺马上远离杭州,去当革命者了。

拜名师

1932年，李可染创作《钟馗》，入选全国美术展览，声名大振。

抗日战争爆发后，李可染投入抗敌救国工作。1943年，应重庆国立艺专校长的邀请，李可染前往担任国画讲师，直到抗战结束。这期间，针对国画传统，李可染指出须"用最大的功力打进去，用最大的勇气打出来"。也就是说，对待传统画技，既要"入乎其内"，也要"出乎其外"。入不进去，必然一事无成；进去了却出不来，就要僵死，成不了大师。这一句话，是李可染的座右铭。他的一生，都在努力实现这句话。

李可染有两方印章，分别是"可贵者胆"、"所要者魂"。"可贵者胆"强调变革所需要的胆气和魄力，没有胆气和魄力的人，无法变革。"所要者魂"则指出画作需要饱含精气神，没有灵魂的画作，根本不是画作。正如大诗人杜甫所论，只有"元气淋漓障犹湿，真宰上诉天应泣"的作品，才是伟大杰出的作品。

1947年，经大师徐悲鸿引荐，李可染拜花鸟画巨匠齐白石为师。齐白石也力主革新，见了李可染的画作后，知道他也走革新路，非常欣赏，赠李可染一枚"树下童子"印章。同时，李可染还拜访了另外一位画坛大师，那就是黄宾虹。黄宾虹精于鉴赏，李可染第一次登门，就带了约20幅作品。黄宾虹很欣赏李可染的画作厚重朴茂，笔墨"黑满崛涩"，当即要送一幅珍藏已久的元代《钟馗打鬼图》。李可染受宠若惊，竟辞不受。

李可染是大师，但丝毫不自傲，非常平易近人。所以在动物中，李可染最喜爱牛，画得最多的也是牛，因为他"俯首甘为孺子牛"。郭沫若看了李可染的牧牛图后，甚至宣称，牛为"国兽"。

即使在横遭迫害的"文革"时期，李可染仍旧坚持一头负重老牛的钢骨。"四人帮"不准他作画，他就练字。他坚信大师石涛的话，做人要"于墨海中立定精神"。经过"采一炼十"的艰辛，李可染终于创作了属于他的"酱当体"，以厚沉如碑拓名世。他说,字体瘦削很容易,要丰厚就相当难;欲要丰厚中藏钢骨,那就更难了。他的字体,偏偏就是丰厚中藏钢骨的,可见用功之深。

临近暮年,李可染对自己一生的美学思想和追求做了一个总结,但只用了四个字——澄怀观道。也就是,虚心求道。这里的"虚",不仅表示谦虚,还表示空的意蕴。而"道",则指造化之妙。一个人,只有掏空胸中的一切,忘怀得失,才能领悟造化之妙。正如老子所言:有欲以观其徼,无欲以观其妙。

1989年12月5日,李可染谢世。给老人装殓时,干部、学生、亲属看到,从老人身上脱下的衣衫,是破的。

郭兰英

歌舞剧演员和歌唱家

——要想感动观众，首先要感动自己

姓　　名	郭兰英
籍　　贯	山西省平遥县
出生日期	1929 年 12 月
人物评价	歌舞剧演员和歌唱家，她因演出歌剧《白毛女》而一举成名，她的演艺精湛，嗓音甜美，音域宽阔，吐字清晰，行腔富有韵味，具有浓郁的中国民族歌唱特色，为新歌剧艺术的发展和民歌演唱作出了开拓性、历史性的贡献。

　　在生活的苦难和对艺术的忠诚中，郭兰英获得对戏剧事业的认识，更是创造出众多不同性格的鲜明艺术形象，取得震撼人心的艺术效果，在群众中影响颇深。有了她的加入，新歌剧这株文艺百花园中的嫩蕾开放得更加灿烂多彩，浓郁芬芳。郭兰英用自己对艺术的坚持和忠诚征服了观众。郭兰英的艺术表演生涯值得世人深思。

冰冻三尺非一日之寒

　　台上一分钟，台下十年功。郭兰英在艺术上所获得的成绩，正是源于她多年来不间断锻炼的结果。

1929年12月,天气异常寒冷,到处飘着鹅毛般的大雪,纷纷扬扬地飘荡着,地面上到处都是结了冰的水沟,在街道的两旁还悬挂着许多冰雕,辽远空阔的天空里有几个落单的大雁在飞翔。按说,这样的天气,人们一般是窝在家里靠在炉火旁取暖,再来一杯热烘烘的茶水是最为惬意的一件事了。然而在山西平遥县的一户农家里却挤满了人,这些人都是村里一个宗族的。每户人家有新出生的小孩,同宗的人往往都会到这家去,这是一个很悠久的传统。在寒雪中出生的婴儿叫郭兰英。

　　郭兰英的父母都是当地的普通农民,家庭贫寒,生活艰辛。生活所迫,郭兰英没有上学,反而在6岁那年开始学戏,郭兰英在戏班受尽了折磨。在旧社会时学艺,师傅是可以指使徒弟的,甚至打骂,作为徒弟都不能还手。否则会被看做欺师灭祖、反叛等,也会遭到人们的白眼。和郭兰英一起学艺的几个人都受不了而选择了逃离,只有兰英咬牙挺住了。因为她没有任何退路。父母已经帮不上她了。

　　郭兰英相信"吃得苦中苦,方为人上人",只要熬出来了,自己就可以摆脱师傅的折磨。所以,无论是在三伏酷日或者三九冰凌,她都坚持练功练唱。慢慢地郭兰英从这些歌声中找到了快乐,她渐渐忘记了吃的苦。她变得懂事了,她相信凭着自己的努力可以让父母过上好日子。

　　即使很多时候身上被打出了伤痕,郭兰英从来没有懈怠过。她认为学艺最重要的是自己的心想要学,否则无论受多重的苦,也还是学不好的,所谓"一滴血汗一分艺术"。

　　郭兰英8岁开始登台演出,在舞台上郭兰英展现了扎实的歌剧基础,在表演中,她的技巧也得到逐渐地提高,渐渐地在太原变得有名气起来了。

　　直到郭兰英13岁时只记得自己的名字,当然她的记得是一种错误的记得。比如"郭"字,她就只记得右边的大耳朵。郭兰英的不识字似乎并没有给她带来太大的困扰。直到有一天她看到戏园前"戏码"牌子上的"象形"字,才知道自己挂上头牌。然而后面的表演曲目,郭兰英却不知道叫什么名字了,她的心里萌发了想要学习,想要识字的愿望。

直到 1946 年,郭兰英才开始慢慢实现自己的梦想。那时的郭兰英早就成了山西梆子的名角。

《白毛女》一举成名

毫无疑问,郭兰英是歌剧表演艺术的"天才",然而,任何天才的出现都有着其特殊的经历,在这种土壤中经过长年累月的积累,慢慢地融会成一种与别人不同的技能,然后在表演中才会出人意料,一举成名。

郭兰英 1946 年在张家口看了歌剧《白毛女》后才刹那间醒悟,然后她毅然参加了革命队伍。《白毛女》中的喜儿的经历,使得这位有过旧社会生活经历的郭兰英,边看边哭。

这一年郭兰英离开了戏曲团,转而参加了华北联合大学的文工团,开始歌剧表演的事业。第二年郭兰英转入华北联大文工一团。这段时间,郭兰英出演了著名的歌剧《白毛女》,这首歌剧的演出获得极大的成功,郭兰英也因为演活了喜儿而一举成名。

郭兰英是动了感情,在演戏的时候,郭兰英边演喜儿边哭,以至于导演出声提醒她。郭兰英常说:"要想感动观众,首先要感动自己",这是郭兰英获得成功的基本基础。当然,除了这点,还得益于郭兰英在漫长的岁月中,她的表演功底。

郭兰英的表演获得众人的赞赏,即使批评家们这一次竟然一致地赞扬郭兰芳的演技,这在以前是没有过的。歌唱家李光羲称她为"艺术的化身",他说:"我刚到剧院,那时大家都崇拜斯坦尼表演体系,偏重体验而不敢触及艺术形式问题。一谈形式,就怕被扣上'形式主义'的帽子,使我十分苦恼。只有老导演刘郁民说:'演员再有感情也还要有表现的手段,你们看看郭兰英,只要她一出侧幕,就立即能把观众抓住。'由此我开始注意兰英在舞台上的一举一动，是那样符合人物的要求，是那样动人又是那样的优美。从而使我懂得了舞台有别于生活，演员有别于角色，我不但找到了表演的途径，而且从此爱上了歌剧表演艺术。"

不久后，有位演员向郭兰英讨教歌唱技巧。郭兰英问她："你用什么唱？"对方回答说："用嗓子。"郭兰英却告诉对方："唱歌应该用眼睛。"

郭兰英认为眼睛可以传达一切。眼睛是心灵的窗口，在表演中善于用自己的眼睛去创造气氛。在出演《白毛女》中的喜儿时，"喜儿"拿着红头绳，两眼放出惊喜的光芒，在观众的眼睛看来，这双眼睛里装满了对未来的希望。在演唱"王大春"的时候，她的目光里流露出了少女含羞流连顾盼的眼神。这样人们从她眼神的变化里便能感受到戏剧的魅力所在。所以郭兰英的演出往往会感动很多人。

郭兰英这份对艺术的了解，是来自于她十多年的艺术表演功底，因为她有着炉火纯青的表演功底才能把眼神的变化不露痕迹地融化在表演中，这是非常难能可贵的。当然换句话说，用眼睛去唱，而眼睛又是心灵的窗口，所以也可以说是"用心去唱"。

感动了谁

新中国成立后郭兰英凭借着出演《刘胡兰》进一步奠定了自己的地位。

那时的郭兰英在中央戏剧学院附属歌舞剧院和中央实验歌剧院担任主要演员，这段时间郭兰英主演了很多新的歌剧，例如《春雷》《红霞》《小二黑结婚》《红云岩》等，形象地塑造了新的满妹子、红霞、小芹等艺术形象，深得观众喜爱。

这时候的郭兰英开始演唱歌曲，她演唱的歌曲《南泥湾》很快就成为家喻户晓的名字，那时候大街上，茶楼里，学校里处处都飘荡着这首歌曲，《南泥湾》的歌词甚至连路边玩耍的孩子都能背出来，"当年的南泥湾，到处呀是荒山，没呀人烟，如今的南泥湾，与往年不一般，再不是旧模样，是陕北的好江南。"郭兰英再次名扬全国。

从那以后，郭兰英还演唱了很多歌曲，最有名的要算电影《上甘岭》的插曲《我的祖国》以及《山丹丹开花红艳艳》《北风吹》等歌曲。这些歌曲在全国范围内流传很广，这些歌曲促使郭兰英成了新中国民族新歌剧、民歌演唱的奠基人。

郭兰英的很多歌曲都已经被列为中国民歌中的经典之作，郭兰英成了民歌方面最杰出的代表。对中国民歌作出了突出的贡献。

1963 年郭兰英举办了个人演唱音乐会，这是我国民歌歌手个人演唱会的先例。有人曾经这样形容郭兰英的演唱："郭兰英的演唱兼蓄神、情、形、声、腔、字六艺之美。她的歌声是如同天籁般的存在。郭兰英的表演更是达到了前所未有的歌唱和演技完美地结合在一起，可以这么说，她走到哪里，哪里就是春天的节日。"

郭兰英最擅长的还是能够博采众家之长为我所用，郭兰英不止中国民歌唱得好，而且日本民歌和俄罗斯民歌都唱得很好。她并非拒绝西洋音乐，接受西洋音乐她也坚持自己的唱法，形成自己的风格。而且她把这些歌曲融会贯通，加以创新，又用到中国民歌上，所以她的歌曲不同时间演唱有不同的韵味，而不是一味地重复。

1981 年举办《郭兰英歌剧片段晚会》获得巨大的成功。下面的这段话是1981 年《郭兰英歌剧片段晚会》"寄语观众"。

"兰英同志是在解放战争时期参加革命队伍的。她投身革命的日子，也是投身新歌剧艺术事业的日子。在迄今三十多年的岁月中，她把自己的全部精力献给了新歌剧这门新兴的革命艺术事业，演出了一系列的新剧目。她的探索得到了成功。这种成功促进了新歌剧艺术事业的发展，也从而使她成为这门艺术的主要代表人物之一。"

这段文字肯定了郭兰英在新歌剧艺术事业上的成就，也表明了她的地位。

兰为王者香

1981年，中国歌剧界开始复兴后。人们对久违的歌剧表演抱有异样的情感，所以当郭兰英打算出演自己的代表曲目，告示一贴出来便引起了轰动。时隔十多年，再一次重温郭兰英的四大经典代表曲目《白毛女》《刘胡兰》《小二黑结婚》《窦娥冤》，所以这次演出还没有开始便已经得到了成功。演出的现场更是人山人海，演艺界的名人几乎捧场。各种祝贺的花篮更是挤满了演出现场。当郭兰英扮演着喜儿出现的时候，演出现场一阵轰动。时隔十多年，喜儿还是原先的喜儿，原汁原味的表演唤起现场人的怀旧之情。一曲落幕，掌声久久不衰。

这次演出获得了巨大的成功，郭兰芳的名字更是再次红遍全国。但这次演出后，郭兰英却悄悄地告别了舞台，到音乐学院任教。她要培养更多的歌剧演员和歌唱人才。

郭兰英渐渐淡出了人们的视线，她的舞台活动日益减少，人们便开始担心郭兰英的健康。

直到郭兰英以校长的身份出现在招生广告中，人们才放下了心中的那块石头，原来这些年，郭兰英一直牢记着周总理的嘱托在广州办学。"现在"，她说，"办学也成了我晚年的愿望"。

2010年4月9日，首届"金葵花"中国歌剧艺术成就大典召开，郭兰英被授予"歌剧表演艺术终身成就奖"。这是很高的荣誉。

词作家乔羽在一篇名为《她走到哪里，哪里便成为音乐的节日》一文里提到了郭兰英，他是这样写的："在兰英面前听众是陶醉在艺术天地里的听众，无论他们是在流泪，还是在难以抑制的兴奋和喜悦中，他们的呼吸和心的跳动，和兰英歌声的旋律和拍节是一致的……较之李波、王昆，虽然兰英的出现晚了一些，但在她成功地演出了《白毛女》以后，她便以后来居上的姿态,成为歌唱艺术方面的卓越代表之一。"

郭兰英用歌声征服了世界,用品德赢得了人们的爱戴。她是歌剧舞台表演者的"一面旗帜",指引着人们前进。

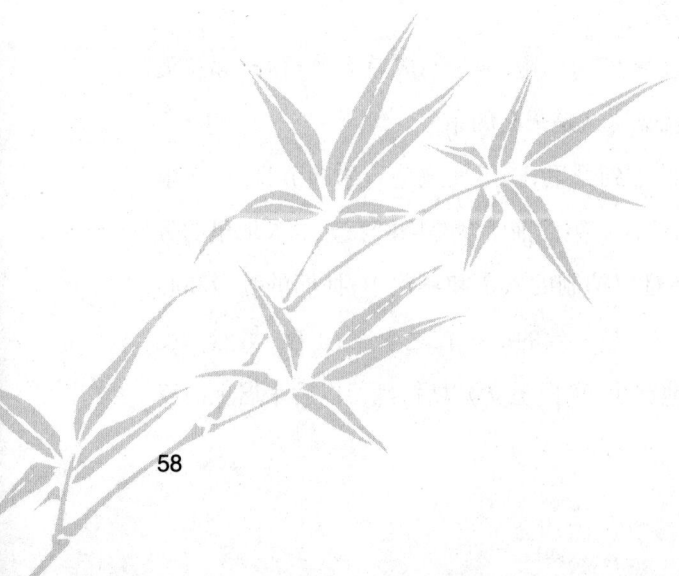

上官云珠

中国演艺界奇葩

—— 艺苑新葩有才，倾国倾城是命

姓　　名	上官云珠
籍　　贯	江苏江阴长泾镇
生卒时间	1920 年 3 月 2 日~1968 年 11 月 23 日
人物评价	中国著名演员、表演艺术家、中国影协会员、1952 年获电影金质奖。

上官云珠，原名韦亚君，字超群，小名亚弟，从事电影演艺后改名上官云珠。在 19 世纪三四十年代，为了演好戏，上官云珠几乎跑遍上海的大街小巷、角角落落，即使没有报酬也参加演出。新中国成立后，为响应"为工农兵服务"的号召，上官云珠继续发扬艰苦奋斗精神，多次义务演出。

奋　斗

1920 年 3 月 2 日，上官云珠生于江苏江阴长泾镇一户平凡人家。像大多数平凡人家的子女一样，上官云珠的童年生活并没用什么特别之处，过得相当平凡。初见人生时，也许很平凡，但只要肯努力，敢争取，平凡就会变成绚烂。都说鸡窝里能飞出金凤凰，这话不是骗人的。

就生活条件、家庭背景等而言，上官云珠若欲走上成功的人生，不但没有优势，还很有劣势。但是，上官云珠有一般人没有的优点，也是人生的最大优点，那就是她时刻显露一颗追求上进的心。俗语言，精诚所至，金石为开。一个人只要时刻争取上进，时刻保持奋发的精神，能有什么事做不成？

1937年，日本大举侵华。为避战乱，父母带着年仅17岁的上官云珠逃进了上海租界。当时的上海租界是欧美国家的势力范围，在日军偷袭珍珠港正式与欧美等国宣战之前，日本军队不敢随便进犯上海租界。因此，那时的上海租界，又称"孤岛"。四周的世界打着狂风暴雨般的战争，只有"孤岛"平平静静。

为了赚取生活费，上官云珠在何氏照相馆工作，给人开票。一般人觉得，在纷纷扰扰的乱世中，能够谋到一份工作，已经非常不错了，应该谢天谢地。但上官云珠不这么认为，因为安于现状是庸人的想法。只有甘于平庸的人，才会不思进取。如果一个人没有进取之心，他又怎么证明他是一个真正的人呢？一个真正的人，就需要不断地奋斗、奋斗、再奋斗。

上官云珠不仅敢奋斗，理想还非常远大。她喜爱戏剧，一到上海就立志，要考入华光戏剧学校。经过三年的准备，1940年，上官云珠终于实现了梦寐以求的理想，顺利考入华光戏剧学校，学习表演。三年的时间，三年白天上班、晚上读书的时间，有多少人能坚持到底？上官云珠做到了，所以上天不辜负她，让她实现了梦想。

随后不久，上官云珠登上了戏台。对一个深爱表演的人而言，第一次登台，那种感觉多么温暖、多么激动，激动得就要流泪了。只要登上了戏台，不管结果如何，至少表明了：过去的奋斗没有白费，过去的努力有了回报。只要付出，就有回报，为什么不付出？没有付出，哪来回报？

第一次登台，上官云珠表演的是中国浪漫得近乎诗人的剧作家洪深的独幕剧《米》。对演员而言，表演具体的动作不算难，例如搬张凳子，打几套拳，等等。最难的是，表演抽象的东西，例如爱慕、失望、怨恨，等等。而在所有抽象的东西中，表演"诗性"的情感最难，因为需要"诗性"的领悟、"诗性"的情感和"诗性"的气质。

尽管洪深的独幕剧很难演，上官云珠还是做到了。她不仅做到了，还演得很好，演得精，演得妙，演出了"诗性"。从此，人们注意到，中国艺苑里有一朵含苞欲放的奇葩。这束"诗性"横溢的花苞，就如作家张抗抗笔下的牡丹，不绽放则已，一旦绽放就是怒放，恰如解冻的大江，浩浩荡荡地奔向未来。

坎坷路

踏进演艺界，上官云珠才20岁。也就是说，她到上海只有三年，就走进了梦寐中的艺苑。速度如此之快，对涉世不深的上官云珠而言，确实是一种惊喜。没有经过人生的大波浪，没有遭过社会的大阴谋，上官云珠非常单纯，面对惊喜，心里感到的仍是惊喜，没有一丝惊惧。

拍摄处女作《玫瑰飘零》后，上官云珠更加出名了。不久，她接受出演《王老虎抢亲》。该片由著名导演徐欣夫掌镜，还未开拍就被媒体炒作得沸沸扬扬。如果上官云珠接演了，对她将来的发展自然非常好。此外，听说上官云珠同意出演，大导演卜万苍特意"赐""上官云珠"之名。自此，上官云珠一直使用艺名。

一个刚出道的新人，受两名大导演如此青睐，上官云珠自然欣喜，全心全力准备演出。同时，各大媒体的报道铺天盖地，如鹅毛大雪纷纷扬扬地卷来，连上官云珠的家门口都给堵满了。这张报纸说，上官云珠是艺苑奇葩；那张报纸说，上官云珠倾国倾城；这个记者写道，上官云珠惊艳绝伦；那个评论员说，上官云珠空前绝后。一时间，关于上官云珠的报道，可以说是热烈非凡，空前绝后。

可是，当时的媒体，就像夏日的天气，变得非常之快。人们常说，翻脸比翻书还快，这话用来形容娱乐界媒体，再合适不过。不到几天，媒体突然掉转枪口，对准上官云珠，猛烈开火。这张报纸恨恨地写，上官云珠草包一个；那张报纸愤愤地说，上官云珠再憨不过；这个记者又认为，上官云珠只是绣花枕头；那个评论员又觉得，上官云珠虚有其表。

奇变突起，连当事人上官云珠都不知道是怎么回事，记者们却非常清楚。因此，这不是一件怪事，而是一个阴谋，一个娱乐界的前辈安排的一个大阴谋。原来，公司的老板有一位不仅漂亮还红极一时的妻子。按照最初计划，《王老虎抢亲》由这位老板的妻子出演。令人感到意外的是，这一对夫妻在金钱上计算得非常清楚。妻子想多要点片酬，丈夫不同意。为要挟妻子，丈夫出了一个很老但很管用的妙招，大肆宣传起用新人的计划，上官云珠就被物色中了。听说饭碗就要被夺了，老板的妻子只得低身俯就。能赚点钱，总比不能赚钱好嘛！

上官云珠知道一切后，非常痛心，但她没有失望，更没有绝望。遭了这一堑后，上官云珠不仅长了一智，还更加坚定，更加勇敢了。有一种人，他们受伤后，不是日夜抚摸着伤口，时时刻刻都自怨自艾，抱怨上天不公平，而是静静地养好伤，之后加倍地奋斗，加倍地努力，因为他们有自信，不服输。毫无疑问，上官云珠就是这种人。因此，她最终还是成功了。所以，摔倒并不可怕；可怕的是，倒地后站不起来。

世间不只有一条路，演《王老虎抢亲》不成，还可以演其他的角色。风波刚刚平息，就有导演找上官云珠，请她出山演戏。在《天堂春梦》中，上官云珠成功地塑造了一位凶狠、奢侈的女人而为人赞赏；在《太太万岁》里，上官云珠又成功地塑造了一位骄傲、放荡的女子，显示了她高超的演技；出演《万家灯火》时，上官云珠又将传统型贤淑主妇的形象表演得精妙绝伦。这一切，都表明上官云珠是一位多才多艺的演员。

生命的意义

　　新中国成立后，上官云珠迎来了一个更大的挑战，那就是风格的转型问题。她前半生的电影，大多出演交际花、阔太太、腐化女人的形象，这与新政权所要求的"文艺为大众服务，为工农兵服务"的方针政策相悖。如果不转变形象，上官云珠必然无法发展，她的演艺事业也就走到了尽头。可是，如果转变，必然要做出莫大的付出。更为棘手的是，就算真的用心努力了，转变能成功吗？如果转变不成功，一切同样是零。

　　面对人生的十字路口，上官云珠没有犹豫不定，而是很利落地选择转变风格。之所以这么选择，除了有上进心，很自信外，另一个原因是她还年轻。新中国成立时，上官云珠才近三十岁。三十岁，对一位演技精湛的演员而言，还是花儿一样的年龄。如果放弃演戏，后半生将怎么过呢？在究竟是碌碌无为地活着，还是辛辛苦苦地燃烧之间，上官云珠选择了燃烧自己，放射价值。

　　20 世纪 50 年代初，是上官云珠繁忙的高峰时期。有戏出演时，她就勤勤恳恳地演戏，认真摸索塑造工农兵形象的艺术；没戏演出时，她就马不停蹄地走进乡村，或是为灾区筹款，或是为劳军义演。她一天两场、三场地出演，忙得没有一丝空闲，可以说吃穿住都在舞台上。据说，因为饮食不规律，演出又累人，上官云珠曾经昏倒在舞台上。

　　只要心诚，付出了绝对有回报，努力绝不会白费。坐了五六年的"冷板凳"后，在 1955 年，上官云珠终于迎来了人生的新起点。上海电影制片厂准备开拍《南岛风云》，大多数工作都准备好了，演员阵容几乎也确定了，就差女主角的人选还没敲定。名演员黄宗英与上官云珠向来感情好，想起上官云珠一直受冷落，又见她日日夜夜苦苦练习，极力推荐上官云珠出演主角。其他人听了，多数不赞同，因为上官云珠没出演过"工农兵"形象。都说吉人自有天相，这时导演白沉站出来说话了，他像三国时期的鲁肃，力排众议，坚决起用上官云珠。

大诗人泰戈尔说，只有受过了地狱般磨炼的手指，才能弹出天堂的绝唱。上官云珠果然不负众望，成功塑造了一个经历千难万险的主人翁形象。她的演技之精湛，就连故意在鸡蛋里挑骨头的人都不得不折服。这真是，有志者，事竟成。

1956 年，上官云珠的生命中又发生了一件足以影响她终身的大事，那就是拜见国家主席毛泽东。1 月 10 日，上海市市长陈毅亲自写了一张纸条给上官云珠，让她去中苏友好大厦一趟。在这之前，即 1952 年，因出演《乌鸦与麻雀》而获金质奖的上官云珠，也见过国家领导人毛泽东和周恩来等人。

令上官云珠喜出望外的是，国家主席不仅接见她，还陪她跳舞。趁如此天赐良机，上官云珠就向主席诉说了不平的遭遇和心中的委屈。不久，中国电影代表团出使捷克，上官云珠就被列入名单中了。从此，上官云珠不但脱离了黑暗的"右派"名单，还被纳入"保护对象"的名单。1957 年，文化部评选 1949~1955 年的优秀影片，上官云珠夺了个人一等奖。

"文化大革命"爆发后，上官云珠拍片之余，也积极投入战斗，进工厂，下农村，参加"四清"活动。那一段时间非常繁忙，上官云珠甚至累得吐血。不久，医生又检查出她患了乳腺癌和脑癌。动手术后，上官云珠仍然不忘努力，一心向事业的更高处攀登。

1968 年 11 月 23 日，不甘言败的上官云珠终因不堪忍受身心之累，悄然离开人世。人的一生，会有种种经历，并且有不少非常难以忍受。然而，作为一个真正的人，活着的意义就是不断地奋斗，在坚忍中实现自己的价值。

正如俄国大作家奥斯特洛夫斯基在小说《钢铁是怎样炼成的》之中，借笔下人物保尔·柯察金所言："人生最宝贵的是生命，生命属于人，只有一次。一个人的生命应当这样度过：当他回忆往事的时候，他不致因虚度年华而悔恨，也不致因碌碌无为而羞愧；在临死的时候，他能够说：我的整个生命和全部精力，都已献给了世界上最壮丽的事业——为人类的解放而斗争。"

人生的斗争有多种，生活的方式也有多种，为了实现生命的价值，上官云珠勤勤恳恳、兢兢业业地奋斗，这也是一种解放人、激励人的方式。那些遇上些微挫折就抱怨上天、恼恨生活的人，应该汲取上官云珠的奋斗精神，让坚忍的奋斗的精神成为生活的动力。

常香玉

豫剧艺术大师

——祖国的命运就是自己的命运

姓　　名	常香玉
籍　　贯	河南巩县（今河南巩义市）
生卒时间	1922 年 9 月~2004 年 6 月 1 日
人物评价	荣获全国劳动模范、文化部荣誉奖、中国文联优秀工作者等称号，被人们誉为一代豫剧艺术大师。

　　从小时候的颠沛流离中走上舞台，舞台中的探索到最后成为一代豫剧大师，常香玉在对艺术的坚持中成就了自己；从寄人篱下、四处乞讨到全国巡演，常香玉用优秀的作品回馈着她的祖国。虽然现在的我们再也看不到她气质儒雅的身影，但她对歌剧的真诚和坚持却一直鼓舞着人们。

历尽艰难痴心不改

　　1922 年 9 月，天气还是那样炽热，平静的草原上没有一丝风声，远处巩县南河渡镇董沟村一个穷苦的家庭突然传出来了婴儿的啼哭声，紧随着天气也变得晴朗起来，丝丝微风从冒着汗珠的庄稼人身上拂过，这天气总算变得凉爽了些。这个新出生的婴儿被父母取名为张妙玲，也就是以后的常香

66

玉。常香玉的家庭算是村子里的困难户了，在常香玉还没出生的时候，张家就经常饱一顿饥一顿的，但新生命的到来还是给这个贫困的家庭带来了许多笑声。

常香玉从小聪明伶俐，懂事，很得父母的喜爱，虽然家里贫困，常香玉的父亲张茂堂还是想着法子改变常香玉的伙食。张茂堂曾经是一名艺术工作者，年轻的时候也经常登台演唱，那时家里的生活还没有这么落魄，后来因为一场感冒，张茂堂的嗓音变得很嘶哑，自此之后再也没有登台演唱。最贫困的时候，他甚至去要过饭。

常香玉很小的时候，傍晚常常听到父亲坐在院里的梧桐树下低声唱歌，在小常香玉看来，父亲嘶哑的声音别具一番韵味。每到傍晚，常香玉就坐在父亲身边听父亲唱歌，在歌声中常香玉常常幻想自己身着美丽的戏服站在舞台上表演。

1928 年的秋天，常香玉的父亲很早就从田里回来，他打算带着常香玉去隔壁的村庄听戏，顺便也满足自己多年未听戏的遗憾。张茂堂早早地带着常香玉出发，邻庄与董沟村隔着几里路，而且都是崎岖的山路，要走两三个小时的路。

那是常香玉第一次听戏，看着舞台上如梦如幻的精彩舞蹈，耳边传来凄婉动人如同黄鹂般的歌声，常香玉深深地陶醉了，想要学习艺术的种子就在这一刻深深地埋在了常香玉的心里。

回到家里后，常香玉就央求父亲教她唱歌。张茂堂本来是打算把常香玉卖做别人家的童养媳，但现在看来，常香玉的声音清脆澄澈，天生就是一个唱歌的料子，犹豫再三，张茂堂决定教女儿唱歌。

"冰冻三尺，非一日之寒"，"台上一分钟，台下十年功"，"吃得苦中苦，方为人上人"这些从父亲嘴中说出的句子成了常香玉的座右铭。唱戏，首先要练的就是基本功，练基本功要学会的就是吃苦。在常香玉的记忆里，自己经常因为唱不好或者基本功没练好而遭到父亲的打骂。印象最深的一次是，在风雪交加的一天，自己因为没有唱好，被父亲罚倒立，那是三九天，地上的水都结成冰，常香玉的双手就在凌冽的寒风中苦苦坚持了两个小时，那一次她的双手都冻裂了，但锻炼还得继续。

在父亲的严格要求下，常香玉练就了一身过硬的本事。1931年，为了生计，常香玉随着父亲到密县，在一家戏班里搭班，平时做些杂活。常香玉常常跟着班里的伙计一块练习唱戏和基本功。在端午节之前，常香玉甚至被班主派去救急，那是一出著名的《铡美案》，常香玉在剧中饰演英哥。这场戏下来，常香玉得到了班主的赞赏，并允许她跟着师傅们学艺。

端午节，张家发生了一件不愉快的事情。张氏族长认为张家的生活已经足够苦难了，常香玉应该卖做童养媳，这样可以缓解张家经济贫困的状况，又少了一个人吃饭。

对艺术正抱着无限幻想的常香玉无论如何也不同意做一个童养媳。张茂堂不忍心，于是也拒绝了族长的建议。这一次，家族的亲戚大多数都与他们决裂，说是有困难别去找他们。那时大概没有人会想到这个瘦弱、看起来楚楚可怜的女子日后会成为名震天下的豫剧艺术大师。

演艺生涯步入正轨

1932年，由于与家族决裂，张茂堂决定举家搬到郑州，一方面是为了避免家族的缠绕，一方面是为了让常香玉能够接触到更多的艺术家，看过或听过更多的戏曲。在郑州，为了维持生计，常香玉父女二人在平燕科班搭班，平时做些杂务活，有时也偶尔救救急。好的话，有机会可以饰演。

为了提高自己的技巧和素养，常香玉在班主的帮助下，拜著名的京剧武生葛燕亭为师，学习京剧中各种武功技巧，葛燕亭非常喜欢他这个聪明伶俐的弟子，把自身的技巧悉数教给了这个嘴甜声音美的弟子。常香玉的艺术修养得到很大的提高。

1933 年，王金枝、徐双槐掌管了太乙新班，那时太乙新班阵容强大，在豫西享誉一时。太乙新班光是演员就有三十多人，能够演出两百多场戏，所以在郑州很受当地百姓的欢迎。为了进一步提高常香玉的技巧，张茂堂托人在太乙新班谋到了一份差事。

在太乙新班，似乎每个演员都喜欢这个聪明可爱的常香玉，尤其是看到常香玉扎实的基本功，这种喜爱更为强烈了。王金枝和徐双槐也是如此，他们年事已高，一身的绝技终究需要一个好点的学徒继承下去，他们不约而同地选择了常香玉。自此，常香玉也成了王徐二人的关门弟子，王徐二人倾囊相授各种绝技，尤其是武生戏《荆轲刺秦》，徐双槐更是亲自一遍遍地教授常香玉，直到常香玉完全掌握这出戏的戏魂。但这时，常香玉仍然还是太乙新班垫戏的小辈。

在开封，常香玉真正走上演艺道路的正轨。太乙新班在开封很有名气，人们很喜欢这个戏曲种类丰富的班子，据悉这个班子能表演二百多种戏剧，可以说是戏种齐全，完全能够满足各式各样的群众需要，人们很喜欢垫戏的常香玉，虽然每次在戏中都是扮演着简单的小角色，但常香玉活灵活现的表演，还是获得观众们的赞赏，常香玉的名字渐渐流传在听戏的人们之间，然后慢慢地整个开封似乎都知道了她的名字。

常香玉凭借着文武不挡，生旦俱佳的出色技艺，开始崭露头角，来戏院的人们大多都是奔着点常香玉的戏来的，随着名气的增加和表演功底的拿捏进步，常香玉也由一个垫戏的小辈改为中轴，到最后改为压轴，不到两个月的时间，常香玉就成为太乙新班的主演之一。

1936 年，常香玉随着班子到处演出，获得很大的名气。6 月的时候，她向京剧武功教师系统地学习了"打出手"武功技巧，并把这种技巧巧妙地移植到京剧武旦戏《泗州城》中，引起全城轰动。

看着历史上一个个成名的戏剧家，常香玉心里明白，一个真正的受人们欢迎的戏剧家是应该有属于自己的作品的，没有自己的戏，即使唱得再好，观众也会随着时间慢慢遗忘唱这戏曲的人，因为唱得好的人很多，只有第一个唱这戏的人人们才会记得。同年 10 月，常香玉认识了剧作家王振南和史书明。

常香玉向两位剧作家表达了自己的想法，两位剧作家也正打算找一个优秀的演唱家来表演自己的戏，三方一拍即合。王振南、史书明开始创作剧本，并于 1937 年成立了中州戏曲研究社。

不久，王振南、史书明编剧的新戏《六部西厢》推出了，在这部戏中，前面常香玉饰演的是崔莺莺，后面饰演的是花旦应工的红娘。《六部西厢》一经推出，受到热烈欢迎，观众好评如潮。这部戏也成了常香玉的代表作，在各地演出，人们经常会点这部《六部西厢》。

常香玉的演艺之路在她的努力下终于开展开来，她在这条路走得平稳、长久。常香玉的名气逐渐在全国打响了，人们逐渐记住了这个功底深厚的人民艺术家。

爱国艺人捐飞机

1937 年 7 月 7 日，卢沟桥事件爆发，中国开始陷入全面的抗日战争中，中华民族到了生死存亡的关头。全国上下掀起了一股爱国的热潮，作为艺人的常香玉也是如此。为宣传抗日，中州戏曲研究社推出了王振南编剧的新戏《打土地》在开封上演，这是豫剧史上第一出现代戏。《打土地》一经推出就得到了人们的赞赏，这出戏顺应了时代的需要，迎合当时爱国的热潮，所以这出戏在群众中的反响很大。

同年，开封沦陷，常香玉被迫随着父亲辗转各地，最后回到密县，在密县认识了马金凤。马金凤幼年随父学河北梆子，七岁那年，随父登台演出《刘三姐赶会》，崭露头角，被称为"七岁红"。1930 年开始改学豫剧。豫剧的技巧和素养很高，常香玉很赏识马金凤对豫剧的了解，本着对艺术的忠诚，常香玉和马金凤两人合作演出了《桃花庵》。二人惺惺相惜，彼此间结下了深厚的友谊。

由于战乱，常香玉的演出也渐渐减少，她利用空闲的时间开始研究生、末、净、旦、丑的表演和说白的改革，为以后开宗立派垫下了坚实的基础。常香玉没有想到抗战竟然会坚持了那么长时间，所以和所有的中国人一样，她坚决反对内战，但内战还是不可避免地打起来了。

1948年，常香玉创办了香玉剧社，培养了大量的豫剧演员。常香玉常对自己的学生说"戏大于天"。而现实中，常香玉页是这样做的。为了办剧社，她节衣缩食，生活十分拮据。而且，她还带着剧社在全国各地进行义演，豫剧开始风靡全国。

1950年，朝鲜内战爆发，美国采取武装干涉。中国反对美国侵略朝鲜，组建人民志愿军发动了抗美援朝战争。常香玉从广播上了解到，美国的设备都是一流的美式装备，激动地说："我们武器装备落后，美国就是凭着先进武器才这么猖狂的，咱就想办法为解放军捐一架飞机吧！"

1951年，为了支援抗美援朝，常香玉帅剧社巡回西北、华南、中南各地演出，以演出收入捐献"香玉剧社号"战斗机一架。

常香玉的爱国热情感染了许多喜欢听她唱戏的人们，人人纷纷奔走相告，慷慨解囊，支持人民解放军抗美援朝。在这段时间，常香玉并没有放松对艺术的要求，她知道艺术要能够流传下去，不仅仅是需要高质量的作品，而且还要有所创新。

常香玉的女儿常小玉回忆说："她一辈子就是这样：戏比她的生命还重要，你要她丢掉什么都可以，就是不能丢掉戏。吊嗓子她都没有一天不练的，后来她老的时候，都不参加什么演出了，但她还是天天练，在病床上也不忘吊嗓子。她从没有觉得她的戏观众都认可了就可以不练了，她的戏版本都不一样，因为她演着觉得有要改动的地方，一直都创新。"

正是骨子里的这份坚持和永不放弃的精神，常香玉的豫剧技巧练得炉火纯青,她在豫剧上的创新也逐渐得到了人们的认可。当初那个瘦弱的女子渐渐地成为豫剧一代大师。她的名字更是在中国经常被人们提起。

唱戏首先学做人

常香玉认为唱戏最重要的还是要学会做人,尤其是经历过旧社会的那段时间,常香玉常常看到很多道德素质低下的艺人,因为品德低下而遭到人们的鄙视,以至于艺人前途尽毁。所以常香玉常常对自己的学员说,"学艺先学会做人,只有德艺双馨的人才能获得成功"。德艺双馨一直是常香玉的奋斗目标,她在艺术中始终坚持抱着忠诚的态度,对人对己都坚持着德艺双馨的原则。

1952年,常香玉率领香玉剧社进京参加全国第一届戏曲观摩演出大会,大会上名师集萃,都是在戏剧各方面有所贡献的人,常香玉在这次大会上见到了全国各地精彩的戏曲,也算是开阔了视野。在会上,她还认识了梅兰芳、程砚秋、盖叫天等人,并与梅兰芳、程砚秋等六人获得第一届戏曲观摩大会的最高荣誉奖。

12月,常香玉随着宋庆龄、郭沫若率领的中国代表团在全世界各地演出。常香玉参加了在奥地利维也纳召开的世界和平大会,并率领剧社作了很多精彩的演出。

从奥地利维也纳归国的过程中,经过苏联并逗留了几天,当时刘少奇正在苏联休养,听说常香玉率领着剧社来了,亲自接见了常香玉,二人相谈甚欢,很有相见恨晚的感觉。在常香玉离开之前,刘少奇写了"和平万岁"的题词赠给了常香玉。

认识常香玉的人都知道她是一个很善良的人,她经常在贫困地区做些义演或者捐款,她觉着做一个对别人有帮助的人是特别快乐的一件事。她常对自己的儿女和学生说:"你们知道吗,一个人在做完好事之后,心里会特别踏实,不发慌,晚上睡觉特别香!"常香玉的胸怀令人赞佩。

常香玉对艺术的忠诚,在戏曲中她坚持着真善美,为了艺术她舍得付出一切,这种精神为她带来了极大的荣誉。"今日中国豫剧十大名旦"比赛组委会授予常香玉"中国豫剧名旦功勋杯"。常香玉被纽约市文化事业部授予"亚洲最佳艺人终身成就奖"。这样类似的荣誉数不胜数,常香玉被人们称为"豫剧一代宗师"。

2002 年,常香玉因患癌症住进北京协和医院治疗。不久后,转入河南省人民医院继续接受治疗。2004 年 6 月 1 日清晨,豫剧艺术大师常香玉在郑州省人民医院与世长辞,永远离开了梨园艺坛,享年 82 岁。

"她在临终前清醒时只是一直嘱咐我们要好好做人,国家的事情是大事,人民的事情是大事,不要做危害国家和人民的事情。生老病死是正常的事情,不要张扬和悲伤。"常小玉回忆起母亲最后的时光,让我们不得不感慨这位老艺术家的胸怀和追求真善美的志向。

在历史的洪流中,这种志向就像珍藏在海底的珍珠,时光的磨砺中,越发绽放其特有的光芒。

刘宝瑞

单口相声大王

——装龙装虎我自己，一个人好似一台大戏

姓　　名	刘宝瑞
籍　　贯	北京
生卒时间	1915~1968 年 10 月 8 日
人物评价	中国著名的相声艺术大师，尤以单口相声为长，师从张寿臣，被誉为"单口大王"。

刘宝瑞，作为一名相声演员，几十年里，他受过军阀、土匪欺压，受过达官贵人的白眼，受过生活无计的清贫，受过拜师学艺的艰辛，是共产党把他从一个贫苦艺人培养成为了一名艺术家，成了"装龙装虎我自己，一个人好似一台大戏"的一代单口相声大王。

奋斗改变命运

1915 年的中国似乎不太平静。首先是当时"中华民国"的袁世凯总统总是幻想着复辟，日本人投其所好，袁世凯签下了丧权辱国的《二十一条约》，条约的内容被曝光后，引起了爱国之士极大的怒火。于是一场波及全国的爱国学生运动轰轰烈烈地展开了。刘宝瑞出生的时候正是这段时间，天气不热不闷,然而这空气中的味道却让人平静不下心来。据说,刘宝瑞出生的时候,哭声很响亮清脆,在习俗中,这可是好兆头,说明这个孩子会有一番大作为。

刘宝瑞的父母都是当地最为普通的居民,家境贫寒,常常饥一顿饱一顿的,刘宝瑞的出生给这个步入艰难的家庭带来了很多笑声。那时对贫苦百姓来说,唯一的消遣就是在巷口里听别人说相声,因为不花钱。年少的刘宝瑞在父亲的带领下,听过了几场相声表演,年少的他觉着很有趣,他没有想到自己在今后为了相声真的穷尽了一生去探索、钻研和创新。

为了让小刘宝瑞过上好点的日子,刘宝瑞的母亲就经常给别人洗衣服挣点闲钱,刘宝瑞的父亲也是想方设法地希望可以改变家庭贫困的局面。

9岁的时候,刘宝瑞为了生存拜崇寿峰为师。崇寿峰,艺名崇疯子,满族人,年少时师承恒瑞丰,擅长单口相声,代表作有《金蝉脱壳》。崇寿峰是刘宝瑞的启蒙老师,刘宝瑞亲自见识了师傅单口相声的功底,一个人扮演很多个人来把周围的观众逗笑,刘宝瑞觉着师傅很厉害,于是他向师傅表明了学习单口相声的愿望,在崇寿峰的教导下,刘宝瑞对单口相声有了进一步的了解。这是他第一次接触单口相声,从此,刘宝瑞与单口相声算是结下了缘分。

13岁,初具相声功底的刘宝瑞转拜张寿臣为师,学说相声。张寿臣是相声大师,同时也是相声艺术第四代门长。张寿臣父亲张诚甫,评书演员兼说相声。张寿臣12岁在北京拜焦德海为师。后来又得到李德钖指点,相声艺术功底深厚。张寿臣的代表作是《小神仙》,很有名气的相声曲目。在张寿臣的指导下,刘宝瑞的相声艺术开始发生了质的变化。他也跟着张寿臣演出,并在张寿臣的指导下,学会了张寿臣的相声代表作《小神仙》,刘宝瑞的演出往往能得到观众的赞赏,都说他是"青出于蓝而胜于蓝"。张寿臣也觉着自己这个徒弟教对了。

在师傅的安排下,刘宝瑞14岁的时候远赴天津,与和自己年纪差不多的马三立、赵佩茹、李洁尘等人在南市联兴茶社相声大会演出。这些人都是当时相声界最优秀的年轻相声演员,联兴茶社相声大会就是给这样的年轻人一个崭露头角的机会，在这次大会上，刘宝瑞明白了"山外有山，人外有人"的道理，看着身边和自己年纪差不多的人也说着一口流利的相声，刘宝瑞感到自己要更加努力。

这次联兴茶社相声大会让他交结了很多相声素质深厚的年轻人，比如马三立。那时的他们都没有想到自己日后会成为相声界的大相声家。

在旧社会，艺人的地位是十分低下卑微的，经常要饱受世人的白眼，尤其是在卖艺的时候，常常会遭到当地黑恶势力的抢夺，有时甚至那些兵匪来抢，生活如此艰难困苦，但刘宝瑞没有放弃，他在等待一个机会，一个能够让他声誉鹊起的机会，马三立也是如此。那些学相声的年轻演员们都在等待着这个机会。

声誉鹊起

相声的起源还有一段悠久的历史。

清政府还执政的时候，八角鼓有一个著名的丑角，名叫张三禄。张三禄的表演幽默诙谐，最善于见景生情，在现场抓住机会逗乐观众。由于张三禄小时候有点自闭，所以长大后的他显得很孤僻，和同事的关系并不太好。于是他经常就一个人到地场卖艺，说、学、逗、唱四大技能作艺来逗观众笑，自称所演的是相声。他主要是模拟人们的喜怒哀乐、音容笑貌，仿学各地人不同的语言变化，装出憨头憨脑的傻样来以博得观众一笑。后人因此称他是第一个说相声的人。

后来相声开始分为三大派：一为朱派，二为阿派，三为沈派。朱、沈、阿三大派，各有区别又彼此间有联系。当时，沈、阿两派的人数不多，支派流传下的门徒更少得可怜，后来也没有能够独当一面的相声大师出现，渐渐没落了。朱派后来出现了一位名叫朱少文的相声大师。

刘宝瑞以单春闯出名气。在所有的相声种类中，最难的是单春。"装龙装虎我自己,一个人好似一台大戏",形容的就是说单口相声的。而且一个人的相声能把听众逗笑,实在是一件不容易的事情。朱派朱少文就是凭借使单春成名。所以在相声这行里使单春的,朱少文算是开山鼻祖。

1940年回到北京的刘宝瑞来不及休息,就直接奔赴启明茶社的相声大会。启明茶社的相声大会比当初联兴茶社的要高级多了。那一天,茶社里挤满了人,北京几乎所有的说相声的和爱好相声的人全都赶到了这儿,人声鼎沸,很是壮观。

大会开了整整好几天,来自各地的相声艺人在这难得的聚会上尽情地展示自己的相声功底,和同行一起交流,实在是件令人愉悦的事情。

在启明茶社相声大会上,刘宝瑞表现了自己扎实的单口表演功底,给现场的同行们很大的震撼,现场一片平静,随之而起的是雷声般的掌声。这次大会上,刘宝瑞成了最大的赢家,声名鹊起。

在大会结束后,刘宝瑞远赴南京、上海等地,与曲艺名家白云鹏、高元钧在一起探讨艺术,经常合作演出。在演出的时候,刘宝瑞经常表演单口相声,在与南方曲艺同行互相切磋和探讨中,刘宝瑞找到了改进自己单口相声的方法,他摒弃了以往相声中的嘈杂部分,吸收了南方独角戏及评话的艺术技巧,同时又从电影和话剧表演中得到了启示,他把他们聚在一起,融会贯通,再加以创新形成自己的独特风格,深受人们的喜爱,刘宝瑞被人们誉为"单口大王"。

20世纪40年代,刘宝瑞甚至亲自奔赴中国香港、澳门表演,他是想把北方相声艺术传播给江南及港澳地区观众。在刘宝瑞的努力下,相声作为一门艺术在南方得到了普及,刘宝瑞的名声更是传播到了国外。

为相声,鞠躬尽瘁

1952年,刘宝瑞回到北京,被中国戏曲研究院实验曲艺团聘为专门的单口相声演员。1954 年 4 月，刘宝瑞到琉璃河北水泥厂下厂辅导工人曲艺队伍。此后，他在北京劳动人民文化宫举办的曲艺训练班教学，这一教就是12 年。12 年间，在刘宝瑞的努力下，培养出来大量的优秀的年轻相声演员。

在教学的时间中，刘宝瑞没有放弃对相声的研究，并试着创作新的相声，创作新相声的同时也没有忘记对传统经典相声挖掘整理，对于发展和普及单口相声这项艺术，刘宝瑞呕心沥血，鞠躬尽瘁。

1959 年夏天，出于对党的热爱，刘宝瑞亲自远赴福建前线做相声表演慰问解放军，在条件艰苦的前沿阵地上演出。刘宝瑞到部队演出，得到了战士们的欢迎和喜爱。为了体验部队生活，创作出关于部队的相声，在征得领导的同意后，刘宝瑞加入了战士训练的行列，跟着战士练习爬杆、翻墙、射击等动作。

趁着闲暇的时间，刘宝瑞还访问了侦察英雄纪瑞瑄，根据纪瑞瑄提供的资料，刘宝瑞创作了歌颂英雄的单口相声《神兵天降》，很受战士们欢迎。这是第一部真正关于解放军战士的相声。

60 年代的时候，刘宝瑞和相声界里的大师侯宝林、马季一起，经常去中南海，为毛泽东、刘少奇、周恩来等党和国家领导人做专场演出，并多次得到领导的接见和赞赏。

1960 年，中央广播说唱团附设相声学习班，招收了十几名在相声上颇有些基础的人，并找来刘宝瑞做他们的讲师。在刘宝瑞的努力下，这些学员后来成了各相声专业团队的骨干力量。

1968 年 10 月 8 日下午，一代单口相声大师去世，年仅 53 岁。据悉，当时刘宝瑞正在录制单口《官场斗》，却意外没有录完，单口《官场斗》遂成绝响，成为相声艺术的一大不可弥补的遗憾。

刘宝瑞在单口相声的成就，使得人们看到了相声的多样性。他深入南京等地，传播了单口相声。刘宝瑞以博深精厚的艺术造诣而蜚声于曲坛。一代单口相声大王永远活在人们心里。人民艺术家老舍先生曾说过："刘宝瑞舞台生活的趣事，宛如一簇芳香馥郁的小花，沁人肺腑。"

马三立

马派相声创始人，相声泰斗

——包罗万象西江月，入木三分开会迷。老叟从艺八十载，江湖笑面写传奇

姓　　名	马三立
籍　　贯	北京
生卒时间	1914 年 10 月 1 日~2003 年 2 月 11 日
人物评价	德艺双馨的人民艺术家，创立了独具特色的"马派相声"，中国曲艺家协会顾问、天津市曲艺家协会名誉主席，天津市政协委员。

马三立的相声，可称得上是如行云流水，浑然天成，在表演中，自始至终带着赏心悦目的松弛感。马三立那变幻莫测、层出无穷的想象力，更是用在相声中，使得相声百转千回，耐人寻味。在对传统相声的改革和创新中，他终于创立了独具魅力的"马派相声"，被人们誉为"相声泰斗"。

艰难困苦玉汝于成

关于自己的出生，马三立自己曾经这样说过。

"我，马三立，"他说，"身高五尺四寸，体重从小到老，始终没能超过一百斤，看来今后希望也很渺茫。丁未年(1914 年)出生在北京。回族。祖辈世居甘肃省永昌,究竟是永昌府呀,还是永昌县,我一直没搞清楚。您想,连我父亲、二叔、爷爷老人家们都不清楚,我打哪儿清楚去?所以说,我生下来就是个糊涂人……"

马三立出生的地方是天津南市福安街同善里的一个大杂院。南市是天津地区有名的"三不管"。据说,离当时的外国租界很近,又不属于外国租界的范围,所以外国人不管;北洋政府知道那边是个坑坑洼洼的水坑,老百姓都往这儿丢垃圾,所以北洋政府也不管;当地的县署觉着南市是属于市政辖制范围,所以县署也不管。自此南市成了"三不管"的地儿,便有不少小贩来摆摊做生意,人群渐渐多了,也就有人在这儿定居了,马三立的家族就在这时候在南市定居下来。

马三立童年的生活很贫苦,父亲马德禄是个相声演员,一天到晚,到处赶场子,收入低微。那时的相声和戏子一样,地位都很低下,很容易遭人白眼,而且挣的钱很少。于是马德禄一天到晚地忙个不停,收入也仅够一家老小的吃喝费用,要是做点别的,就没辙了。

马三立跟着父亲看过相声,在马三立的眼睛里看来,相声演员仅凭一张嘴就把周围的观众全部逗笑了,这是很有意思的一件事。他曾经缠着父亲教自己相声,马德禄没有答应。因为马三立的哥哥当时已经跟着马德禄学习相声,马家应该有一个去读书,做学问,这个责任自然落在了马三立的身上。

马三立的祖父是著名的评书艺人,尤善《水浒》,名噪一时;父亲马德禄更是著名的"相声八德"之一。外祖父是相声前辈艺人恩绪,母亲恩萃卿曾经也学过相声,出生在这样的曲艺世家,马三立想不了解相声都难,家庭环境使他从小就耳濡目染,对相声亦是十分喜爱。

马三立从天津汇文中学毕业后,便辍学在家跟着父亲和兄长学说相声,在父亲和兄长的熏陶下,尤其是在马德禄的苛刻教导下,很快天资聪颖的马三立就打下"说"、"学"、"逗"、"唱"的深厚功底。

1930年,马三立开始登台演出,在演出中他注意汲取别的相声演员的优势,善于总结自己的不足,在不断的摸索和钻研中,马三立的相声水平得到质的提高,视野也变得很开阔。

不久后,马三立参加了南市联兴茶社的相声大会,在会上他认识了很多和他一样的年轻演员,刘宝瑞就是在这时候认识的。马三立对刘宝瑞的单口相声绝技暗暗惊奇,在和刘宝瑞的探谈中,马三立得到更多的关于相声的知识。

后来马三立拜相声八德之一的周德山为师。周德山的师爷就是大名鼎鼎的朱绍文,周德山对相声界贡献是巨大的,他是第一个把相声带进剧场,相声从此告别了在以往撂地摊儿卖艺的形式。当然周德山最大的贡献还是精心培养他的大弟子马三立。在周德山的影响下,马三立的相声水平提高很快,不久后就成为能够独当一面的相声演员。

1947年,马三立登上了天津大观园剧场的舞台,与侯一尘搭档。天津大观园是所有说唱艺人眼中的大台口,登上了天津大观园就意味着名扬天下的机会,就像所有的文人都梦想着进入翰林一样,马三立也梦想着进入大观园剧场。所以这次的大观园中,他诙谐幽默、炉火纯青的艺术表演,很快就把现场观众的气氛带到了一波波的高潮。马三立成了万人追捧的相声大师。

第二年,马三立来到了北京。这是他第三次来北京,前两次来京马三立都引起了当地的相声风潮。这一次,马三立是决定把自己新创的相声曲目,新的表演形式展现给大家。马三立在华声电台和茶社戏园演出,风格独特的马家相声就像是投入相声界的一颗"原子弹"一样,马三立从此声名大噪。

出名后的马三立更积极地投入到相声的改革中,他知道只有不断地创新才能对观众产生绵延不断的吸引力,而这种吸引力则是获得成功的基本保证。在马三立的探索和钻研中,一个个新式的带有"包袱"的相声曲目横空出世。

广阔天地里的大作为

1949 年，新中国成立后，艺人的地位得到了很大的提高，他们不再遭受人们的白眼和不屑，也有了属于自己的身份地位，作为一名相声大师马三立觉着自己真正地站立起来了。马三立心里明白这所有的一切都是共产党给予的，他从心里很拥护和爱戴共产党。身份地位得到提高，马三立的演出也变得多了起来，生活也变得很好，为了回报祖国和社会，马三立着手创作更多的相声曲目。

1950，身在北京的马三立得到新声戏院的邀请，思索再三，马三立杀了个回马枪，重回天津卫，在天津奠定了自己相声大师的地位，在同行和观众面前也打下了很好的基础。天津有个马三立的相声大师很快就在全国传播开来。

在此后的十余年间，马三立的相声事业可谓是一帆风顺。马三立的心情也格外舒畅，眼前的一切都是与以往不同的，新的制度，新的生活，新的相声，一切都是那么生机勃勃，惹人怜爱。

作为一名职业的文艺工作者，马三立经常参加各种各样的演出给人们带去了很多笑声，他参加了奔赴朝鲜的慰问团文艺队并担任副队长。后来马三立还成了天津市曲艺团的副团长，在当副团长的时候，马三立经常给团里的同志们讲述在旧社会他作为一名"臭作艺"的所见所闻和所遭遇的一切，要求团里的同志们热爱党热爱新中国，他说："党和政府让我们有了单位，有了正式工作，享受干部待遇，每月都有工资领，还发给我们工作证。我们应该学会珍惜，学会爱党爱国。"

这段时间马三立创作了《迎春曲》、《买猴》、《讲卫生》、《练气功》等新的带有马家相声色彩的相声新曲目。马三立的名字在全国大江南北传播得更广、更远了。

1970 年，为了响应战备疏散人口，马三立带领着全家到南郊区北闸口村落户。在这个普通的村庄里，马三立一待就是七年，在这段时间里，马三立甚至亲自下地耕种，在闲时马三立也没有忘记过背台词，几乎每天早上起来在院子里说上几段相声。马三立的功夫没有荒废。即使身处农村，他仍然想着回到舞台，回到那些喜欢他的观众身边。

对于这段时间的生活，马志明曾经这样说过："当时一起下放六家，后来落实政策，我们是最后一家走的。房子坏了，下大雨，里外屋没有不漏的，我和弟弟打个伞坐着，爸妈在门槛上坐着。不下雨了，我到市里找曲艺团革委会，不同意回来，把我们调到已经空下来的一处空房子，又住了两年。后来，家里养了四十只鸡，两只鹅，一条狗，院子里所有边边沿沿都种上向日葵、茄子、黄瓜、豆角，满院都是。光蓖麻一年就能收几麻袋，鸡蛋多得连洗澡盆都盛不了。我们在那儿小康啊，落实政策时，老爷子都不想回来了。"

年届古稀的马三立仍然没有放松艺术的创作，从农村回来以后，马三立和王凤山搭档，将《西江月》《文章会》等很多拿手绝活登上舞台，马三立的相声再次风靡全国。这段时间马三立创作了著名单口相声小段《逗你玩儿》《八十一楼》等，这些经典的小段很快就被世人熟知，人人能说上一两口段。

谦虚的马三立在获得掌声或者众人称赞的时候，马三立总是一遍遍地说："我不是大师，不是艺术家，我只是个普普通通的老艺人，是个热爱相声、喜欢钻研相声的老艺人。"

因病告别舞台

2000 年，马三立因病住院，在住院期间他开始着手自己从艺 80 周年的告别演出，马三立当时已经是 87 岁高龄，他的仰慕者和弟子遍布天下。为马三立办好告别演出，是当时文化界最为重要的一件大事。

2001 年 12 月 8 日马老在天津人民体育馆带病登台演出，这是他从艺

80 周年暨告别舞台演出。演出的现场名人集萃,许多和马三立并不熟的名人也来参加这个演出。因为马三立的名声实在是太大了。当时中央台著名主持人赵忠祥,相声界的马季、冯巩、黄宏,还有其他很多演艺界的名流都来参加了这个演出。

马三立生病住院期间,在病房里,老人家也总是跟身边的人开玩笑,因为马三立的名声太大,所以照顾他的医生护士都有点紧张。

据悉,马老手术那天,医生为了缓解马三立的紧张便说:"马老,您别害怕。我们都爱听您说的相声。一会儿还让您给我们说《逗你玩儿》呢!"马三立摆摆手,一副煞有介事的模样说:"千万别。这回可是动真格的,我不'逗你玩儿',你们也别'逗我玩儿'。"在笑声中,彼此间的紧张都烟消云散,手术做得很成功。

马三立是名人,在他住院的时候有很多人去看望他,鲜花很快密密麻麻的一大片,在病房里很占空间。有一天,马三立对小儿子马志良说:"志良,在我病房门上贴个告示。"志良应了一声,以为马三立要写的是不要打扰之类的,因为来的人太多了,有点影响马三立的休息了。马三立却说:"你就写本室代卖鲜花。"马志良一时没反应过来,望望病房里摆满的花篮,马志良立刻明白了老人的想法,马三立这是在抖包袱呢。

然而病魔无情,马三立因病医治无效,于 2003 年 2 月 11 日 6 点 45 分离世,享年 89 岁。

马三立在自己长达 80 年的舞台生涯中,他勤勤恳恳、兢兢业业地为人民服务,他博采众长,承前启后,创造了别具一格的马家相声,使相声真正融会在老百姓的普通生活中,推动相声技术的发展,马三立被人们称为相声大师,相声泰斗,马三立盛名之下却不忘谦虚,随时随处低调做人,马三立的相声和品德都受到群众爱戴。

直到今天,不管是国内,还是国外,马三立的影响仍然是不容小觑的。马三立创作的相声仍然受到越来越多的人喜欢。

侯宝林

相声界的一代宗师

——凡事都要对得住自己的良心

姓　　名	侯宝林
籍　　贯	天津
生卒时间	1917 年 11 月 29 日~1993 年 2 月 4 日
人物评价	相声表演艺术家，注重相声的理论研究，著有《相声溯源》、《相声艺术论集》等，被誉为相声界的一代宗师。

　　侯宝林，年少时受尽世人冷眼，尝尽人间苦难艰辛，在相声中苦苦摸索技巧，终于功成名就，成为一代相声宗师。他用奋斗成就了自己。生活中的他诙谐幽默，被人们称为"东方卓别林"，他改变了相声的地位，使相声在文艺界中的位置得以提高。迄今为止，人们仍然举办各种活动来纪念侯宝林相声大师。

曲折的成长之路

　　1917 年 11 月 29 日，这一天雨下个没完没了，一个破旧的小巷子里却突然传来了一阵婴儿的哭声，这个新出生的婴儿就是侯宝林。

　　那时候的天津还属于北洋政府统治时期，到处都是一片黑暗的凄惨的景象,有很多路人走着走着就摔倒在地上了,这是饿晕的。墙角边坐着衣衫褴褛的乞丐,手里端着的破碗也是空荡荡的,做买卖的小摊望穿秋水也等不到一个来买东西的人,骑着马的军阀呼啸着从街边而过,把几个来不及反应的人拖出好远。路边就有盖着破席的僵体或死尸。这是处于北洋军阀统治时期的社会,侯宝林的家庭也是一贫如洗。

侯宝林的父母都是当地老实巴交的居民,平时靠给别人做点杂活为生,可是兵荒马乱的年代连杂活也没得做了。一家人的生存面临着严重的危机。

不忍心看着饿得哇哇叫的婴儿,侯宝林的舅舅在一个夜晚偷偷抱走了侯宝林,把他放在北京地安门外侯家。侯宝林的养父是涛贝勒府一个厨师,他意外地发现了这个婴儿,并把他抱回家抚养起来。养父有吸毒的恶习,为了生活,侯宝林四五岁的时候就外出捡煤核儿,要过饭,卖过报纸等,从那时起侯宝林就饱尝了城市贫民凄惨艰辛的生活。

自古穷人家的孩子早当家。1929 年,侯宝林在一个编制腿带的小作坊里做学徒,学徒仅有很微薄的一点点薪水,在工作中常常会受到挨打,但侯宝林坚持着。这一年的夏天,侯宝林拜阎泽甫为师,学京戏。整天打杂、烧水等,剩下的时间开始跟着师傅学习唱京剧,为了保持自己嗓音良好的状态侯宝林每天早上都到天坛练嗓子,练从师傅那儿学到的京剧技巧。

1932 年,侯宝林的师傅全家奔赴京城,侯宝林只好回家,在离家不远处鼓楼市场李四的小戏班里边唱京戏。由于在阎泽甫打下京戏的基础和基本功,侯宝林在短短的一年里就学会《辕门斩子》《捉放曹》《牧虎关》等几十出整戏。侯宝林最拿手的是《拾万金》,他一个人表演生、旦、净、末、丑多个唱段。班主很是喜欢他,所以侯宝林每天都能拿到一点钱,来维持父子二人的日常开支。

1933 年初,侯宝林转到西单上场马绍簏的戏班唱京戏。因为这个戏班和当时相声艺人高德明、朱阔泉等人的相声场子离得很近。自从有一次在唱京戏之余,侯宝林意外地听到了相声,并被逗得哈哈大笑。年少的侯宝林便喜欢上了相声。所以在戏班结束唱戏后,侯宝林常常溜到附近的相声场子去听相声。

后来,出于对相声的喜爱,侯宝林拜相声艺人朱阔泉为师,学习相声表演。在唱京戏之余班主经常找不到侯宝林,后来才知道侯宝林在隔壁说相声呢,班主很生气,把侯宝林驱除出了戏班。

侯宝林又回到了北京,在天桥和鼓楼一带摆地摊演出,不唱京剧,表演单口相声,凭借此挣的些许钱养家糊口。每天演出完毕,侯宝林开始探索和钻研新的相声曲目,日积月累侯宝林的相声演说技巧达到了当时茶社和酒楼的"压轴儿"。

其实自清代以来,压轴儿的往往是刘宝全、白云鹏的京韵大鼓,再好的相声也只能排在这前面,但侯宝林的相声别具一格,独辟蹊径,能够压得住台面,逗得笑观众,所以侯宝林的创新打破了这个传统,侯宝林出了名,也为相声界争了光,添了彩。

我不是"东方卓别林"

1937年卢沟桥事件爆发,中国开始进入了全面抗战时期。不久后,日军侵入北京,到处兵荒马乱,人们纷纷往外逃,老百姓食不果腹,更别提娱乐业。那时,根本就没有人敢出门,在街上稍微走得快了点,就可能遭到日本人的枪击。没有了观众,侯宝林也就没有了收入,父子二人的生活举步维艰。

后来还是在朋友的介绍下,在北京东城福寿斋纸店做短工,平日装订日历、月份牌等挣点微薄薪水,勉强度日。侯宝林大病了一场。病好后,侯宝林和师叔郭启儒搭档签约去天津演出,当时天津燕乐戏院以月薪二百元(伪币)招聘二人。侯宝林和郭启儒决定在天津发展,天津虽然相声名角多,但是当时天津茶楼和听戏的人挺多的,毕竟相声是在天津发展起来的。

为了能够闯出一片天地,侯、郭是真正费了心血,二人积极研究天津相声名角的作品，找出它们的不足和精彩之处，加以学习，并且用《改行》《戏剧杂谈》《空城计》等拿手段子在天津一炮打响。他们当时一改相声界传统的粗声粗俗的以低级乐趣博取观众欢笑的恶习，创作了很多高雅，正派的曲目。

不久，侯宝林把京剧也创新融合到相声里，采用反串京剧的形式，这种新颖的具有创新意味的曲目一经推出，侯宝林二人便名声大震。当时有家报纸是这样评价的："唱功为相声第一人，学名伶皮黄最为神似。"

尽管事业蒸蒸日上，但在抗战期间，到处兵荒马乱，物价更是飞涨，当时燕乐戏院以"合同"为借口，迟迟不肯给侯宝林加工资，那段日子，生活入不敷出，难以为继。

后来，侯宝林在天津商业电台找了份兼职，生活才变得安稳下来。不久后，进入了当时相声界一流的曲艺场所"小梨园"演出，这场演出奠定了他在相声界的地位。

侯宝林在天津的那五年，正是天津最为黑暗的时期。日军入侵天津，人们每天温饱不继，每天还得在生死面前徘徊。

新中国成立后，侯宝林经常在中南海给毛泽东、周恩来等国家领导人表演相声，毛泽东很喜欢他的相声表演，每次都被侯宝林逗着哈哈大笑，连声说："实在有趣，有趣！"

后来，侯宝林随中国人民解放军赴朝慰问团去朝鲜，任曲艺服务大队中队长。身在抗战战场，侯宝林的相声给战士们带来了很多欢乐，他在战场上还亲自编撰了两段相声《杜鲁门画像》和《狗腿子李承晚》，这两个节目很符合战士们的情趣爱好，往往侯宝林的表演就能得到满堂喝彩。

这时的侯宝林已经是享誉中外的相声大师了。他一边研究相声的创新，一边对相声的普及做准备，除了创作更多贴近现实、生活和群众的新相声《婚姻和迷信》和《一贯道》等，侯宝林更是把相声的出场由原先的开始或者不重要的位置变为各个场合里的"压轴"，相声的地位得到了提高，侯宝林功不可没。

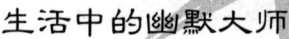

生活中的幽默大师

侯宝林是毛泽东最喜欢的几个相声演员之一，这从毛泽东多次接见侯宝林和侯宝林在东南海演出的次数就可以很明显地看出来。其实，除了在舞台上，私底下，侯宝林也是个幽默到了骨子里的人，他一举手一抬头，就能把喜剧的感觉带给大家。尤其是后期，侯宝林的相声表演功底达到了炉火纯青的地步。他的相声，语言清晰，动作自然，诙谐幽默，而且还带有艺术的一点点的文雅，这一切形成了他个人相声的独特魅力。

生活中关于侯宝林的段子还有很多。

有一次，他到美国访问。很多记者都知道他是著名的相声大师，没人敢随便说些话题。但有一个记者问："里根是演员，但他却成为美国人们的总统，侯先生你也是演员，在贵国可以当总统吗?侯宝林想了想说：'里根我知道，我们不一样，他只是个二级演员，我可是一级演员。'侯宝林的回答机智幽默，让以口才著称的记者们颇为赞叹。

生活中的琐事中，侯宝林也是幽默丛生。

有家饭馆老板是侯宝林的铁杆粉丝，他想方设法见到了侯宝林，让侯宝林给他的饭店题个字，以挽救陷入经营危机中的饭馆。侯宝林写了"不起眼"三个字。这是一语双关，一来是说饭店位置和装修不起眼，二来是说饭馆的饭菜很有特色或者很美味，让人抬不起头来。"不起眼"这三个字，细细品味，很有文化内涵。饭馆老板把这三个字当做饭馆的名字后，饭馆的生意突然间就红火起来。

侯宝林还给自己刻了个"一户侯"的章，对此，他曾经解释说："我姓侯，我的官印叫一户侯，意思是，我一家姓侯，我只管一家，过去的都叫万户侯什么的，我没那么多。"

即使是在逝世的那天，侯宝林还不忘了跟他的观众玩玩幽默。他在录音机里录下了这样的一段话:"亲爱的听众,尊敬的观众,侯宝林将去了,去世了,恕报不周,祝大家身体健康,万事如意……"

把最好的艺术献给观众

步入晚年的侯宝林对艺术的要求更高了,这段时间他经常说的一句话就是:"把最好的艺术献给观众。"

为了实现这个目标,侯宝林开始了对曲艺的理论研究和总结。他把相声的技巧提升在科学的高度上来,这样方便以后的学艺者。这段时间侯宝林与人合著有《曲艺概论》《相声溯源》《相声艺术论集》等。在这些著作中,侯宝林表达了自己对相声的理解和全部的研究成果。这些书一出版就在相声界引起了轩然大波,尤其是对从事相声的人来说,无异于一颗炸弹爆炸在身边。人们争相购买,这是提升相声艺术修养最基本的也是最有效的方法。

为了方便学艺者学习相声,侯宝林录制了很多相声集,相声集有《侯宝林、郭启儒表演相声选》《再生集》《侯宝林相声选》等等,在这些相声集收录了如《戏剧杂谈》《婚姻与迷信》《妙手成患》等侯宝林经典的脍炙人口的相声精品。通过这些相声集,学艺者可以模仿这些相声集里的作品,自学成才。

侯宝林的名气太大了,找他拍电影的人也很多,出于对观众的考虑,侯宝林最终只主演《游园惊梦》《笑》等喜剧电影。

1993年2月4日,侯宝林不幸与世长辞,享年77岁。他是人民的艺术家。他毕生都以"把笑声和欢乐带给人民"作为自己的奋斗目标,他也因此得到全国各族人民的尊敬与喜爱。他曾说过:"我侯宝林说了一辈子相声,研究了一辈子相声。我的最大的愿望是把最好的艺术献给观众。观众是我的恩人、衣食父母,是我的老师。我总觉着再说几十年相声也报答不了养我爱我帮我的观众。现在我难以了却这个心愿了。我衷心希望我所酷爱、视为生命的相声发扬光大,希望有更多的侯宝林献给人民更多的欢乐。我一生都是把欢笑带给观众，如果有一天我不得不永别观众，我也会带微笑而去。祝愿大家万事如意，生财有道。"

　　侯宝林被尊为相声界一位具有开创性的一代宗师。在他漫长的艺术生涯中，他潜心研究并创新了相声的形式，摒弃了以往相声的比如粗俗的特点，使相声变为一门真正的高雅的艺术，也是他使得这门艺术得以真正地走入千家万户，在他以及他之后，相声往往在演艺中作为"压轴"的节目出现，带给人们更多的欢笑，相声达到前所未有的高峰。

李劫夫

中国著名作曲家，音乐教育家
——用歌曲记录那个英雄辈出的时代

姓　　名	李劫夫
籍　　贯	吉林农安
生卒时间	1913 年 11 月 17 日~1976 年 12 月 17 日
人物评价	中国著名作曲家，音乐教育家。1938 年加入中国共产党。短短的一生创作了一千多首歌曲，广为传唱。

　　李劫夫的歌记录了一个英雄辈出的时代。年少贫穷，后来在共产党的帮助下一步步走向成熟，他所创作的歌曲，首首都是经典，都为世人所传唱。李劫夫的"语歌录"更是风靡祖国的大江南北。作为一名歌曲作曲家，李劫夫的很多经历值得我们牢记、深思，然后在他的指引下前进。

农村走出的音乐天才

　　1913 年 11 月 17 日，李劫夫出生在吉林省农安县。孩子的出生给年轻的父母带来了很多笑声。李劫夫的父母都是当地普通的农民，生活虽然清苦些，但这个小院子里却经常传来年轻父母爽朗的笑声，旁人听来很是温暖。

　　父母给了李劫夫一个快乐的童年。少年时期的李劫夫活泼调皮，平时和伙伴们一起玩耍,是当地有名的"孩子王",李劫夫的调皮是令大人们头疼的,有些恶作剧显得有点过分。比如他攀上屋顶把邻居的烟囱堵住,邻居生火的时候屋里充满了浓烟。又或者用抓来的马蜂来对付自己厌恶的人。少年时期,李劫夫就显得从善如流,疾恶如仇。

在父母的努力下,李劫夫顺利地从小学考到初中,初中毕业时,因为家境贫寒,李劫夫被迫辍学。在家跟着父母务农,或者做些杂活。李劫夫望着村子旁边那巍峨的高山,想象着山对面的世界。他的心灵里萌发出要去外面世界看看的愿望。这段时间,对李劫夫来说,音乐就是他的精神食粮。

1931 年九一八事变爆发,消息传到这个宁静的山庄,李劫夫的心变得义愤填膺,从小就疾恶如仇的他再也无法平静下来了。告别了父母,李劫夫在青岛、南京等地从事抗日救亡活动,在活动中,李劫夫接触到共产党,他深受马克思主义的影响,李劫夫觉得共产党是个可以信任的党。

1937 年 5 月,年仅 24 岁的李劫夫只身来到了延安,在共产党的帮助下,李劫夫成了八路军西北战地文艺服务团中的一员。跟随着服务团到全国各地演出,李劫夫的音乐才华初露光芒。在部队和共产党的领导下,李劫夫渐渐成了一名坚定的革命者。1938 年 9 月,在团部的介绍下,李劫夫光荣地加入了共产党。

同年,在丁玲主编的《战地歌声》一书中,就有许多是李劫夫创作的。丁玲对李劫夫杰出的音乐才华很是赞赏。《战地歌声》一经推出,使处在抗战期间的中国引起了很大的轰动,尤其是在战士间,这些歌曲人人都能来上一段。

1943 年,李劫夫被调往晋察冀边区任宣传干事。冲锋剧社是晋察冀军区所属的一个剧社,剧社主要以创作抗日救亡的爱国歌曲为主,平时剧社会到处演出,深入部队和群众中教唱抗日歌曲,并且在部队和群众中进行演出,偶尔也写抗日标语等。

1944 年,李劫夫跟随剧社下乡,入伍深入生活,这时的李劫夫创作了一些歌曲和编排了一些曲目。李劫夫是极富天赋的艺术天才,他对文学、戏剧等都有较高的修养，李劫夫的艺术成就主要体现在他的歌曲创作方面的才华，在 1964 年之前，李劫夫就已经创作了两百多首歌曲，这令很多音乐家望其项背，如此多的歌曲数量在音乐家里实在是不多见。

比如李劫夫创作的《歌唱二小放牛郎》等，这首歌曲生动形象地展现了抗日战争期间广大人民群众敢于斗争的精神，歌词和曲调都显得很随和，唱起来朗朗上口。李劫夫对民间音乐和百姓喜闻乐见的音乐方式显然是胸有成竹。李劫夫创作的作品大都具有很浓郁的民族风格，再加上朴素的语言，轻松的曲调，使他的歌曲唱起来就能给人一种向上的力量。正是基于此，李劫夫的歌曲在抗日战场上广为传播。

激进的红色作曲家

抗日战争胜利后，李劫夫任沈阳音乐学院教授、院长。

20 世纪五六十年代，李劫夫的歌曲在中国广为传唱，最有名的歌曲当属《我们走在大路上》《革命人永远是年轻》《沁园春·雪》等。《我们走在大路上》这首歌热情洋溢，豪迈乐观，时代气息很浓郁，这首歌曲调轻快，唱起来很容易受感染，毫无疑问，这是一首令人快乐的歌曲，周总理就曾经赞赏过这首歌曲。

河北邢台大地震。周总理遇到了李劫夫，周总理说："劫夫，我最佩服你的《我们走在大路上》，你的四段词我都会唱！"说完，周总理还在李劫夫面前唱了几句《我们走在大路上》。周总理的赞赏就像是阳光照耀到了李劫夫的心里，回去后他细细品味周总理的话，不久后李劫夫在灾区创作了后来风行一时的《爹亲娘亲不如毛主席亲》。

出于对毛泽东的敬佩和爱戴，李劫夫决定把毛泽东的诗词全部谱上曲子。这是李劫夫音乐中的一大特色——语歌录。这些歌曲成功地体现出时代性和民族性的结合，比如气势雄伟的《沁园春·雪》，或者是委婉细腻的《蝶恋花·答李淑一》,这些歌曲都有很高的艺术价值。

李劫夫的音乐和政治有关的,包括他创作的《毛主席语录》"前言"谱的曲子,可以说是空前绝后的作品了,内容单一,口号式的文字。这首歌曲有20多分钟,没有一定的政治热情是无法写出这样的音乐作品的。

李劫夫是个激进的红色作曲家,自从抗战时期,他开始谱写歌曲以来,在他一生中,共创作了两千多首歌曲。其中,很多的歌曲都为世人所详知,并广为传唱。李劫夫对歌词的处理具有推陈出新的独到功力,他把北方说唱音乐融合到歌曲的创作中,体现了创新。

李劫夫创作的歌曲可以说是他那个年代的"流行歌曲"。家喻户晓,老少咸宜。

李劫夫是从农村走出来的音乐天才,他才华横溢,见识丰富,他所创作的歌曲一首首在不同的年代歌唱,并没有像其他歌曲那样,红极一时便很快消失在观众的视线里,李劫夫的音乐是个例外,似乎他的歌曲一直都是这样红火。即使在 20 世纪七八十年代,他的歌曲还是广为传唱。李劫夫是当之无愧的著名作曲家。

1976 年 12 月 17 日中午,李劫夫因为心脏病猝逝。享年 64 岁。

李劫夫虽然消失在人们的视线里,但他的作品和他的事迹永远在人们心中飘荡。

1999 年,中华人民共和国 50 周年国庆,天安门广场进行的前所未有的盛大阅兵,20 世纪 60 年代成果的方队经过广场时,伴随着整齐一致的步伐响起的便是李劫夫创作的那首高昂的《我们走在大路上》的乐曲。

曹禺

中国杰出戏剧家

——雷雨惊人醒，奇才震文坛

姓　　名	曹禺
籍　　贯	天津
生卒时间	1910 年 9 月 24 日~1996 年 12 月 13 日
人物评价	文明戏的观众、爱美剧的业余演员、杰出的剧作家。

　　曹禺，原名万家宝，字小石，祖籍湖北潜江，1910 年生于天津一个没落封建大家族。他自小没了母亲，心灵敏感而脆弱，常常感到压抑。受继母的熏陶，曹禺成了文明戏的观众；上学后，他则是爱美剧的业余演员。在左翼作家的影响下，曹禺开始写作，处女作《雷雨》一鸣惊人，成为中国杰出的剧作家。

是观众，也是演员

　　1910 年 9 月 27 日，曹禺的母亲病逝了，那时他出生才三天。回想往事，曹禺说："我从小失去了自己的母亲，心灵上是十分孤单而寂寞的。"那么幼小的孩子，已经体验到了孤单和寂寞，心灵自然相当敏感。而敏感的心灵，大多都是脆弱的。文人的心灵，大多如此。但他们的脆弱不是指受不起打击，而是多愁善感,有菩萨的心肠。

曹禺的父亲名叫万德尊,光听名字就知道是不简单的人。万德尊清朝末年曾留学东京士官学校,和后来的军阀阎锡山是同学。辛亥革命前,他是黎元洪的秘书。"中华民国"成立后,他被授予中将军衔,先后出任宣化府镇守使、察哈尔都统等职。军人家庭,有一个特点,那就是很像军队;对孩子们而言,服从最为重要。面对一身军装的父亲,孩子小小的心灵虽然敬佩,但也不无忌惮之意。敬佩与忌惮,一直伴随曹禺终生。

生母患产褥热病逝后,曹禺迎来了继母。有一句俗语,说后娘的心肠,毒过大中午的太阳,这话未免以偏赅全,对后妈不公平之至。曹禺的继母,视曹禺如亲子,对曹禺犹如亲娘,可以说是体贴入微,无微不至。

万德尊出任军人之前,曹家是典型的封建大家庭;万德尊担任军职之后,这个封建大家庭里就有了军士之家的因素。也就是说,曹禺是在封建家庭兼军士家庭的环境里成长的,这对他后来创作的影响相当之大。考虑到这一点,也就不难理解,为什么继母已经对曹禺那么好了,时常带曹禺去看京戏、地方戏、文明戏,曹禺仍旧感到孤单。

孤单这个东西,不能想,不能闻,只有切身体味了,才知道那是什么滋味。曹禺说过,真正打动人的东西,是作家的那个极其亲切、极其真实的感觉,是他本人所感受到的,思考过的问题和深思后的答复。哈姆雷特的"to be or not to be"能够引起共鸣,绝非偶然,这点曹禺深知。

刚刚5岁,曹禺就跟从家庭老师刘其珂学习。刘其珂是曹禺的表兄,教导时不仅认真,还考虑了曹禺的喜好。用孔子的话说,就是不违其天性,因材施教。读背四书五经之余,曹禺还有编戏演戏的机会。曹禺看了不少戏,耳濡目染,自然懂得很多,近乎得之于心,用之于手。

1920年,新文化运动正值激烈的年代,欧风横吹,美雨猛下。为打下更为坚实深厚的基础,曹禺离开私塾,进入天津银号"汉英译学馆"学习,开始接触大剧作家莎士比亚的作品。莎翁以塑造"性格悲剧"闻名于世,他笔下的哈姆雷特、麦克白、李尔王,等等,都是家喻户晓的人物,曹禺汲取了不少经验。

两年后,曹禺进入南开中学,结识了终身好友靳方叙,即后来为曹禺发表《雷雨》的靳以。更为重要的是,南开中学时期,曹禺逐渐接受先进思想,大量阅读新文学作品,例如鲁迅的《呐喊》、郭沫若的《女神》等等。曹禺曾坦言,他的血液被《女神》激荡过,近乎沸腾起来。那个年代,不仅社会狂飙突进,不少青年才子也是狂飙突进,曹禺就是其中之一。

在渊源上创新

依照父亲万德尊的计划,培养曹禺的目的是成为医生。曹禺也遵照老父的意愿,投考协和医院,但考了两次,两次都落榜。结果如此,不是曹禺没才,而是他不怎么在意医生这个职业,他的兴趣在戏剧。硬生生让曹禺投考协和,好比让千里马去耕田,千里马连拉车都干不来,怎么耕田?

1925 年,年仅 15 岁的曹禺加入南开新剧团。该剧团由南开创世人张伯苓和严范孙创建,始于 1909 年,是我国话剧界早期剧团之一,为国家培养了不少人才,例如周恩来总理曾经也是该剧团成员。

南开新剧团演出的戏主要是爱美剧,属于非职业演剧。"爱美"系英语"amateur"的音译,表业余、非职业之意。进入近代社会,西方戏剧不断传入中国,因为表演形式和内容都很新颖,有别于中国的传统戏剧,人称文明戏或者文明新戏。曹禺小时随继母看的戏剧,有一大部分都是文明戏,因此有的评论者称曹禺是文明戏的观众。

文明戏发展大约十多年后,因为演员的堕落和对社会问题的回避,广泛遭到质疑和诟病,逐渐衰落下去。职业性质的文明戏无人问津,不少喜爱戏剧的人就开始自编自演,因为他们不以戏剧为生,纯属业余爱好,所以被称为业余剧,即爱美剧。

当时的爱美剧,演出最频繁的是挪威大剧作家易卜生的"社会问题剧",

尤以《玩偶之家》最为频繁。中国近现代不少名人，都曾受到易卜生"社会问题剧"的影响，例如胡适受《玩偶之家》的影响，创作了中国题材的第一部独幕剧《终生大事》，鲁迅先生则直接写了关于娜拉出走以后所遭遇到的困境的文章，都深切地关心当时的社会问题。

作为正寻求进步的青年，曹禺也受到了易卜生"社会问题剧"的影响。演出《玩偶之家》时，他扮演娜拉，相当激动，站在台上又说、又唱、又跳，极像渴望寻求自主但无法自主的娜拉，将那一份面对冷酷丈夫时慌乱、失望、痛苦的复杂心情演得栩栩如生，妙到巅毫。

1929 年，曹禺考入南开大学政治系，但他不喜欢政治理论，次年转入清华大学，就读于外文系。在外文系，曹禺研读了世界各类型的杰出戏剧，从古希腊到现代美国的剧作，他都有涉猎和钻研，为后来的创作提供了深厚的理论基础和广博的借鉴依据。有趣的是，大学期间，清华的同学们送给曹禺一个美丽动人的绰号——"小宝贝儿"。

九一八事变爆发，清华的学生群情激奋，组织抗日宣传队伍，四处开展抗日宣传，曹禺任队长。10 月，曹禺带领队员前赴河北保定宣传。在火车上，遇上了一位彪形大汉，是长辛店铁厂的工人。大汉对学生们主动宣传抗日的精神非常钦佩，并激愤地说，日本人霸占东北三省就像割掉国家身上的一块肉。倘若日本人再得寸进尺，他非同他们拼命不可。

一个铁厂工人都如此拳拳爱国，曹禺非常敬佩，不禁想起正在构思的《雷雨》。进入大学不久，曹禺就已经开始构思《雷雨》了，但生活经历不丰富，《雷雨》只有模糊框架，没有血肉丰满、精气神兼备的人物形象。

为了更深入了解当时大众的生活，曹禺来到铁厂，渴望在最近的距离接近工人。交往不久，曹禺发现，工人们非常诚实，非常勇敢，非常正直，这与他平日所接触的人有很大不同。随着时间的推移，一个清晰的工人形象鲁大海渐渐出现在曹禺脑中。

1933 年，毕业前夕，曹禺终于完成了第一部处女作。他将苦苦思索了 5

年，花了近 6 个月的时间，五易其稿的《雷雨》交给负责为《文学季刊》组稿的靳以，一颗心既激动不已但也平静如水的心等待着。

中国话剧的顶峰

然而，一年过去了，《雷雨》还没有出版面世，究竟是怎么了？是稿件的质量不够要求，艺术水准过低吗？不是的，曹禺相信自己的才华。费了那么多年时间的磨炼，他那一柄剑已经寒光胜雪，砭人肌骨了。一剑亮出，定可震惊文坛。那么，难道是好朋友靳以不得力，或者他别有打算。也不是的，靳以不仅诚实，还很老实，对朋友一向剖肝沥胆，这点曹禺绝对坚信。

靳以的确是一位非常诚实，诚实得近乎老实，老实得近乎有点呆的朋友。《文学季刊》的主编是大名鼎鼎的郑振铎，另一位组稿工作者是名作家巴金。靳以接到曹禺的剧本后，也觉得好，很想向郑振铎推荐，但不好意思，因为曹禺是他的好朋友，他担心别人乱说。

幸好，只要是真金，不管放多长时间，都不会贬值。一天，巴金告诉靳以，虽然《文学季刊》是名刊，但组稿时眼光也应放宽点，除了名作家的稿件外，也应多多留意文坛新秀。都说长江后浪推前浪，巴金能够这么想，才不愧为伟大的作家。靳以听后，马上从抽屉里翻出曹禺的稿件。

1943 年，对中国文学史而言，是一个相当重要的年份，因为标志中国现代话剧真正成熟的作品《雷雨》发表了；对曹禺而言，更是一个重要的年份，因为他的处女作、成名作、代表作《雷雨》一鸣惊人，荣获众多好评。

《雷雨》发表不久，中国留学生便在日本东京演出，引发强烈的热议，都赞扬写得好。随后，东京神田一桥教育馆发行《雷雨》的日译本，译本一跃而成畅销书。大作家鲁迅看了《雷雨》后，对前来采访的美国记者斯诺说，中国最好的戏剧家有郭沫若、田汉、洪深，还有一个新崛起的左翼戏剧家，那就是曹禺。鲁迅将曹禺与郭沫若、田汉、洪深等人相提并论，既是高度的赞扬，也是深切的期许。另外，需要指出的是，鲁迅看的是日译本。如果他看了原著，不知会多么兴奋。

当时，郭沫若在东京。看了《雷雨》的演出后，他也非常兴奋，亲笔为日译本作序，称《雷雨》确实是难见的优秀力作。大评论家刘西渭，也就是杰出剧作家李健吾，看了《雷雨》后，以评论家的笔名写道：《雷雨》是"一出动人的戏，一部具有伟大性质的长剧"。在中国现当代文学史上，刘西渭有一支点铁成金的笔，凡是被他点评过的文章，想不好都不行，想不出名就更难了。

中国现当代文学史研究者都认为，曹禺之所以能创作出具有永恒生命力的剧作，因为广泛吸收了中西方戏剧的优点，再加以消化吸收、融合创造，最终形成自己独特的风格。法国杰出的博物学家布封不是说过吗，风格即人。只有形成了自己独特的风格，才能体现与他人的区别，也才能成为大师。

就《雷雨》而言，它明显受到了古希腊戏剧"命运悲剧"、莎士比亚戏剧"性格悲剧"和易卜生戏剧"社会悲剧"等的影响。"命运悲剧"的形象，主要体现在侍萍身上。作为使女，她年轻时受周朴园诱奸以致怀孕生子。为了自私的个人幸福，周朴园抛弃了她。侍萍本已跳河自杀，怎奈天意弄人，被人救了。尽管她不想再见周家的人，极力不让女儿给人当使女，可命运偏偏逆她的意而行，不仅逼她再次见到周朴园，她女儿还同她与周朴园生的儿子有了纠葛。这一切，如果不是命运捉弄，怎么会发生？可是，如果真是命运，为什么她的命那么苦？

"性格悲剧"的形象，主要体现在繁漪身上。她是一个受过新思潮影响的、渴望恋爱、温暖、幸福的少女。可是，自从嫁入周家，她的梦想就彻底破灭了。周朴园自私、专横、残暴，根本不将她当成应该疼爱的妻子，而是按照"应该听话服从"的形象使用她。为了幸福，她不惜勾引周朴园与侍萍生的儿子，可最终还是被抛弃了。她的性格里，有"最残酷的爱和最不忍的恨"，使她这位"雷雨式"人物，成为揭穿一切的痛苦者。

"社会悲剧"的形象，主要体现在周朴园身上，他既是刻薄的封建家长，又是残酷的新兴资本家。在家里,他是家族的罪魁;在社会上,他则是社会的恶首。

继《雷雨》之后,曹禺又创作了《日出》、《原野》和《北京人》。每一部都是经典之作,都引起了文坛的瞩目和研究。人们将这四部作品合在一起,称为曹禺的四大杰作。新中国成立后,曹禺还创作了《胆剑篇》、《王昭君》,等等,但影响力远远不及前四部。

1992年,中国全国优秀剧本创作奖改名为"曹禺戏剧文学奖",可以说是表达了对曹禺的敬佩和感谢。四年后的12月13日,曹禺逝世,享年86岁。

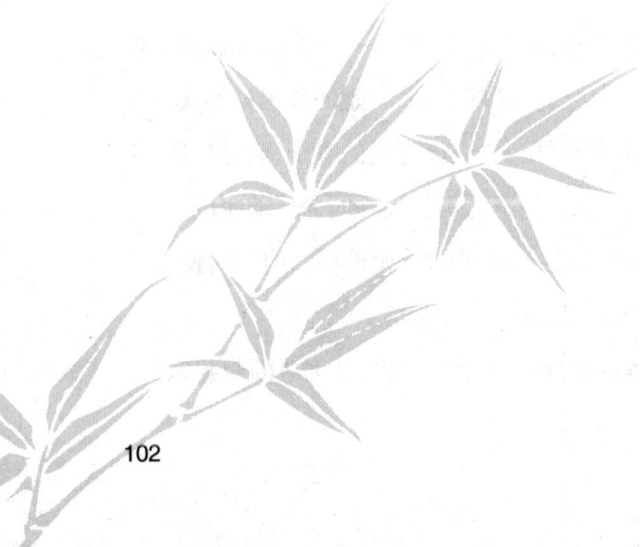

马思聪

中国小提琴第一人

——思乡动断肠，提琴奏妙音

姓　　名	马思聪
籍　　贯	广东海丰县
生卒时间	1912 年 5 月 7 日~1987 年 5 月 20 日
人物评价	中国作曲家、小提琴家、音乐教育家、"中国小提琴第一人"。

马思聪，中国作曲家、音乐教育家、"中国小提琴第一人"，1912 年生于广东海丰县。一个偶然的机会，马思聪爱上了小提琴，后赴法深造，学成归国，先后执教于国内多所大学。20 世纪 60 年代末，马思聪离开大陆；1987 年病逝于费城，享年 78 岁。马思聪 1937 年创作的《思乡曲》是 20 世纪的经典音乐之一。

第一眼就爱上

1912 年 5 月 7 日，马思聪诞生于广东省海丰县海城镇幼石街。幼石街，就是今天的中山西路。马家在当地相当有名望，马思聪的父亲马育航是将军陈炯明的同学。孙中山先生闹革命时，马育航曾作过贡献。武昌起义后，马育航先后出任广州市财政局局长、广东省财政厅厅长等职。如此看来，马家是当时的大户人家。

马思聪的母亲叫黄楚良，虽然不是大家闺秀，但也略懂诗文。最为重要的是，黄楚良活泼开朗，不是整天安静得不轻易说一句话的母亲。一般人都认为，安静木讷的母亲带长大的孩子比较安静，活泼好动的母亲带长大的孩子比较活泼好动，这话不是没有道理的。在活泼的黄楚良的抚养下，马思聪相当活泼。

马家不是音乐世家，马思聪之所以喜欢上音乐，皆因一个偶然的机会。一天，马思聪随母亲去外祖父家，听到留声机唱响，他就跟着曲调的节奏，手之舞之，足之蹈之，口中哼曲，兴奋不已，俨然一位音乐天才。那时，马思聪才5岁。

马思聪与会弹风琴的堂兄马时晖的关系非常好，7岁时正式练习。见马思聪对风琴弹弄不够，把玩不厌，父母就为他购买了一台。两年后，尽管马思聪对家里的风琴依依不舍，还是不得不出外上学，就读于广州培正学校，并且是寄宿生，难得回家一次。

当然了，因为非常喜爱音乐，在校期间，除了学会广州话外，马思聪还学会了口琴和月琴。他吹起口琴来，悠悠扬扬，音调时高时低，仿佛风中飘逸的纱巾，美妙之极。与吹口琴相比，马思聪弹月琴时，音调就清脆多了，仿佛玉珠撒落在瓷盘上，悦耳动听。那种清韵，用"珠落玉盘"形容，丝毫不为过。

1923年暑假，是马思聪一生的转折点。他回到家，他大哥马思齐也回到了家。马思齐在法国念书，生病了，回家是为了养病。想到家里没什么消遣时光的，就顺便带了一把小提琴。马思聪见了小提琴，如获至宝，整天拉个没完没了，似乎不吃饭都行。

在人的一生中，有的东西第一眼见了就喜欢，怪得很。马思聪对小提琴的感觉，就是这种感觉。人对物的感觉，不亚于人对人的感觉。人对人有一见钟情，人对物也有。刚刚见了第一眼，马思聪就对小提琴"一见钟情"，怪不得评论界称他为"音乐神童"。为学习小提琴，马思聪放弃了广州的学业，跟随大哥马思齐赴法学习。

马思聪到法国时，只有 11 岁，再说他没有小提琴基础，又不会说法语，无法直接进入学校上课。因此，马思齐只好给弟弟聘请小提琴老师。最初，他们兄弟二人住在枫丹白露，马思聪在那儿学了两个月的小提琴。随后，他们兄弟俩搬家了，住到巴黎东面。6 个月后，他们兄弟俩又搬家了，住到一位七旬法国人家中。就在这位老人家里，马思聪学会了法语，拉小提琴的水平自然也提升了。

《思乡曲》

独自练了两年小提琴后，马思聪于 1925 年考入巴黎音乐学院分院南锡音乐学院。为方便上学，马思聪转入一位老妇人家中居住。老妇人的大女儿善弹钢琴，马思聪常与她合奏乐曲。有老师教导，还有朋友指点，马思聪进步很快。第二年大考时，马思聪拉奏帕格尼尼的《协奏曲》，荣获最优第二奖。

马思聪很上进，尽管获了第二奖，他还是不满足，回到巴黎，继续学习。经朋友介绍，马思聪第一次拜入大师门下，跟随巴黎国立歌剧院小提琴独奏家帕尼·奥别多菲尔学习小提琴，同时还跟随奥别多菲尔夫人学习钢琴。半年后，准备再次报考巴黎音乐学院的马思聪不得不放弃，因为练习过多，颈部患病。

1927 年 3 月，马思聪前往贝尔克治病休养。很幸运，他遇上了终生推崇的作曲家德彪西，学到了不少知识。年末，马思聪回到巴黎。随后，考入巴黎音乐学院。不久，他遇上了我国另一位大音乐人，那就是冼星海。

两年后，因为囊中羞涩，马思聪只得回国。但是，学了 4 年的音乐，别说还拿了奖，就算没拿，马思聪的音乐造诣也已非同一般了。回国后，马思聪分别在香港、广州举办了音乐会，一举闻名。当时四大报纸之一的《申报》甚至称马思聪为"中国音乐神童"。

待马思聪在上海和南京都举办了音乐会后，他的名气更大了。《中央日报》极力推崇，写道：马思聪拉奏的韵律"顿挫抑扬，令人神志飘扬"，"或引人入其怀古之感，或导人入幽静之境，或使人惆郁，或令人兴奋"。各大媒体如此赞美，可见马思聪的演奏已经不下阳春白雪，近乎高山流水了。

1931年，马思聪第二次赴法学习。经昔日恩师别多菲尔介绍，马思聪随作曲家比内鲍姆学习作曲。比内鲍姆是犹太族人，性情古怪，冷傲孤僻，但马思聪与这位足足大了他40多岁的老师，竟成了忘年之交，真是相知相爱的典型。马思聪对这位恩师的评价是，他那"不是忧郁，而是像古希腊悲剧的那种伟大的风格，像是猛烈的火的焚烧，他的音乐焚烧着一种不可遏制的热烈"。这一席话，也几乎可以说是马思聪对自己音乐的评价。因为，马思聪曾坦言，比内鲍姆不仅是他的作曲老师，也是他整个艺术修养的指导者。

都说名师出高徒，有比内鲍姆那样的老师，自然会有马思聪这样的徒弟。一年后，马思聪回国，与人合创了私立广州音乐学院，出任校长。也就是在这一年，马思聪与比他大两岁的王慕理完婚。即使是今天，只要女方比男方大，别说两岁，就是只大一天，好多迂腐的人都不能接受。那时的马思聪就已经能接受了，可见他多么开明，又可见他与王慕理的感情多么真挚。

抗日战争爆发后，马思聪出任抗日合唱团指挥，并创作了大量歌曲，其中最为有名的是《内蒙组曲》。1942年，电影《塞上风云》使用《内蒙组曲》中的音乐，作家兼诗人徐迟即用"国宝"称赞《内蒙组曲》。不得不提的是，享誉海内外的《思乡曲》就是《内蒙组曲》的第二乐章。

后来，因为《思乡曲》写得太好了，它竟成了马思聪的代名词，就像《离骚》成了屈原的代名词一样。新中国成立后，中央人民广播电台对台湾与东南亚的开播曲目，就是《思乡曲》。

永恒的中央音乐学院院长

1939年，对马思聪而言，是一个特殊的年份。这一年，他到了重庆，遇上了广东老乡李凌。"老乡见老乡，两眼泪汪汪"。马思聪和李凌都是音乐文化人，经过一段时间的交往，彼此走得更近了，关系也更亲密了。

李凌是坚定的共产主义追随者，他从延安奔赴重庆，主要是受了周恩来的委托，深入音乐界，团结好音乐人，为全民族抗战做好思想统一工作。也就是在李凌的影响下，马思聪的音乐创作越来越接近民族形式，越来越符合普通大众的欣赏习惯，越来越与全中国人民同呼吸、共命运。

不久，周恩来来到重庆，第一次见到马思聪。马思聪是中国音乐界的巨擘，他的好多优美的作品周恩来都欣赏过。亲自见了马思聪后，周恩来更喜欢了。紧接着，见了周恩来不久，马思聪又见到了毛泽东。相见时，毛泽东强调，作为一个人民的音乐家，应该多写一些符合人民大众欣赏习惯的曲子。

抗战胜利后，惜才识才的周恩来委托乔冠华等人，邀请马思聪出席上海各界人士座谈会。马思聪本就不愿离开祖国，出席此次座谈会后，他留下的决心更坚定了。1948年初，马思聪支持学生反对国民党独裁，拒绝在国民党的内战宣言上签名，被迫离开广州，前赴香港。

新中国成立前夕，一位身份尊贵的人轻轻敲响马思聪的家门。开门一看，竟是美国驻华大使司徒雷登，马思聪不禁微微一惊。司徒雷登的拜访，虽然在意料之外，但是也在情理之中。微微一惊后，马思聪也就平静下来，很亲切地接见了客人。

司徒雷登拜访马思聪，只有一个目的，邀请马思聪移居美国。司徒雷登说，共产党喜欢的音乐多是通俗的大众音乐，例如扭秧歌、打腰鼓之类，根本欣赏不来莫扎特、贝多芬、巴赫等人的作品，而马思聪所受到的音乐教育几乎全是欧式的。

司徒雷登的言外之意，马思聪也知道，他也思考过。他的一生，最拿手的技艺是演奏小提琴，而小提琴是外国的，这与发展民族艺术的方针政策不吻合。可是，音乐虽然没有国界，音乐家却有自己的祖国。眼见国家经历了 8 年的抗战，好不容易就要迎来和平幸福的生活了，马思聪怎么会离开？

　　新中国成立后，马思聪出任中央音乐学院院长等职，并随同周恩来总理出访苏联。直到马思聪离开大陆，他一直都是中央音乐学院院长。因此，可以这么说，马思聪是永恒的中央音乐学院院长。

　　1951 年，马思聪率领国家音乐代表团出访捷克斯洛伐克，参加"布拉格之春"国际音乐节，为国赢得莫大的荣誉。

　　20 世纪 60 年代末，马思聪离开大陆，定居于美国。1987 年，在费城的一所医院里，年迈的马思聪接受心脏手术。令人备感遗憾的是，手术没有成功，马思聪溘然长逝，永远地离开了音乐，离开了这个他所深爱的世界。

聂耳

著名音乐家,作曲家

—— 文以载道,诗以言志,乐乃心声

姓 名	聂耳
籍 贯	云南省昆明
生卒时间	1912 年 2 月 14 日~1935 年 7 月 17 日
人物评价	聂耳开辟了中国新音乐的道路,是中国无产阶级革命音乐先驱。聂耳是中华人民共和国国歌《义勇军进行曲》的作曲者。

"文以载道,诗以言志,乐乃心声"。生活的艰难和时代特定的历史时期,使得聂耳的作品充满了铿锵有力的音符,在中华古老的土地上蔓延着,激起了人们爱国的热情。聂耳的作品充满了社会底层人物的心声,所以他的作品被人们广为传唱。聂耳谱曲的《义勇军进行曲》成了永远响起的旋律,和聂耳永不消亡的精神一起鼓舞着人们前进。

"耳朵先生"

其实聂耳的原名并不叫聂耳,而叫聂守信。聂耳名字的由来还有一段很有趣的故事。

1912 年 2 月 15 日,聂耳出生于云南玉溪的一个落魄的中医家庭。生在中医世家的聂耳，却对抓药救人一点兴趣没有，相反，从小聂耳就喜欢音乐，而且人们还发现聂耳的耳朵非常灵活，听力非常好。聂耳天生与音乐有缘，而且又善于表演，尤其是模仿人和动物的声音，得益于他的听力非常好，这些声音被他模仿得惟妙惟肖，甚至可以以假充真。

有一次在明月歌舞团的联欢晚会上，聂耳在这次晚会上大出风头，他表演了很多个节目，除了展现他优越的音乐才能外，他还表演了一个小活动，就是表演两只耳朵一前一后地动。一般人的耳朵能动，方向都是一致的，要么是同时朝前，要么往后，像聂耳这样的实在是不多见。聂耳的这一举动展示了自己耳朵的灵活性，大家在联欢会上争相给他起绰号"耳朵先生"。

联欢会后，聂耳觉得这个绰号很幽默便采纳了。在他自制的书签里，聂耳就开始以耳为名。后来为了方便，他干脆改名叫聂耳。这个以后震惊世界的名字就是这样来的。

1918 年聂耳就读于昆明师范附属小学。聂耳生性活泼，是不肯休息的人，他利用课余时间自学了二胡、三弦和月琴等乐器，并在这上面取得不小的成绩，同年在老师的邀请下聂耳还担任了学校"儿童乐队"的指挥。

1922 年，聂耳以第一名的成绩考入私立求实小学高级部。并于三年后考取云南省昆明市第一联合中学，聂耳是作为插班生考入这所学校的。1925 年，中国南方爆发了几次改革的运动或起义，新思想在当初病态的社会急速地传播，聂耳这时受到进步书刊和《国际歌》等革命歌曲的影响，并且他开始接触关于马克思主义的共产学说，并深受影响。

1927 年聂耳转入云南第一联合师范学校学习。并在第二年加入了中国共产主义青年团，在共产党的领导下进行了一些印刷传单、上街游行示威等革命活动，聂耳对革命的认识和对共产党的了解在一次次斗争中逐渐加深了。

革命的火种在他年轻的生命逐渐燃烧了。这对他以后加入革命并成为坚定的革命者奠定了基础。

《卖报歌》和田汉

聂耳在音乐的创作上极注重生活的体验和感受，他的很多音乐作品都是从社会底层的百姓生活中获得的灵感，尤其是那首著名的《卖报歌》。

1933年秋天的一个傍晚，虽然还没到入冬时节，天气已经变得异常寒冷，聂耳走在大街上不由自主地裹紧了自己的外套。走到重庆南路的时候，聂耳的耳边突然传来叫卖报纸的声音，聂耳顺着声音寻过去，只见是一个衣着单薄的小女孩，脸都冻得发紫了，依然咬着牙卖报，她的声音清脆、响亮，有顺序地说着报纸的名字和价钱。

在这样寒冷的天气里，别的卖报儿童早就回家了，唯有这个女孩还在寒风中坚持，聂耳的心里一阵没来由的心酸，他走了过去，从小女孩手里买了几份报纸。街上的行人已经很少了，聂耳索性和小女孩聊起天来。他了解到小女孩之所以这么晚还卖报，是因为家庭困难，父亲又身患重病。

聂耳又聊到了关于卖报的问题，小女孩都详细地告诉他，这一刻他觉着自己有责任写一首卖报歌送给这个小女孩。他和小女孩约定三天后在这儿见面。

回到公寓后，聂耳立刻着手谱曲，并且找到了好友安娥请她写一首关于卖报的歌词，在听到小女孩的遭遇后，安娥同意了。很快她就把歌词交给了聂耳。聂耳来到重庆南路，卖报的小女孩已经在那儿等候他多时了。

聂耳把歌词念给小女孩听，并问小女孩有什么建议，小女孩想了想说："都挺好的，但如果能把报纸的价格也写在歌词上，我就可以边唱边卖了。"聂耳回去后立即和安娥商量，把"七个铜板就能买两份报"写在了歌词里。

从此以后，著名的《卖报歌》就从这个小女孩口中，传遍了整个世界。在歌声中，小女孩的生意也渐渐好了起来，他父亲的病有治了，生活又开始变得幸福起来。也许到今天，这个卖报的小女孩已经变成了白发苍苍的老太太,但聂耳对待贫困百姓的关心一直会在她的心里,在人们的心里。

在聂耳的一生中,对他影响最重要的人是田汉。田汉是著名的话剧作家和歌词作家,他们相识于1931年,那时聂耳还在明月歌舞团。两个人都是接受新知识教育的人,在音乐上彼此拥有不同的见解,他们一见如故,成为很好的朋友。

后来田汉介绍聂耳参加了"苏联之友社"的音乐组,在这里聂耳认识了很多在音乐上具有较深造诣的人,任光、安娥,都是他在这个音乐组里认识的。

聂耳与田汉的第一次合作是在1932年的秋天。当时联华影片公司正在拍摄田汉创作的《母性之光》,在田汉的邀请下,聂耳为影片谱写了《开矿歌》,聂耳在剧中客串了一个矿工的角色,他把身上和脸上涂着漆黑,领着矿工们唱这首《开矿歌》。田汉与聂耳的第一次合作受到当时人们的肯定,就连苛刻的文学评论家也非常看好他们之间的组合。这是聂耳第一步接触人民群众的歌曲,也为他以后的歌曲起了一个非常好的开端。

1933年,在田汉的介绍下,聂耳加入了中国共产党,从此成了一个坚定的革命战士。其实聂耳早就成了一名坚定的革命者,这从1932年,聂耳在写给母亲的信中明确提到:"我是为社会而生的,我不愿有任何的障碍物阻止或妨害我对社会的改造,我要在这人类的社会里做出伟大的事业。"

永恒的旋律

1933年到1935年期间,这段时间是聂耳和田汉合作联系最紧密频繁的阶段。这两年,田汉填词,聂耳作曲,两人合作相互补充,实现双赢。

在田汉看来,聂耳是一个有着贫穷经历的革命者,两人之间在性格、阅历、脾气等各方面都有着很大的差异,在认识聂耳的时候,田汉已经是名扬天下的剧作家,而当时聂耳只不过是在音乐上才华横溢的年轻人。在田汉看来,这并不是他们之间合作的障碍,经过多次接触后,田汉更加明确了这点。

在这两年间,两人从最初的《开矿歌》开始,然后还合作了《大路歌》《毕业歌》《码头工人》《苦力歌》《打转歌》《打桩歌》《告别南洋》《春回来了》《慰劳歌》《梅娘曲》《打长江》《采菱歌》等歌曲,几乎占据了聂耳创作歌曲的一半,所以对聂耳来说,田汉是对他影响最深的一个人。

1935年,电通公司拍摄了田汉创作的《风云儿女》的剧本,当时由于意外,田汉被抓捕入狱,在狱中田汉创作了电影《风云儿女》的主题曲歌词,并托人带给聂耳谱曲。歌词由当时的编剧夏衍交给聂耳。当时看完歌词后,聂耳拍胸脯保证说:"作曲交给我,我来谱曲。我会让所有的人都满意的。"

不久后,聂耳就拿出初稿,初稿得到了编剧夏衍的肯定,他说:"这是他听过的最激动人心、最气势磅礴的一首歌曲。"这首主题曲的定稿是在日本完成的。这首歌就是后来红遍大江南北的,甚至震惊世界的《义勇军进行曲》。

在聂耳看到《义勇军进行曲》的歌词时,他的脑海里闪烁着无数在革命战场上用鲜血来挽救民族生死存亡之危机的英雄事例。他又想起在国民党反动派压迫下的人民群众,使他压抑在心里的愤怒和激情像火山似的喷发出来。他把自己全部的感情凝聚在这首歌曲中,给这首歌灌注了很多的感情色彩。

这首《义勇军进行曲》随着影片《风云儿女》的上映,立刻传唱全国大江南北,给当时正处在抗战中的人们带来了极大的鼓舞,这首歌被誉为"革命号角",从那以后,在抗战战场上经常听到这首歌曲。这首歌曲激励着人们义无反顾地投入抗战中,为抗战的胜利起了很大的作用。

1949年,在政治协商会议上,这首《义勇军进行曲》被定为《中华人民共和国国歌》,从那以后这首歌经常随着国旗升起时响起,激励着中华儿女去努力、去拼搏。

聂耳的名字随着这永恒的旋律永远飘荡在人们的脑海里。

不朽的丰碑

1935 年 4 月,随着国民党白色恐怖的加剧,很多共产党人被迫转入地下工作,田汉如此,聂耳也是如此。在党组织的安排下,聂耳坐轮船去日本暂避国民党白色恐怖正处于紧张时期的风头。

身在日本,心在中国的聂耳,每天都通过不同的途径来了解国内形势的变化,为了缓解这种思念祖国和家乡的痛苦,聂耳把自己每天的行程都安排得满满的,满腔热情地学习、工作,不知疲倦,他还学习音乐、戏剧、舞蹈甚至电影制作。这个年轻的革命家身上似乎有用不完的激情和力量。

在对电影的了解逐渐加深后,聂耳还写作了《日本影坛一角》《法国影坛》《苏联影坛》等多篇评论文章,发表在上海的几家有名杂志上。

1935 年 7 月 17 日下午,年仅 23 岁的聂耳去藤泽市鹄沼海滨游泳时不幸溺死。一代坚定的革命战士和极富天赋的音乐天才就此离世,带给世人无限的遗憾。《义勇军进行曲》成了他和田汉最后一个合作曲目。聂耳留给世人丰富的音乐宝藏。

郭沫若曾给予聂耳高度的评价,他说:"聂耳同志,是中国革命之号角,人民解放之鼙鼓,其所著《义勇军进行曲》,闻其声者莫不油然而生爱国之思,庄然而宏志士之气,毅然而同趣于共同之鹄的。聂耳乎,巍巍然其与国族并寿而永垂不朽乎!"

《义勇军进行曲》在屏幕上首次响起的时候,不幸正逢聂耳去世,但这首歌所蕴藏的强大的生命力很快就脱颖而出,成为中国革命之号角,人民解放之鼙鼓。如今当雄壮的国歌响起时,人们总是会想起聂耳和他在抗战中所表现出来的精神,激励着人们向前进,向前进。

冼星海

著名作曲家,钢琴家

——我的音乐要献给祖国,为挽救民族危机服务

姓　　名	冼星海
籍　　贯	澳门
生卒时间	1905 年 6 月 13 日~1945 年 10 月 30 日
人物评价	著名作曲家、钢琴家,于 1939 年所作的《黄河大合唱》是最广为人知的作品。

　　冼星海是个著名的音乐家,家贫养成的坚韧的性格培养了他。大器晚成的他,曾经被同事戏为"宰鸡能手",在一次次的努力和共产党的帮助下,他拥有了伟大的创造精神和不屈的民族灵魂。生活中的挫折和苦难再也不能让他在音乐上有一丝动摇。他作品中所蕴涵的积极、向上、乐观的精神,永远指引着我们前进的方向。

渔民堆里出生的音乐家

　　澳门,属于海滨城市。澳门有着非常漫长曲折的海岸线,这些海岸线上漂着无数大大小小的渔船,这些渔船三三两两地聚在一起,渔民们在海边世世代代以打鱼为生。渔民的收入是很不稳定的,他们每次出船也许会满载而归,也许会一条鱼也打不到。即使是满载而归,渔民们还是要交出整个收获量的百分之六七十。因为这些船是他们租来的,即使家庭条件稍好,不用租船,也得交打鱼的份子钱。所以渔民的生活还是十分的贫苦、拮据的,但在海上,每一个渔民都是天生的歌手,可以想象,在漫长的枯燥的日复一日的海上生活中,除了歌声能够带给他们慰藉,还有什么呢?

1905 年的夏天,冼星海就出生在数不胜数的渔船之中。冼星海出生的时候正是晚上,天空繁星点点,海风温柔地吹,平静的海面上可以看到星空的倒影。所以冼星海的母亲黄苏英为他取名叫星海。

冼星海没有见过他的父亲冼喜泰。为了给怀孕的妻子买点营养品,当时 36 岁的冼喜泰随着一支庞大的船队去捕鱼,从那时就没回来过。孤儿寡母的生活辛酸令人动容。那时黄苏英靠给别人补补渔网或者洗洗衣服来挣点钱,头发发白的爷爷为了生活也经常出海捕鱼。

每天到了晚上,就是冼星海最快乐的时刻,这时忙碌一天的黄苏英守在冼星海的床边,用歌声哄他入眠。冼星海的爷爷也是一位热爱音乐的人,在他年轻的时候,他周边的渔民们就称呼他为"音乐家"。每到傍晚,冼爷爷就会在岸边吹笛子,优美的笛声常常把小星海的思绪带到了一个未知的充满音乐的领域,冼星海就是听着这样的音乐长大的。

那时的澳门还没有回归,属于殖民地。在殖民地,到处都是趾高气扬的洋人,他们说着另一种语言,看起来很绅士,却在街道上横行霸道。冼星海见惯了太多仗势欺人的事情,他不明白为什么这些人可以为所欲为,而中国人却不可以。善良的母亲不知道该如何告诉孩子。但她知道这样的环境对孩子的成长是颇为不利的。黄苏英从小也听说过孟母三迁的故事,为了孩子的前途,冼母决定搬家。

机会终于来了。在冼星海 6 岁那年,黄苏英终于托人买到了到新加坡的船票。在海上漂泊了半个多月,冼星海踏上了新加坡的土地,进入了新加坡的养正学校,在学校的音乐课中冼星海第一次接受了正规的音乐教育,他的音乐之旅也从此开始。

冼星海的音乐天赋引起了当时教音乐的区健夫老师的注意，区健夫选冼星海进入学校军乐队，让他开始接触乐器和音乐训练。冼星海在区健夫的帮助下，很快就掌握了五线谱。冼星海的聪颖得到了区健夫的赞赏。

不久后，当时任养正学校校长的林耀翔接受了岭南大学的任聘。岭南大学专门建立了一所为华侨子弟返国升学的学校，林耀翔为校长，由于对祖国和家乡的思念，林耀翔选择了回去。当时他带走了二十名养正学校品学兼优的学生去广州升学，冼星海正是其中的一名。

为了让孩子能够有更好的音乐教育和前途，黄苏英想方设法地来到了广州。当时 13 岁的冼星海考入令人岭南大学附中半工半读，主修小提琴。在附中冼星海开始专业学习音乐。冼星海的专业课成绩优异，颇得老师和同学们的喜爱，冼星海还参加了学校的唱诗班和管弦乐队。

为了补贴家庭费用，冼星海还在学校谋了份打扫学校操场的工作和每天下课后到处推销自己买的书籍笔纸等物，来减轻母亲的生活负担。冼星海后来在学校的乐队中担任小提琴和单簧管的演奏员，还担任指挥。在爷爷的影响下，冼星海也吹得一口好箫，所以他还在乐队里担任演奏直箫。冼星海的音乐素养在一次次的实际演出中得到了很大的提高。

五线谱里遨游

1926 年，冼星海考入了北京大学音乐传习所。音乐传习所当时设钢琴、提琴、古琴、琵琶、昆曲五个组。以"养成乐学人才为宗旨，一面传习西洋音乐（包括理论与技术），一面保存中国古乐，发扬而光大之"为宗旨，专门教授学生音乐理论技术的一个音乐教育机构，北京大学音乐传习所成立以来，为我国培养了很多具有高素质、高修养的音乐人才。冼星海就是其中的一位。

冼星海从小接受音乐教育，具有良好的音乐基础，在学习西洋音乐的过程中往往能够举一反三,更快更好地掌握所需要的知识。冼星海在北京大学图书馆里阅读了大量的关于音乐的著作。同时冼星海在学校图书馆任助理员来维持生活。

不久后,冼星海转入国立艺术专科学校音乐系学习,仍旧选修小提琴。在国立艺术专科学校冼星海接触了大量的乐器。第二年,冼星海转入上海音乐专科音乐学校,主修小提琴和钢琴。在校期间,冼星海开始在音乐上形成了自己的见解,他能够针对一段音乐或者旋律提出它的优缺点,并能做出准确的评价。冼星海还在报刊上发表了关于音乐评论的文章,如《普遍的音乐》等。

第二年,冼星海因为参加学生运动而被学校退学。1929 年,冼星海来到了素有世界音乐中心之称的法国巴黎学习音乐。身在异国他乡,冼星海并没有如愿进入当地的音乐学院学习,因为他身无分文。为了维持生计,冼星海只好在餐馆里跑堂或者是在理发店当杂役。

冼星海甚至还多次晕倒在街道上,差点被警察送到陈尸所。尽管生活如此艰辛,冼星海没有放弃自己对艺术的追求,1931 年,音乐大师保罗·杜卡斯被他的精神所感动,他收冼星海为入室弟子。在保罗·杜卡斯的帮助下,巴黎音乐学院高级作曲班也免费录取了他,于是冼星海成了这所音乐教堂的第一位中国学生。

生活的阳光终于照耀在这个落魄的年轻人身上,这种阳光的温暖足以支撑他整个的音乐世界。从此,在世上多了一个真正的音乐家和作曲家。

在游学的这段时间,在音乐大师保罗·杜卡斯的倾囊相授下,冼星海进步得很快,他还试着自己创作作品。

在国外四年,冼星海创作了《风》《游子吟》《d 小调小提琴奏鸣曲》《中国古诗》等十余件作品。这些作品初次展露了冼星海的才华横溢和在音乐上的成就。这对还是学生的冼星海来说,是非常不容易的一件事。

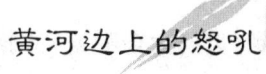

黄河边上的怒吼

1935年夏,冼星海从法国巴黎学院毕业了,他拒绝了巴黎学院的挽留,回国参加抗日救国的活动。一回国,冼星海就投入到抗战歌曲的创作和救亡音乐活动中,他深入基层,创作了大量的群众歌曲,深受人们的喜爱。

抗战爆发后,他又创作了《游击军歌》《到敌人的后方去》等歌曲,在抗战战场上广为传唱。冼星海深入基层深知民众的苦痛,并且发现中国共产党才是这场救亡运动的中流砥柱。为了更好地服务于人民,更好地抗战,冼星海加入了中国共产党的队伍,成了一名光荣的革命战士。为了抗日救国,冼星海纵笔谱写歌曲,一首首为"抗战发出怒吼"的歌曲,在中国古老的土地上空飘摇。

"风在吼,马在叫,黄河在咆哮。黄河在咆哮,河西山冈万丈高。河东河北,高粱熟了。万山丛中,抗日英雄真不少!青纱帐里,游击健儿逞英豪!端起了土枪洋枪,挥动着大刀长矛,保卫家乡!保卫黄河!保卫华北!保卫全中国!"

这是1939年冼星海去看望病床上的青年诗人光未然,光未然朗诵的《黄河吟》。《黄河吟》大气磅礴,读来荡气回肠,犹如亲眼看见黄河波涛滚滚的景象。冼星海被感染了,他决定以此来创作一个音乐作品。一个月内冼星海完成了这个作品的全部乐谱。那时的冼星海是以抱病之躯,并且在粮食短缺的情况下咬着牙完成了这部音乐作品。冼星海说:"中华民族的解放胜利,就是要每一个国民贡献他纯洁的爱国之心。"毫无疑问,冼星海拥有一颗纯洁的爱国之心。《黄河大合唱》横空出世,这是一部名垂青史的音乐名作。

冼星海创作的《黄河大合唱》,在中华民族抗战生死存亡的关键时期,迅速成为中国人民抗日救国的号角;《黄河大合唱》以其负载的精神力量,迅速在中国大地上传唱开来,得到了中国人民和海外反法西斯阵线的认同,推进了革命统一战线,并推动了抗日战争形势的发展。

毛主席当时在延安看到《黄河大合唱》,特别激动,站起来使劲鼓掌,这首歌仿佛能渗透到人的灵魂里。周总理在看过《黄河大合唱》后,更是亲自为冼星海题词:"为抗战发出怒吼,为大众谱出心声!"

《黄河大合唱》就像是划过黑暗夜空的一道闪电,照亮了黑沉沉的天空,也照亮了人们抗日救国的爱国信念。

在苏联的日子

冼星海在音乐上的成就可谓是大器晚成。他在 20 多岁的时候才开始学习拉小提琴,而他周围的同事们在这上面早就有了十多年的历练,那时冼星海被同事戏称为"宰鸡能手",用来形容他拉小提琴的声音像杀鸡一样难听,但冼星海没有放弃。冼星海真正开始扬名是在法国巴黎学院学习时期,那段时间他创作了十多个音乐作品,并排在了巴黎学院新作品演出单上,并在电台播出,巴黎人们渐渐知道了冼星海。

1940 年 12 月,冼星海应邀去莫斯科为电影《延安和八路军》配乐,这一去就是五年。冼星海到莫斯科的时候,苏联和德国之间的战争爆发,回国的路也被日本人给切断了。冼星海在国外过着流浪的日子。

这段时间,冼星海集中精力开始创作音乐作品,他创作了歌颂抗战的《满江红》和《第二种神圣之战交响乐》。冼星海过着颠沛流离的生活,没有食品填饱肚子,他就只好挖些野菜和树皮煮了吃,冼星海的身体本来就不太好,连年的流浪生活使他身体虚弱到了极限,危及生命。1945 年初,冼星海被送到莫斯科的克里姆林宫医院接受治疗。然而冼星海的身体已经积劳成疾,一切都晚了。病魔无情,1945 年 10 月 30 日这颗冉冉升起的星星陨落于克里姆林宫医院,年仅 40 岁。

延安各界为冼星海举行了追悼会,毛泽东更是亲笔题词:"为人民的音乐家冼星海同志致哀"。

冼星海既是一位伟大的音乐巨人，也是作出卓越贡献的无产阶级革命家，他贴近时代，贴近生活，贴近人民群众创作的大量歌曲，至今仍在中国这片古老的土地上传播，久久不衰。

傅抱石

中国新山水画领军人物

——学徒家贫志不短，我用我法成大法

姓　　名	傅抱石
籍　　贯	江西南昌新余县
生卒时间	1904 年 10 月 5 日~1965 年 9 月 29 日
人物评价	现当代画家、国画大师、"新山水画"领军人物。

　　傅抱石，1904 年生于江西南昌。少年家贫，刚 11 岁就到瓷器店给人家当学徒。其间，自学书法、篆刻，尤爱绘画。1921 年，以第一名的优异成绩，免试进入省立第一师范。毕业后，留校任教。1933 年，经大师徐悲鸿帮助，赴日留学。回国后，任教于中央大学。新中国成立后，先后享有中国美术家协会副主席、美协江苏分会主席、第三届全国人民代表大会代表等职衔，被尊为中国"新山水画"领军人物。

爱书的学徒

　　1904 年 10 月 5 日，傅抱石出生于江西南昌新余县一个修伞匠人家庭。这户修伞匠之家相当贫寒，父母觉得修伞连养家糊口都困难，更别提出人头地了。为了一个更加光明灿烂的未来，傅抱石刚刚 11 岁，就去给人当学徒，学习制瓷。

中国瓷器,举世闻名,如果掌握了真本领,别说吃穿不愁,成名也是有望的。

傅抱石兴趣广泛,学习制瓷之余,也练练书法,研究研究篆刻。随着文化积淀越来越深,眼界越来越广,傅抱石蓦然发现,竟与绘画结下了不解之缘。为了更进一步深入了解绘画,傅抱石争分夺秒地利用闲暇时间,看了不少相关书籍。有一种说法,怀才就像怀孕,总有一天会显露。看了不少书籍后,傅抱石觉得火候够了,参加考试。成绩出来后,老师们都吓了一跳,傅抱石勇夺第一。省立第一师范见傅抱石有才,给予免试的优厚待遇,直接录取。

在第一师范时期,傅抱石因为用心过于专注,得了一个"印痴"的美名。这里的"痴",不是骂人傻,说人呆,而是对专注、执著者的一种赞美。古往今来,大凡"痴人",都自有一番才华,或者一种异于常人的性情。中国现当代史上,有一位大"书痴",那就是学贯中西的钱钟书先生。可见,欲成大才,必先学"痴"。

当时,赵之谦的印章非常有名,市面上的价位相当之高。翻着《二金蝶印谱》,傅抱石灵机一动,就有了一条挣钱糊口的妙计。他不仅专心,而且仔细,苦苦摸索,就为刻出能与赵之谦本人的印章一模一样的印章。宝剑锋,从磨砺出。经过钻研、练习,傅抱石终于能够刻出与赵之谦的真印章相差无几的假印章。不久,南昌城里,"赵之谦"印章不断出现,谁都知道有人在造假,但没人能分辨真假。傅抱石技艺之精,手段之巧,连教他刻章的师傅都赞叹连连,拍案叫绝。"印痴之名",也就传开了。

囊中羞涩,买不起新书,一有时间,傅抱石就逛旧书店。今天的人,常常爱去老地方、旧书店闲逛,因为如果时运来了,也许能捡到宝,叫做淘宝。傅抱石逛书店,也是为了淘宝。这话不是玩笑,傅抱石还真淘得了宝,还是影响终生的东西,难道算不上宝?

一天,傅抱石偶然看到一本《瞎尊者传》,见是讲述绘画知识的,他随手一翻,眼前豁然一亮,高兴得恨不得掐大腿一把,因为书中讲述的是他最崇拜的大画家石涛。一字一句地翻看下去,傅抱石顿时犹如醍醐灌顶,心中迷茫之处,次第被灌开,知识如小溪,绵绵不绝地向秀丽清明处流去。待读到

"我用我法",傅抱石更是欣喜若狂,连赞《瞎尊者传》是一部奇书。读完《瞎尊者传》,傅抱石对石涛更是敬佩,立志成为那样的人,做到"搜尽奇峰打草稿"。为表志向,傅抱石给自己刻了一章,章名"我用我法"。

南朝的刘勰曾经写道:"观千剑而后识器,操千曲而后晓声。"意思是,如果想要成为创造之才,必先有一定量的积累。一旦量的积累够了,自然会产生质的变化。从量变到质变的道路上,没有捷径。所谓"熟读唐诗三百首,不会写诗也会吟",讲的同样是这个道理。

仁孝爱国,八斗之才

阅读了大量的绘画史论后,1925 年,年仅 22 岁的傅抱石就完成了他的第一部著作《国画源流概述》,并且得到了学界的认可。随后,经过几年的研究,再结合自己的创作经验,在课堂上,傅抱石向学生们强调:研究中国绘画的三大要素是——人品、学部和天才。他的这一论断,为研究中国画史提供了较为容易操作的办法。

1933 年,在大师徐悲鸿的帮助下,傅抱石远赴日本留学。在日本,傅抱石拜史学泰斗金原省吾为师,开始对中国绘画史进行深入、系统的研究。此外,听说中国史学大家郭沫若也在日本,傅抱石特意登门拜访,请教史论的相关问题。见傅抱石才高但不傲慢,郭沫若大为惊讶,非常喜欢,悉心指点。

一年后,傅抱石的个人画展在东京银座松阪屋举行,日本著名画家横山大观、篆刻家河井仙郎、书法家中村不折和文部大臣等都亲往参观。紧接着,傅抱石的篆刻《离骚》夺得全日本篆刻大赛冠军,使他蜚声日国,享誉世界。

人生事业正扶摇直上,眼见就要攀上青天了。不期,突然响了一个霹雳,家中母亲病危。傅抱石听后,抛开一切,即刻回国。他不敢耽搁一分钟,速度已经很快了,可是母亲还是没等到儿子回来。一进家门,知道晚了,傅抱石悲痛至极,恨不能代母亲而去。

抗日战争爆发后,应文界泰斗郭沫若之邀,傅抱石前往武汉工作,随后移居重庆,住在沙坪坝金刚坡。金刚坡迎来了傅抱石创作的第一个高峰,那时他的画作,不少题署"金刚坡下斋"。这期间,傅抱石也没荒疏篆刻和史论,而是越发专注了。徐悲鸿看了傅抱石的《丽人行》后,赞扬"恣肆奔放,浑茫浩瀚",并说傅抱石已经达到炉火纯青的境界了。

日本人的野心很大,不仅期望占据我国国土,还妄图彻底击败中国人的精神。大举侵华不久,日本发了不知天高地厚的狂言,说日本绘画远胜中国。傅抱石当即迎头痛击,指出中国美术是日本美术的母亲。中国美术有三大品格,第一最重画家人格培养,第二兼容并蓄,第三雄浑朴茂,这是日本美术难以企及的。

1942 年,傅抱石创作了《屈子行吟图》,表达抗战必胜。这幅画,与郭沫若的历史剧《屈原》有异曲同工之妙,交相辉映,共同点出了"百代悲此人,所悲亦自己。中国决不亡,屈子芳无比"的主题。

老当益壮,以诗入画

遵从石涛的"搜尽奇峰打草稿",傅抱石对山水景物的体察非常之仔细,他的画作糅合水、墨、彩,意境深邃,章法独特,磅礴大气,给观者一种翁郁酣畅、淋漓如注的感觉。在人物画上,线条虽然细致入微,但苍劲遒健,蕴藏一种悲情的力道,相当传神。这就是傅抱石所开创的"抱石皴"体的精妙之处,独到之处。在画界,能够学有所成,已经非常不容易了;还要开创体例,那就更加不容易了。

1958 年,傅抱石个人画集《傅抱石画集》出版,大学者郭沫若作序,指出中国画坛有南北二石,北石即齐白石,南石即傅抱石,对傅抱石可是相当推崇。能够进入如此至臻的境界,除了理论知识深厚、着墨考究外,傅抱石对纸张的要求也非常严格。画人物时,傅抱石喜欢宣纸;画山水时,他就改用皮纸了。抗战时期,一度出现宣纸难购,傅抱石就用随处可买的贵州皮纸。另外,傅抱石非常重视纸张的平整顺滑,从不揉搓。古人常言,应该爱人如己,而傅抱石却是"爱纸如己"。

有些研究傅抱石画作的鉴赏家指出,傅抱石曾说过:"黑中自存光,墨中自留趣,笔墨当传神。"如果看到傅氏画作的墨迹不是黑色中莹亮紫光,不会透闪墨韵,那定属伪作,不是真迹,因为傅抱石对墨锭的要求也很严格。真是工欲善其事,必先利其器。

自从闯入画坛,傅抱石就很青睐于诗,喜欢以诗入画,力求实现诗画交融,因为他本身就是一位非常有诗人气质的画家。新中国成立后,为跟上时代潮流,融入工农兵生活,傅抱石专心研究毛泽东诗词,争取让自己的画作体现主席的诗意。在这一方面,傅抱石与关山月合作的《江山如此多娇》,堪称中国"新山水画"的杰作,傅抱石也因此成了"新山水画"的领军人物。

在领团前赴捷克斯洛伐克和罗马尼亚访问期间,一见到异域风情,傅抱石就琢磨,如何利用中国笔墨表现外国风景,如何开辟一条让中国画法走向世界的道路。直到临终,傅抱石都坚信,民族的就是世界的。为了让中国画法走向世界,傅抱石确实作了不少探索。

长年累月的劳累,走了六十余个春秋后,傅抱石终于忍受不住了,自1962年起,他常常因为手臂病痛而难以入睡。10月,上级安排傅抱石到杭州修养。可是,杭州山美水美,傅抱石按捺不住创作的欲望,咬牙忍痛,抱病创作,后来积集成《浙江写生集》出版。

1965年9月29日,因脑出血突发,傅抱石辞世,享年61岁。

贺绿汀

中国杰出音乐家

——牧笛扬华音,铁骨傲鬼神

姓　　名	贺绿汀
籍　　贯	湖南邵东县九龙岭新庵堂村
生卒时间	1903 年 7 月~1999 年 4 月 27 日
人物评价	中国著名音乐家、教育家、音协副主席。

　　贺绿汀,原名贺安卿、贺楷、贺抱真,等等,湖南邵阳人。1903 年生于贫苦农家,热爱音乐,奋发好学。1923 年以第一名成绩考入长沙岳云中学,攻读绘画、音乐,1931 年入上海国立音乐专科学校。先后参加过抗日战争、国内战争和国内运动,等等,以敢言直说,傲骨不屈著称。1999 年 4 月 27 日,病逝于上海。

千金难买少年贫

　　中国第一大河长江岸畔,有一个美丽的湖泊,名叫洞庭湖,是中国第二大淡水湖。早在宋朝,中国杰出文学家范仲淹就已为洞庭湖的优美景色所吸引,作了誉传千载的《岳阳楼记》,留下了"先天下之忧而忧,后天下之乐而乐"的千古名言。

洞庭湖南部,是中国的一个大省份湖南。湖南省草木青翠,人杰地灵,为中国近现代史哺育了不少名人才子,贺绿汀就是其中一位。1903年,贺绿汀生于湖南邵阳一户贫苦的农民家庭。生长于贫寒人家,贺绿汀自然不可能接受优良的教育。

接受教育的目的,是为了学习,掌握一门专长。如果肯勤奋好学,就算没受过一天教育,也能够掌握一技之长。美国伟大的发明家爱迪生,被誉为世界"发明大王",他不是也没受过教育吗?因此,想要成才,勤奋是关键。接受正规教育,只是一条比较容易的道路,并不能确保什么。

20世纪初,中国大地不是天灾,就是人祸。有时还是天灾、人祸交作,使得普通百姓食不果腹,衣不蔽体。常言道,饥者歌其食,劳者歌其事。广大百姓又要挨饿,又要劳累,心中的苦痛也好,欢乐也罢,总该要有个发泄的方法。

作家韩愈曾说,大凡物不得其平,则鸣。自古以来,劳苦大众最好的发泄方法,就是唱咏:唱民歌,咏谣曲,哼调子。幼年的贺绿汀,就是在民歌、谣曲、咏叹之声萦绕中成长起来的。

少儿的心灵都很单纯,很洁白,像一张冰雪似的白纸,不容易受到干扰,识什么,记什么都是自然而然的,因而识得深,记得牢。贺绿汀长在青山绿野间,终日放牛、拾柴,以自然为伴,视天地为侣,颇像世外高人。当然,他不是看透世事的高人,而是不谙世事的孩子。因此,他是赤子,大自然的赤子,难得的赤子。也唯有这种自然之子,才能真正聆听天籁,领悟天音的奥秘。老子说,大音稀声,真是名言中的名言。

自然的孩子通常都耳聪目明,心思灵巧,贺绿汀也不例外。牧牛时,遇上小伙伴,贺绿汀就爱同他们对歌。村童对歌,你来一句,我去一句,声真意真,再美不过。如果孩子们稍微懂点成人的礼仪,肯定会说他们是在切磋。在切磋中见长短,在切磋中同学习,在切磋中共进步,这才是学习的真谛。不久,高下相见了,贺绿汀胜人一筹。

孩子如此有才,父母再穷,也不愿拖累。尽了最大的能力,做了各种准备后,父母就送贺绿汀去考试了。整个家的希望都放在了贺绿汀身上,贺绿汀能不努力,能不争取吗?贺绿汀确实非常争气,1923 年,他以第一名的成绩考入长沙岳云中学,就读于艺术专修学科,专攻绘画与音乐。

牧童传华音

20 世纪 20 年代,先进的中国人正逐渐接受马克思主义,在中国共产党的带领下,开展革命活动。作为劳苦大众之一的贺绿汀,从小就目睹地主、富豪、劣绅等豪强为富不仁,仗势欺人,自然嫉恨入骨,跟随共产党人,也闹革命,成为中国革命早期成员之一。

1931 年,贺绿汀来到上海,一举考入上海国立音乐专科学校,修读西洋乐器钢琴与声学。当时的贺绿汀,虽然成年了,但因为没有收入,家里又拿不出钱支持,还很穷。他住的地方,是一栋裁缝店的顶楼,冬天冷得要死,夏天热得要命。此外,既然是一个穷学生,吃的自然也不好;穿的吗,那就更差了。

但是,贺绿汀人穷志高。他不怕困难,困难唬不倒他。饥寒逼门而来,贺绿汀就燃起胸中的梦想之火。一旦未来红红地燃起了一篝希望之火,当前的什么苦难不能忍受?为了明天的梦想,今天吃一点苦头,又算得了什么?

国立音乐学院时代的贺绿汀,不仅刻苦,还不知疲倦。他每天都是一面学习,一面创作,争取写出自己的作品。同时,贺绿汀还紧密地注视着音乐界的动态,只要机会一出现了,他就紧紧抓住,绝不放弃任何一个,即使是希望渺茫得不能再渺茫的机会也要争取。

中国有一个成语,叫做天道酬勤。即一个人只要勤勤恳恳地努力,总有一天会有收获。可是,上天好像很爱开玩笑,很爱捉弄人。贺绿汀苦苦坚持了好几年,忍受了常人难以忍受的,吃穿住行都低人一等,整日苦磨苦练,三年了,还是没有任何收获。使人不得不放弃的是,学校要收学费,住宿要收住宿费。没有学费,学校肯定不让读书;没有住宿费,必然被撵走。唉,为何如此之苦?

对贺绿汀而言,1934年,就如黎明前的黑夜,茫茫一片漆黑,简直是伸手不见五指。但是,别忘了,既然是黎明前的黑夜,黎明还远吗?诚如俄国大诗人所吟唱的:如果冬天来了,春天还会远吗?

一天,正彷徨无计的贺绿汀,看到了一则"征集中国风格钢琴曲"的启示,整个人就像吃了还魂丹,立刻活了起来。启示写道,优胜获奖者不仅能获得100元奖金,还有免费出国留学的机会。这对贺绿汀而言,简直是喜从天降。在这之前,什么100元奖金,什么出国留学,他想都不敢想。

从此,贺绿汀就将自己关在闷热的小屋顶,抛开一切苦楚,专心撰写钢琴曲。更令贺绿汀感到喜不自胜的是,他对中国风格非常熟悉。一个小时天天放牛,天天唱牧牛曲,天天与小伙伴们对歌,能不熟悉中国风格吗?

口里哼着童年时的童谣——小牧童,骑牛背,短笛无腔信口吹——幼时清晰的情景图画,历历在目,贺绿汀才思如涌泉,一发不可收拾,想堵都堵不住。在闷热的小屋里,贺绿汀足足写了三首作品,分别是《牧童短笛》《摇篮曲》和《往日思》。

为人师表

怀着激动的心情,带着成就的笑容,贺绿汀小心翼翼地将作品寄往上海了。见贺绿汀不顾一切、不惜一切地写曲,有人就问他:你认为你这样投入,幸福的光芒就会照耀到你了。贺绿汀义正词严地说,这次大赛是俄国杰出的作曲家、钢琴家齐尔品举办的,参赛者的姓名严密封锁,绝对没有黑幕。更为重要的是,贺绿汀刻苦钻研了多年,好不容易遇上一次真正的大赛,怎么能够等闲视之。有才华,不展现出来,那就可惜了。

真是苦心人,天不负。大赛结果公布了,贺绿汀凭借《牧童短笛》,荣获一等奖。更令贺绿汀喜上眉梢的是,《摇篮曲》也获奖了,获名誉二等奖。《牧童短笛》对中国音乐人而言,意义非同一般,因为它是我国第一首飞向世界的钢琴作品。从此,贺绿汀一曲成名,成为国内外瞩目的作曲家。

经大音乐家聂耳介绍,这一年贺绿汀进入明星电影公司,担任作曲股长。作为共产党人的追随者,贺绿汀也参与了左翼电影事业,先后为《船家女》《都市风光》《十字街头》和《马路天使》等电影配乐。20世纪30年代,有两支歌曲红极一时,那就是贺绿汀为《马路天使》谱写的《四季歌》和《天涯歌女》。

抗日战争爆发后,贺绿汀放弃优裕的生活,加入抗日救亡演剧队,先后奔赴武汉、郑州、重庆等地演出,着力宣传抗日。在山西临汾,在微弱的煤油灯光下,贺绿汀创作了昂扬激越的《游击队歌》。该歌一经演唱,即红遍长城内外。男女老幼,无论谁听了,当即热血喷涌,恨不能剥尽侵略者的皮,吃光侵略者的肉。

皖南事变后,贺绿汀对反动派彻底失望了,决然离开重庆,几经周折,吃了不少苦,终于找到新四军,受到刘少奇和陈毅的热烈欢迎。两年后,贺绿汀来到延安,见到了毛泽东等中央领导人。毛泽东极力夸赞《游击队歌》写得好,写出了军民的愤慨和士气。1946年,贺绿汀担任中央管弦乐团团长、中央音乐学院副院长等职。

新中国成立后,贺绿汀回到学校,出任上海音乐学院院长。他将大部分精力放在教学上,从建立分校到完善教学设施,再到聘请教师,贺绿汀都全心操劳。在他事必躬亲的辛劳下,上海音乐学院确实为国家培育了不少人才。此外,受周恩来总理委托,为悼念冯玉祥将军,贺绿汀根据民间曲子创作了《倒卷珠帘》的哀乐。由于该曲哀而不伤,将追思之情表现得动人肺腑,常被当做"哀乐"使用。

贺绿汀的一生,是勤勤恳恳艰苦奋斗的一生,也是堂堂正正仗义执言的一生。他不仅为人民的幸福奋斗不止,也为世界的正义歌咏不休。在很多人心里,贺绿汀的音乐就是幸福、光明、正义的化身,因为贺绿汀本人就是一位终生追求光明,终生为正义直言的人。

20世纪50年代,反右运动爆发,不少人为了自保,无端指责别人。贺绿汀有什么说什么,既不为了自保而攻击别人,也不依附强权低眉折腰。他身体力行,向世人说明了什么才是铮铮铁骨。"文革"时期,尽管遭受灭顶之灾的威胁,贺绿汀仍旧浩气凛然地站得稳,行得正。即使被关进牛棚了,贺绿汀一颗坚守正义直言的心仍旧不改。像贺绿汀这样的人,才是真正的"富贵不能淫,贫贱不能移,威武不能屈"的大丈夫。

贺绿汀如此铁骨自傲,连毛主席都感动了。1973年1月,毛主席叫来张春桥,责问道:贺绿汀怎么样了,不要整了吧。贺绿汀才被放出来。一个不随波逐流的人,才是真正的人。1999年4月27日,贺绿汀病逝于上海,享年96岁。有人送他一副挽联,真正道出了贺绿汀的一生,写道:

牧笛扬华音,战歌壮国魂,灿烂乐章谱春秋,满腔赤子心;

真言荡浊流,铁骨傲鬼神,浩然正气耀日月,一身报国情。

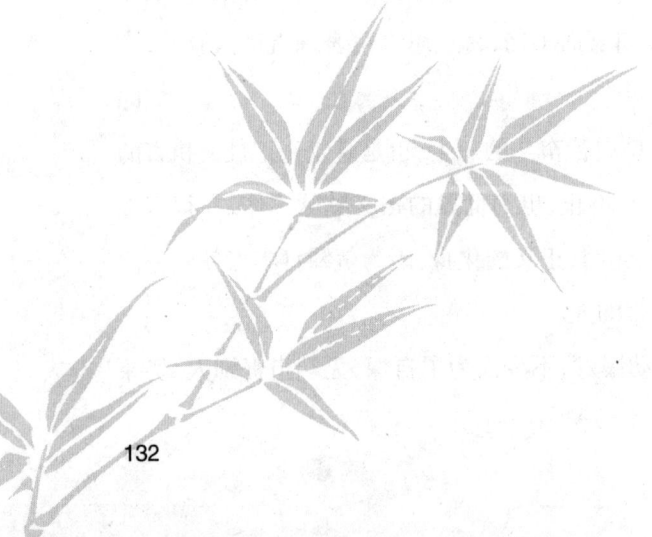

梁思成

著名建筑教育家和建筑学家

——古建筑是全人类的宝藏,而且越往后越能体现出它的宝贵

姓　名	梁思成
籍　贯	广东新会
生卒时间	1901 年 4 月 20 日~1972 年 1 月 9 日
人物评价	中国著名的建筑学家和建筑教育家,中国科学史事业的开拓者。毕生从事中国古代建筑的研究和建筑教育事业。系统地调查、整理、研究了中国古代建筑的历史和理论,是这一学科的开拓者和奠基者。

　　梁思成是名人梁启超的儿子,虽然父子二人的脾气禀性各不相同,但他们都对自己忠诚的事业作出了贡献。梁思成身有脚残却赢得林徽因的爱情,他们的爱情故事辗转反侧,动人心魂。梁思成还是中国古建筑史的开拓者和奠基人,他的那句"拆掉一座城楼,像挖去我一块肉"的话语至今还回响在人们的脑海里。

海外出生,归国入清华

　　1898 年,以康有为、梁启超为主的改良主义者通过光绪帝进行资产阶级政治改革,因改革触及了以慈禧太后为主的守旧派的利益,遭到他们的强烈反对,改革进行得很艰难。同年9月,慈禧太后发动政变,囚禁了光绪帝,慈禧太后派人到处追抓改良主义者,康有为和梁启超被迫逃亡法国和日本。但戊戌六君子被慈禧太后杀害。这场资产阶级政治改革只进行了一百多天,所以历史称之为"百日维新"。

1901年4月,这一年,是维新变法后的第三年,流亡在日本的梁启超终于能够舒展眉头,吐一口气。他的妻子在这月的20日生了一个白白胖胖的小子,梁启超给他起名叫思成。从孩子的名字来看,很明显,梁启超并没有放弃改革图强的梦想。

梁思成的出生为苦闷的梁启超带来不少乐趣,当年维新变法失败后,梁启超非常自责,他觉得是自己陷害了很多有志向、有抱负的年轻人。梁思成很小的时候,梁启超就开始教他学习四书五经,主要是学习中国传统的古典文学。梁思成很聪明,很快就背熟了四书五经,在梁启超的严格要求下,又写得一手漂亮的字体。

梁思成10岁前,一直在日本接受教育,由于从小耳濡目染,梁思成的日语说得很好。1911年,中国爆发了辛亥革命,革命的热潮席卷全国。1912年,"中华民国"成立,不久后清朝最后一位皇帝宣布退位绍书,梁启超感觉到自己回国的日子到了。

11岁那年,梁思成随着父亲回到了祖国,并在北京汇文中学学习。在汇文中学进行了三年的学业学习,梁思成于1915年转入到北京清华学校读书。那时的清华学校就是清华大学的前身,是唯一能和北京国立大学相比的学校。学校学习文化的氛围很浓,老师们都是具有真才实学的人,梁思成很喜欢这个学校。

进入清华园,聪明的梁思成很快就成了老师眼中的好学生,年纪不大,见解却不凡,尤其是他的父亲梁启超的名字更是如雷贯耳。梁思成凭借着自己小时候扎实的功底,考试的时候很容易就得全班第一名。那时的梁思成是很多清华女生眼中的"白马王子"，家世显赫，人又聪明，一表人才还多才多学，那时很多女生都在操场上看梁思成踢球，尤其是当梁思成进球后，尖叫声更是几乎能刺破人的耳膜。梁思成在全校运动会上甚至还得过跳高第一名，并且破了往年的纪录。

梁思成的同学回忆起这段青春年少的校园生活，"在清华的 8 年中，思成兄显示出多方面的才能，善于钢笔画，构思简洁，用笔潇洒。曾在《清华校刊》任美术编辑，酷爱音乐，与其弟思永及黄自等四五人向张蔼贞女士学钢琴，他还向菲律宾人范鲁索学小提琴。在课余孜孜不倦地学奏两种乐器是相当艰苦的，他则引以为乐。约 1918 年，清华学校成立管乐队，由荷兰人海门斯指挥，1919 年思成兄任队长，他吹第一小号，亦擅长短笛……此外，思成还与同班的吴文藻、徐宗漱等四人，将韦尔斯的《世界史纲》译成中文（经梁启超校阅后），由商务印书馆出版。"

有才能，出过书，还是运动健将，尤其是还会画画、唱歌，这样优异的几乎"全才"的学子在校园中怎么会不引起他人的崇拜和喜欢？大学期间，梁思成并没有谈恋爱。直到很久以后，他遇到了林徽因。

赴美求学

林徽因，1904 年出生于浙江杭州，她的祖父林孝恂是进士出身，曾经在浙江金华等地为官，所以林徽因也是官宦世家的女子。林徽因早年与徐志摩、胡适相识。1920 年，在梁启超和林长民的安排下，梁思成和林徽因见面了，当年只有 19 岁的梁思成对 17 岁的林徽因一见倾心。在学校期间，梁思成更是常常与林徽因书信来往。

1923 年，在清华学习 8 年的梁思成终于毕业了。按照打算，梁思成将要被送往美国去读书。然而这时梁思成的出国计划却被一场突如其来的交通事故打断了。这次事故导致梁思成左腿骨折，落下了跛足的残疾。

养病期间，林徽因在长辈的安排下常去探望梁思成，坐在床边给他拧毛巾擦汗，两个人在这狭小的病房里说着一些轻松而有趣的话题，若有若无地开着彼此的玩笑，他们的感情逐渐升温。

在与林徽因的接触中，梁思成知道林徽因的志向在建筑学。可当时的梁思成并不知道建筑是什么，因为林徽因喜欢，所以梁思成选择了建筑学。这个选择深深地影响了他的一生。

1924 年，梁思成与林徽因结伴赴美游学，到宾夕法尼亚大学学习建筑学。由于当时的宾夕法尼亚大学建筑系不招收女学生，林徽因只好入该校的美术学院，但是她的选修课仍然是选修建筑学。

在美国的那段时间，梁思成尽情徜徉在建筑艺术的世界里，他发现建筑学是真的很适合自己。在学习期间，有教授曾经问梁思成关于中国建筑史的情况，梁思成才想起中国并没有关于建筑学的文字记录，梁思成思考着教授的话，他觉得自己有责任把中国建筑史的空白填补上。

梁思成的决定得到林徽因极大的赞赏，这两个年轻人决定用自己的努力来弥补中国建筑史的空白。梁思成的学习更加刻苦了，他决心把中国建筑史研究通透。

1927 年，梁思成和林徽因在美国获得了宾夕法尼亚大学的硕士学位。1928 年，梁思成与林徽因在美国哈佛大学研究院肄业。同年的春季，梁思成与林徽因在加拿大温哥华结婚，婚后二人一起去欧洲考察。

跋山涉水寻古迹

1928 年，梁思成夫妇回国之前曾经在欧洲遍访了法国、西班牙等国家，这些国家的古建筑都得到了很好的保护，很多学者在那里研究古建筑。而一想起中国，梁思成不禁觉得有些痛心，几千年历史的古老国家，能够保存下来的古迹少之又少，出于保护古建筑的使命，所以梁思成迫切着想回到国内。

梁思成回到祖国后受聘于东北大学工学院,在校长的支持下,着手建立建筑系。梁思成与林徽因一起编撰了建筑系的教材,他们直到这所大学的建筑系开始变得成熟才离开。三年后,梁思成夫妇迁居北平,开始他们遍访中国古迹的任务,这也是中国建筑史事业的开端。

20世纪30年代的华北地区,老百姓的生活还是很艰难的,到处可以看到乞讨的人群。梁思成每次外出都要经受不少生活和工作上的困难。尤其是梁思成腿有残疾,又患有脊椎病,常常走的路稍长,梁思成就会满头大汗,痛苦不堪,但梁思成还是坚持了下去。对于考察环境的艰辛,梁思成曾经这样写过,"我们回到旅店铺上自备的床单,但不一会儿就落上一层沙土,掸去不久又落一层,如是者三四次,最后才发现原来是成千上万的跳蚤。"

在此后长达8年的时间里,梁思成的脚步几乎踏遍大半个中国的土地。在对古建筑的测量中,他身体力行,一丝不苟。他和助手们一起,对建筑物从局部到整体都进行了详细的绘图测量,对建筑物上的碑文,梁思成也进行了拓印,并且利用摄影设备对建筑物各个方面都进行了拍摄,正是凭着当时要研究中国古建筑学,写出中国的建筑史的强烈使命,梁思成咬牙坚持了下来。

1934年,梁思成编著了《清式营造则例》一书,在这本书中,梁思成对中国复杂的古建筑进行了科学的整理和分析,并且书中还加入很多精美的画面,使人们对建筑学也有了科学的依据,而不只是以前那样只停留在对表面的欣赏和感叹。

1937年,卢沟桥事变后,中国抗战救国的序幕被拉开。对编写中国建筑史使命的迫切,梁思成在抗战期间仍然坚持着继续寻找古迹,他深入到云南、四川等地,这一次他们调查了四十多个县,绘制了大量的古建筑模型图。

从四川考察回来后,梁思成开始编撰《中国建筑史》。常年在外跋涉,梁思成的身体遭到了极大的损害,由于脊椎软骨硬化病的加重,梁思成被迫经常戴着铁马甲工作,饱受疾病的折磨;另外由于经费的不足,梁思成只得无奈地去申请政府的帮助,靠一点点微薄的津贴度日;物质条件的缺乏梁思成只好用大量的线描图来弥补照片的不足,这些都无形中加重了他的工作量。在林徽因等人的帮助下,历尽艰辛,这本书终于在中国抗日期间完成了。

这本书用了大量的实物和文献资料,按照中国历史的发展,用科学的方法分为不同的单元进行描述。这本《中国建筑史》一经推出,就在国内外引起了极大的反响。这是中国第一本如此详细描写古建筑的书籍。

保卫古城楼

"拆掉一座城楼,像挖去我一块肉;剥去了外城的城砖,像剥去我一层皮。"梁思成的这句话,十几年来,不断地敲打着人们的心弦。

1948年,解放军百万雄兵包围了北平,这座具有古老历史的城市。得知解放军即将攻城的消息,梁思成心急如焚,北平这座具有悠久历史的城市,从古建筑上来说,具有无法衡量的价值。这个城市的每一块城墙上的砖都有着自己的历史,作为建筑学家,梁思成的心里太明白这座城市的价值。所以他找到共产党的领导人希望可以和平解放北平。

梁思成还在报纸上发布消息。在朋友的帮助下,梁思成见到了当时守卫北平的傅作义,他向傅作义说明了和平解放北平的好处,也说出这座城市具有无法估量的价值。

这一年,梁思成的老朋友张奚若带着两个解放军军官来到梁家,这两个解放军军官是十分尊重梁思成在古建筑学的成就的;他们对北平这个城市也有着非常复杂的感情,所以他们带来了一张地图,请梁思成在地图上标出需要保护的珍贵建筑和文物,走之前一再说:"请您放心,为了保护我们民族的文物古迹,就是流血牺牲也在所不惜。"

北平最后和平解放,梁思成在地图上画出的需要保护的古建筑也都保护了下来,从这一刻起,梁思成对中国共产党充满了信心。他坚信在中国共产党的领导下,老百姓一定会过上好日子。

梁思成的儿子梁从诫在回忆中说:"1949 年, 我父亲兴奋得不得了, 我母亲病成那样, 也是同样的兴奋。因为他们认为社会主义制度是一个有计划的制度, 土地是公有的, 一切活动都是计划性的, 这样才有可能来通盘规划一个城市, 使这个城市能够按最科学、最合理的方式来加以总体规划、总体建设。只有共产党才能解决这个问题。"

新中国成立以后, 梁思成开始在共产党的领导下着手新中国首都的建设, 他邀请国内的建筑专家筹划新北京的建设。梁思成更是负责了国徽和人民英雄纪念碑的设计。梁思成在建筑学的道路上越走越宽。

然而事情进行得并没有那么顺利, 他的许多关于保护北京旧城的建议并没有得到采纳。在此后的二十年里, 北京的牌楼被拆除了, 城门楼也被拆除了, 梁思成说:"拆掉一座城楼, 像挖去我一块肉;剥去了外城的城砖, 像剥去我一层皮。"

1972 年 1 月 9 日, 梁思成逝世于北京。回首梁思成的这一生, 仿佛他就是为了古建筑而生, 这些古建筑在他的眼中是那么的美, 为了这种美, 他心甘情愿付出了自己的一生。他是建筑界的学者, 是一代大师。梁思成留下了众多的学术成果和著作, 更留下了他从灵魂深处发出的保护古建筑的呐喊。

而今, 人们走在北京这个城市的每个街道, 耳边仿佛会响起梁思成的声声叹息, 他关于保护古建筑的话语, 仍然重重地敲击着人们的心弦……

"拆掉一座城楼, 像挖去我一块肉;剥去了外城的城砖, 像剥去我一层皮。"

老舍

中国现当代文艺界的"劳动模范"

——文艺界尽责的小卒，写北平文化的大师

姓　　名	舒庆春
籍　　贯	北京
生卒时间	1899 年 2 月 3 日~1966 年 8 月 24 日
人物评价	现当代小说家、剧作家、文艺界"劳动模范"。

老舍，原名舒庆春，字舍予，3 岁丧父，自强成才，是中国现当代文学史上杰出的语言大师，新中国第一位荣获"人民艺术家"荣誉的作家。无论是他人评价，还是自评，老舍都是公认的文艺界"劳动模范"。他的一生，除了忘我地工作外，还为国家作了很大的贡献、很大的牺牲。

父亲死于八国联军的炮火

清朝末年，英法等八国联军进犯北京城。一批不甘还没同敌人血斗就低头当俘虏的满族护军奋起反抗，双方战斗激烈。尽管清朝护军武器落后，但他们不甘示弱，毫不怕死，为国杀敌的意志坚决无比。很遗憾，由于双方力量差距过大，战至最后的巷战时，清朝护军非死即伤。后经检视，牺牲者的名单中，有一位正红旗属下的满族人。他马革裹尸而还，留下一个孩子，那就是舒庆春，后来的大作家老舍。

老舍生于阴历年底，父母取名庆春，自然含有庆贺新春到来之意。然而，更为重要的是，父母希望这个新诞生的小生命，能像春天一样，为家庭带来阳光、温暖和欢乐。庆春，自然是庆贺春天的到来。后来的事实证明，这个孩子没让父母失望，真像一轮春天的红日，默默无私地、勤勤恳恳地温暖着家庭。

人的一生，说短不短，说长也不长。谁若能像老舍一样，一生都坚守自己所立下的诺言，无论是否成为名人，都可以称得上是伟人了。老舍是一个负责的人，不管是对自己，还是对他人；不管生活艰难，还是优裕，他都时刻肩负起自己的责任。一个终生恪守着"兢兢业业办小学，恭恭顺顺侍奉老母，规规矩矩结婚生子"的男人，谁能说他不是负责的人。老舍之所以如此负责，因为他知道生命来之不易，不能随便冒渎生命。他有一句名言：生命是不容易得来的，也不能轻易地舍掉。

对生命，老舍为何能够爱惜如此，感慨之深？因为他的生命本身确实来之不易。还在襁褓中，还是婴儿的时候，老舍的家就遭到了意大利军人的劫掠。那个年代的外国军人，比狼还凶，比虎还恶，他们连中国皇帝都不怕，自然更不怕平民百姓了。在刀光横飞、剑影乱掠、喊喝声狂作的劫掠之中，老舍能够保住性命，因为一个倒扣的箱子罩住了他。古人说，大难不死，必有后福，这话还真不假。

父亲去世后，原本贫寒的家庭更加贫寒了。直到9岁，老舍才能够进入私塾。交给私塾的费用，还是宗月大师给的。由此看来，想要成为一个作家，不一定需要小时打下多么深厚的根基，关键在于，一旦立了志向，就要不顾一切地追求。上学如此来之不易，老舍自然非常珍惜。每天除了用功读书识字，还是用功读书识字。

1913年，老舍以优异的成绩考入京师第三中学，也就是现在的北京三中。很不幸，只上了几个月，因为经济困难，老舍不得不依依不舍地离开学校。那时的老舍，人是很穷，但志一点都不短。与其他纨绔子弟相比，老舍的志向可远得很、大得很。

为了能够继续上学，老舍选择报考公费学校。大家都知道，一般而言，公费需要的条件都比较高。但是，对老舍这种肯刻苦用功的人而言，除了金钱，什么都不是问题。辍学后不久，老舍考上北京师范大学的公费生，1918年毕业。在校五年，老舍什么都不想，除了刻苦努力，还是刻苦努力。

真是若非一番寒彻骨，哪有蜡梅扑鼻香!

真正的"文坛劳模"

在学习上，老舍刻苦用功;在工作上，他是当之无愧的劳动模范。

毕业后，老舍受聘于英国的大学，前往担任讲师。在英国期间，他陆续发表了不少作品，例如《老张的哲学》、《赵子曰》和《二马》，等等。作品发表后，老舍这个笔名也就传开了。"老舍"这个笔名，有两层意思。"舍"取自"舍予"的"舍"，有舍弃自我、舍我其谁之意。深层意蕴是，若想做好一件事，必须非常专注，专注到忘我的程度。只有实现了忘我，才能造就真正的完美。这个道理，欧洲作家茨威格一次见到罗丹雕塑时，领悟了。他与老舍，真是智者所见略同。

那么"老舍"的"老"呢?难道是非常老的意思?不是的，一个被公认为劳动模范的人，怎么会是一个以"老"自居，暮气蓬勃、老气横秋的人呢。"老舍"的"老"，表达的是，永恒，一贯的意思。联合起来，就是说，在小说创作上，老舍会永远专注，一贯忘我的作风不会更改。都说日久见功夫，这几十年如一日的功夫，能坚持的人可就不多了。

有好些人，做事只有三分热劲。那几分钟过后，自己曾经想做什么，完全忘了，好似患了失忆症。这种情况，叫做立志不坚。从性格上分析，主要是因为没有恒心。一个没有恒心的人，能希望他完成一件复杂而艰巨的工作吗?

与这些人不同，老舍一旦选上创作这条路，就坚定地走下去。不管前面充满豺狼还是虎豹，他都决不回头，永不言弃。关于这种韧劲，老舍曾说:"我终年是在拼命地写，发表也好，不发表也好，我要天天摸一摸笔。"由此可见，对老舍而言，写作不仅是一项工作，一种任务，或者某个喜好，而是生命的一部分。人一旦发展到将某种东西当成自己的一部分，每天都要练习一下，又怎会没有惊人的成就？达摩祖师面壁九年，影子都印在墙壁上，成清晰的图画了。马克思写《资本论》时，大英图书馆的地板都被他磨起脚印了。这些，都是欲成大才，必先耐苦的例子。

不久，老舍回国了。那时，他母亲为他安排了一个包办婚姻。老舍听说后，坚决退掉。大家都知道，老舍非常孝顺，为什么要违逆母亲的意思呢？因为，孝子也如君子，有所为，有所不为。虽然在风起云涌的五四运动时期，老舍没有参与，但并不表明他没有受到新思想的影响。他也受到了新思想的影响，只是生性安静，不喜欢参与到社会运动中去。对一个从小就生活在北京的人而言，能够在历史激流中置身事外，保持一个旁观者的态度，真是一件奇事。

老舍不喜欢包办婚姻，因为那不仅是对女士的不尊重，也是对男士的不尊重。在老舍心里，自由恋爱才是伟大而圣洁的。也只有自由恋爱，才能抓住他的心。老舍的妻子名叫胡絜青，同老舍一样，也非常好强上进。还小时，胡絜青就对母亲说，她要上学，要学一项本事，将来靠自己吃饭。她的这种观念，不仅在当时，就是在现在，都非常先进。

与胡絜青认识不久，老舍写了一封信给她。但是，别认为，作家写的信，尤其是写给女朋友的，就多么缠绵难解，美妙动人。在心爱的人面前，老舍没有矫情，更没有故意说谎逗人开心，他仍旧老老实实的，一如往常的他。更令人有点难以理解的是，老舍还向胡絜青提出了三个条件：第一，要能吃苦，能吃窝头；第二，要能刻苦，学习一门专长；第三，不许吵架，和和睦睦过日子。如果是不懂事的小姑娘，必然拒绝老舍。还没嫁进门，就约法三章，进了家门后，那还得了？胡絜青很明白事理，知道老舍温厚老实，油腔滑调不来，答应了。结婚后，老舍又告诉妻子，如果见他坐着，抽着烟，不说一句话，千万不能打扰，因为他在构思。由此可见，老舍多么看重写作，多么看重构思。

卢沟桥事变后,老舍一改往常的冷淡,热心投入抗战救国的活动中。没有国,哪有家?老舍是有文化的人,不会不理解这点。1938年,成立了一个文艺界的抗敌协会,叫做"中华全国文艺界抗敌协会",简称文协。协会中的成员,几乎囊括了当时所有的文艺爱好者。使文协感到运行不畅的是,成员之中,好多以前都有矛盾。自从出现社会这个东西,协调人的工作,就是一项非常难做的工作。但是,老舍不怕,他挑起了理事这个重担。

　　抗战胜利前夕,1944年,在总结工作的时候,作家茅盾着重指出:"如果没有老舍先生的任劳任怨,这一件大事——抗战的文艺家的大团结,恐怕不能那样顺利迅速地完成,而且恐怕也不能艰难困苦地支撑到了现在。"这一评价,中肯切实,老舍受之无愧。

　　关于自己的辛勤劳苦,老舍曾自谦地说:"我是文艺界中的一名小卒,十几年来日日操练在书桌上与小凳之间,笔是枪,把热血洒在纸上。可以自傲的地方,只是我的勤奋;小卒心中没有大将的韬略,可是小卒该作的一切,我却做到了。以前如是,现在如是,希望将来也如是。我入墓的那一天,我愿有人赠给我一块短碑,上刻:文艺界尽责的小卒,睡在这里。"

　　这一席话,情真意切。读了,仿佛就看到老舍先生坐在小凳上,伏在桌前,手握笔管,不辞劳苦地写作。从小卒变成大师,其间辛酸苦累,又有多少人知道?

与诺贝尔奖擦肩而过

　　抗战胜利后,作为文化名人,老舍与剧作家曹禺一道,受美国国务院邀请,前往讲学。随后,老舍就旅居美国,创造了不少作品。与中国相比,美国的生活条件好多了,但老舍还是舍弃不了祖国,热切地希望国家早日实现统一,社会早日安定。老舍心里所装的,也是一颗文人的赤子之心,即思念祖国,热爱祖国。

1949年，听说中华人民共和国成立了，老舍就像若干年前的杜甫，真是"漫卷诗书喜欲狂"，突破重重阻碍，毅然回国。离别多年，眼望即将踏上国土，赤子有泪吗？赤子的一颗心，是酸涩，还是苦痛？12月9日，抵达天津之际，老舍写道："离开华北已是十四年，忽然看到冰雪，与河岸上的黄土地，我的泪就不能不在眼中转了。"老舍对故国的感情，是多么深沉，多么热烈。只是他天性温厚，不喜欢矫情的言辞，否则定会将那一刻的情感描绘得灿若春花，多姿多彩。

　　回国后，见全国人民为了建设新家园，干劲饱满，精力充沛，老舍大为感动，也以笔墨为工具，热情地投入到新家园的建设中。不久，老舍发表了歌颂新政权的《龙须沟》，影响非常之大，北京市人民政府授予"人民艺术家"的称号，他是新中国获得此殊荣的第一人。随后，老舍又创作了《茶馆》，再一次以妙到巅毫的艺术魅力震惊文艺界。

　　"文章"爆发后，老舍饱受摧残。常言道，士可杀，不可辱。1966年8月24日，一大清早，老舍独自走出生活多年的小院，来到德胜门外的一个平凡不奇的小湖，一坐下就不想起身。据说，他呆呆地坐着，一坐就是整整一天、整整一个半夜。在这生命的最后一天，老舍是否回想起，曾对妻子说："如果你见我抽着烟，呆呆坐着，不说一句话，千万不能打扰，那不是同你闹别扭，我是在构思。"可以说，老舍一生，全都奉献给了文艺事业。作为尽责的"小卒"，他没有其他的奢望，只希望能够不被打扰地写作。然而，坚持了一生，谁会想到暮年遭此大难？

　　老舍曾经说过，生命是不容易得来的，也不能轻易地舍掉。因此，他含屈自沉太平湖，并非一时冲动，而是做过三思的。两年后，听说诺贝尔文学奖的得主是老舍，可他已经离世了。按照惯例，诺贝尔奖不颁发给已故之人。为向老舍这位大师表达敬意，诺贝尔奖评选委员会决定，1968年的诺贝尔奖最后颁发给一位亚洲籍作家，日本的川端康成入选了，成了东亚第一位获此殊荣的作家。

田汉

中国戏剧魂

——把我们的血肉筑成我们新的长城

姓 名	田汉
籍 贯	湖南省长沙县
生卒时间	1898 年 3 月 12 日~1968 年 12 月 10 日
人物评价	话剧作家,戏曲作家,电影剧本作家,小说家,诗人,歌词作家,文艺批评家,社会活动家,文艺工作领导者,中华人民共和国国歌《义勇军进行曲》词作者。

田汉是中国现代戏剧的奠基人。多才多艺,多种身份集于一身。早年留学日本,20 世纪 20 年代开始戏剧活动,写过多部著名话剧,成功地改编过一些传统戏曲。1935 年,田汉谱写了《义勇军进行曲》的歌词,从此他的名字就和这首歌曲连在一起,深受人们爱戴。

穷人的孩子早当家

湖南长沙县城以东约六七十里的地方,有一个历史悠久的小平原,平原不是很大,四周环山,有一条不是很宽阔的河流蜿蜒流淌着,河边周围聚集了很多村落。田汉的家就在这些群落之间,一个名叫田家锻的地方。田汉的家庭是一个朴实而贫困的大家庭,这在农村是常见的,往往很多有血缘关系的人聚在一起,彼此相互相助搀扶着过日子,这样的一个大家庭往往有三四十口人。

田汉的祖上在很久的年代是当地有名的大地主,但一代代开始衰落,到了田汉的父亲田禹卿的时候,家里的土地几乎都变卖给了后来崛起的地主,为了生存家里能当的东西也都拿出去当,这时的田家就像是空有一副庞大外表的城堡,里面早已空空荡荡的。田家的生存开始面临着危机,为了生存,田家只好种田为生,空闲时做点织绢的手艺挣点生活费。

1909 年,民主革命的浪潮已经波及了这个偏僻的村落,那时人们明白要想摆脱这种贫困的封建家庭,就需要学习新知识,改变自己的思维,用这种新知识来武装。田禹卿就是接受这种新知识的人,而且田禹卿的内心还有很多雄伟壮志。据说,田禹卿结婚后仍然还坚持在私塾读书,奈何,天命弄人,田禹卿最终还是因为家庭贫困被迫辍学,他的愿望就这样成了无法实现的遗憾。对生活的失望和梦想的破灭,使得田禹卿郁郁寡欢,疾病缠身,在他34 岁那年便因病去世了。田家的生活更加艰难了,抚养田汉和孩子们长大,成了田汉母亲易克勤肩上最沉重的担子。

对田汉的成长历程来说,对他影响最深和最重的人就是他的母亲易克勤。易克勤深知丈夫去世的原因,也明白文化对贫困家庭的重要性。所以易克勤全力支持田汉读书学习,即使生活再艰难,这位伟大的母亲从来没有放弃过。在周边人的帮助下,田汉进入一所新兴的学校初等小学学习。

生活的磨难使得这位勤学向上的孩子变得早熟懂事。每天回到家里他都会帮助母亲做家务,家务活做完后,他还要教两个弟弟读书识字,田汉经常对弟弟说:"娘千辛万苦把我们拉扯大,我今天能够读书,是你们牺牲了读书的权利,才能供我上学。现在我教你们读书,你们要用心!爸爸不在了,我们一定不要让母亲操心。"

在初等小学学习期间,田汉认真刻苦,良好的学习态度以及优异的学习成绩得到了老师们的赞扬。从初等小学毕业后,田汉转到了长沙的选生学堂继续学业。长沙的景象在田家锻长大的田汉眼里是别有一番韵味的:街道那么多,各种各样的小贩在吆喝,那么多的人来来往往,还有汽车的汽笛声,这在当时的田汉眼里很是壮观。

学校的课堂也比初等小学要宽阔得多,宽敞明亮,课桌也很新,一间教室可以容下五六十个学生,黑板也比以前的高级,可以上下移动。看到这更为优越的条件,田汉更加专心在学习上,他的成绩在班级中脱颖而出,他很快就得到了同学们的认可和先生的赞赏。

田汉在散文集《母亲的话》中记录了这样一段话:"那时国文先生发卷子的次序是按着分数多少而定的。当先生抱着一大摞子作文本子上堂的时候,同学们都紧张地望着他的脸。及至他第一个叫到寿昌的名字,许多同学都不免惊异起来,从此再也不敢看不起这'小乡巴佬'了。"

漂洋过海觅新学

1912年,田汉入读长沙师范学院,当时学院的校长是湖南教育界的名人徐特立。徐特立参加了辛亥革命,并在湖南起义中被推选为长沙副议长,后来被升为省教育司的科长。不久后,因为厌倦当时的官场黑暗,徐特立又回到教书育人的环境中,任长沙师范学院的校长。徐特立后来更是加入了共产党,成为坚定的革命战士,与毛泽东更是有着深深的师徒情。

徐特立的思想深深地影响了当时一心向往外国文学的田汉,在徐特立的引导下,田汉渐渐地走上了曲线救国的道路。在少年时期,田汉受谭嗣同、陈天华等人的影响,具有强烈的反帝爱国志向。1912年清帝宣布退位后,田汉的心便转到爱国主义上,看着日渐衰落的中国,田汉和所有的知识分子一样,渴望能够找到一条富国强兵的道路。所以在接受新知识的过程中,他对各国的变法和崛起的历史十分感兴趣,并且经常和同学们讨论彼此的看法。

田汉在长沙师范学院学习了四年,在这四年间,他无时无刻不关注着中国的发展。在学习戏剧改编和写些话剧的同时,田汉更渴望能到当时的亚洲强国日本去学习。希望能够找到救国的道路。

　　1916年,田汉在舅舅易象的帮助下,得到了去日本留学的机会。经过漫长的海上航行,田汉和舅舅到达了日本。刚到东京,人生地不熟语言不通,田汉只好在湖南留日学生处当抄写员,挣点生活费的同时也开始学习日文,晚上的时候舅舅还会亲自辅导他学习日文的写作、发音。田汉天资聪颖,在学习中经常能够举一反三,很快便掌握了日语的基本发音和写作,不久后,田汉考入了东京高等师范人文科,专修英文。

　　在日本田汉了解到日本是通过明治维新才走上富强道路的,那段时间,他翻阅了不少关于明治维新的书刊,希望能在那里找到富国强兵之路。在日本和其他留学生一样,田汉处处遭到日本人的讥笑,他心里很苦闷,他只好埋头在书海中,暂时忘记自己眼前的处境。田汉的爱国和民主的思想逐渐高涨。在1917年,田汉从报纸上读到俄国二月革命的爆发,看到俄国焕然一新的局面,当时只有19岁的田汉深受鼓舞,他在《神州学丛》上发表了一篇《俄国今次之革命与贫富问题》的论文,在论文中提到:"若然,则继种族,政治革命之后,不十数年,且将有社会之大革命也。"

　　五四运动爆发后,田汉加入李大钊等组织的少年中国学会,并开始写作诗歌和一些对时事的评论。这时的田汉经历更多的事件后,他的思想开始成熟,他知道自己需要学习什么样的知识,他经常在课堂上看自己喜欢的小说和一些著名的话剧,他潜心研究话剧和剧本的写作。

　　1920年,田汉的努力终于有了收获。随着《环球璘与蔷薇》与《咖啡店之一夜》相继发表,田汉在留日学生中的名气渐渐涨了起来。田汉慢慢地认识了很多志同道合的朋友,包括郭沫若和成仿吾,三人一见如故,彼此在文学和探索救国的道路都是所见亦同,后来三人成立了创造社,彼此讨论诗词和剧本的创作。田汉的知识和素养在交流中逐渐提高。

《义勇军进行曲》

1922 年,田汉的舅舅易象在长沙意外地遭人行刺,因为关心舅舅的安危和当时在日本经济上的困顿,再加上对祖国的担心,田汉决定返回祖国。那时的田汉已经结婚,妻子就是舅舅的女儿易漱瑜。回国后的田汉,在上海中华书局编辑所成了一名编辑。稳定下来后,田汉托人把自己的舅舅从长沙接到上海来,一家人生活在一起,倒也其乐融融。

1923 年,田汉和妻子易漱瑜联合创办了《南国半月刊》,开始了"南国"戏剧运动,田汉在《南国半月刊》上发表了独幕悲剧《获虎之夜》。《获虎之夜》主要是讲述了流浪青年和富农女儿恋爱的故事,故事具有反对旧社会和旧思想的态度,创造了向往自由和幸福的新青年形象,剧本获得了巨大的成功。很多地方开始不断地上演这幕话剧,在戏剧界享有很高的声誉。

好景不长,不久后,妻子易漱瑜突然病倒了,而且这一病一发不可收拾,田汉带着妻子辗转了好几个医院,妻子的病情并没有好转,反而越来越严重了。易漱瑜似乎感觉到了自己的生命将至,她把自己的同窗好友黄大琳介绍给田汉,希望田汉可以娶她为妻。1925 年,易漱瑜在上海病逝。田汉按照易漱瑜的要求,娶了黄大琳为妻,两人相敬如宾,日子倒也过得和睦,但田汉总觉着内心缺少什么,他感觉很痛苦,在写给日本友人的信中他坦白了这种感觉说,"妻子去世后又有了恋人,可是无论如何没有以前的滋味。我深切地感到人生的春天只有一次。"

1927 年,田汉被聘为上海艺术大学的文学科主任,不久后因为当时上海艺大的校长辞职,在选举中,田汉被选为上海艺术大学新的校长。在任校长期间,田汉创作了著名的《苏州夜话》和《名优之死》。在《名优之死》中,田汉通过艺术家刘振声的悲惨遭遇,写出了当时社会存在的弊端,同时也表达了积极进取、奋斗的精神。同年,田汉会同欧阳予倩、高百岁等人举行了一场影响颇为深远的"鱼龙会"。

1928年,田汉与徐悲鸿、欧阳予倩组建南国艺术学院。当时南国艺术学院共分为文学、绘画、音乐、戏剧、电影五个科室,田汉任院长和文学科主任。这一年的秋天,田汉等人成立了南国社,以"团结与时代共痛痒之有为青年,作艺术上之革命运动"为宗旨,田汉更是多次强调"本学院是无产阶级青年所建设的研究艺术的机关,师生应团结一气"。

南国社青年走向社会,推进戏剧的运动。南国社的青年在全国各地演出,在各地掀起一股南国的运动风和戏剧风。这段时间,田汉在忙着南国艺术学院的事情,又抽出了一些时间,主编了《南国月刊》,在《南国月刊》上田汉发表了自己创作的《南归》《孙中山之死》《颤栗》等剧本,也写作了一系列关于戏剧运动的文章。对中国新兴话剧的奠基和发展起了重要的作用。南国社培养了大量的艺术骨干,对话剧的开拓具有无与伦比的贡献。

在开拓话剧事业的同时,田汉也开始参与到政治运动中来。1930年,《南国月刊》遭到了国民党反动派的查封。当时的《南国月刊》就像一面大的旗帜指导着当时话剧的前进方向,《南国月刊》突然被查封,很多戏剧家都找不到自己该走的方向。为了加强戏剧家之间的联系和学习合作,田汉决定发起左翼戏剧家联盟。在田汉的努力下,戏剧家又开始逐渐团结在一起,成为一股不容小觑的力量。1932年,田汉在瞿秋白主持下加入中国共产党,从此成了一名坚定的革命战士。

成为一名共产党员后,田汉参与了党对文艺的管理工作,他曾经担任中共上海中央局文化工作委员会委员,田汉成了一些爱国活动的组织者和领导者,并开始创作了大量更为精彩的剧本,同时也开始着手电影剧本的写作。

随着白色恐怖日渐严重,田汉被迫转入地下工作。1935年,田汉答应为电影《风云儿女》谱写主题曲,但却没有料到国民党反动派查到了他的住所,田汉被捕了。在狱中,田汉冒着危险写下了《义勇军进行曲》的歌词,歌词写在香烟盒上,托人交给与自己志趣相合、政治目标一致的聂耳谱曲。

聂耳为这首歌谱曲后，《义勇军进行曲》很快在全国范围内传唱，这首歌曲被称为中华民族解放的号角。这首歌在抗战中起了很大的作用，它激起了人们保家卫国的精神，人们听到它，无不热血沸腾，渴望投身军营，报效国家。

1949年，《义勇军进行曲》被选为中华人民共和国的国歌，从此人们可以从更多的场合听到这种激励人心的歌曲。人们更是记住了这首歌的词作者和他的故事。田汉的爱国之情即使在今天看来仍是那么令人动容。

梅兰芳

最伟大的京剧大师

——我是个拙笨的学艺者，没有充分的天才，全凭苦学

姓　　名	梅兰芳
籍　　贯	北京
生卒时间	1894 年 10 月 22 日~1961 年 8 月 8 日
人物评价	京剧大师，形成自己的艺术风格，世称"梅派"。

梅兰芳出生梨园世家却再创梨园佳话，他辛辛苦苦地学艺，最终一唱而红遍上海滩。抗战间，他蓄须明志，撕毁国画，丝丝缕缕证明爱国之心；梅兰芳对艺术加以创新，在千万次的历练中，终成就"梅派"，梅兰芳那阔亮圆润的嗓音至今还响在人们的脑海里。

京剧世家的接班人

1894 年 10 月 22 日，梅兰芳出生在李铁拐斜街梅家老宅里，家人为他取名为澜，字畹华。梅家是京剧世家，梅兰芳的祖父梅巧玲，是当时名震清朝的同光十三绝之一，同时也是当时京城颇具名气的戏班——四喜班的班主。

梅兰芳的伯父梅雨田是京剧胡琴演奏家。梅兰芳的父亲梅明瑞，字竹芬，小生改花旦，母亲是具有"活武松"和"活石秀"之称的杨隆寿的大女儿杨长玉。所以当时的梅家每个人都在京剧上有自己的独到之处。梅家在京城中也是颇有名望的商业世家,那时的梅家几乎笼络了整个京城 80% 的剧院、茶楼。

新生命的诞生给这个传统的京剧世家带来了阵阵笑声。甲午中日战争的爆发似乎并没有给梅家带来太大的影响,因为战争而心情烦闷的人都喜欢到戏院里喝点小茶,听听京剧,忘记外面的战争,寻求一丝心里安慰。

梅兰芳的童年就是在梅家老宅里度过的。和所有生在世家的孩子一样,梅兰芳的童年简单幸福,但作为世家的子女,梅兰芳也面临着世家子女也要面对的子承父业的问题,这几乎是生在世家的孩子没有选择的选择。

梅兰芳 8 岁这年,在梅家长辈的要求下开始学习京剧。拜名小生朱素云的哥哥朱小霞为师学习小生。初到戏班的梅兰芳饱受欺负,因为在别人看来他的资质很平庸,简单的四句老腔学习了几个小时还是唱不下来。气得教唱戏的先生说不出话来,梅兰芳因此遭到了同样学艺的伙伴的嘲笑。

知耻而后勇,正是伙伴们的讥笑和老师的白眼,激发了少年梅兰芳的斗志,他发誓一定要做站在舞台最好的那一个。9 岁那年梅兰芳拜吴菱仙为师学青衣,也常跟着秦稚芬和胡二庚二人学习花旦戏。一开始梅兰芳并不入戏,吴菱仙感念梅巧玲的恩德,于是对待梅兰芳更加尽心尽力。

为了掌握唱戏的基本功,年少的梅兰芳可谓是吃尽了苦头。每天早上梅兰芳总要练嗓音。吃过早餐后,就开始一天的基本功训练——踢腿、打把子、跑圆场、踩跷……不论是三九天气还是炙热的炎夏,梅兰芳都雷打不动坚持着训练。有次梅兰芳发高烧很严重,师傅让他休息不用练了,但倔犟的梅兰芳仍然坚持着训练,就连教他的先生都被梅兰芳的执著所感动。

梅兰芳 10 岁那年开始登台演出,当然只是一些无关紧要的小角色。在演出中,梅兰芳尽心尽力演好,演出后,开始总结自己的不足,然后开始改进。或者是在台下欣赏别人的表演,每当别人的表演获得观众的掌声时,梅兰芳都会记下别人的优点,仔细揣摩,以便下次自己也用到。

吃得苦中苦,方为人上人,在梅兰芳的刻苦坚持下,梅兰芳的京剧技巧得到了很大的提高。作为配角的他,渐渐地也收获了观众的掌声。这一发,便不可收拾。

走红上海滩

从 10 岁登台以来,梅兰芳刻苦钻研,在不断实践的过程中,梅兰芳继承并发展了京剧传统艺术,而且在京剧表演中加入了自己的创新。

梅兰芳在京剧上成功的一个重要因素就是他结交了一批志同道合的朋友,这些朋友在他需要的时候都给予了他很大的帮助。梅兰芳 14 岁时候就结交了大银行家冯耿光。冯耿光,字幼伟,人称冯六爷。冯耿光早年与梅兰芳的伯父梅雨田交往,所以他与梅兰芳相交是件很正常的事情。冯耿光为人正直,又喜爱京剧。正是看到梅兰芳在京剧上面的潜力,所以冯耿光决定散尽千金来支持梅兰芳。很多商人游客都结成梅党,梅兰芳在冯耿光的安排下,迅速蹿红,成为当时京城的梨园教主。

1908 年秋天,喜连成班在吉林演出。有一天,班主叶春善和喜连成班的投资人牛子厚一起在班子的周边散步,走到湖边树林的时候,忽然发现有一个人正在练剑,但见剑走偏锋,又极速迂回,体态轻盈,动作优雅,那剑舞得如同行云流水般流畅,作为几个京剧爱好者,牛子厚看过不少舞剑高手的表演,但今天的表演在他看来同样是绝妙精伦。牛子厚情不自禁地拍手叫好。舞剑人听到有人喝彩,急忙回头看人并顺势把剑收起,虽已到秋天,舞剑人还是满脸汗珠,他快步走来,恭敬地说:"牛老板,喜群献丑了。"

牛子厚一看便有点喜欢这个年轻人了,年轻人一表人才,皮白肉嫩,说话礼貌,便问这个年轻人:"你可曾起了艺名?"旁边的叶春善说:"这是班里的一位小辈,我叫他喜群。"牛子厚沉吟良久说:"这孩子气质不凡,日后必有一番作为,就叫他'梅兰芳'怎么样?"从此,梅兰芳就有了自己的艺名,那时的牛子厚和叶春善没有想到这个名字在此后不久的时间里，用他特有的新唱腔征服了这个世界。

梅兰芳真正走红的地方是上海滩。上海最繁华和热闹的外滩，这里到处灯红酒绿，是个不夜城。上海滩有很多著名的歌舞厅，比如著名的百老汇。还有很多知名的戏院，比如丹桂戏院。

梅兰芳就是在当时的丹桂戏院唱响了他在上海滩的第一出戏。梅兰芳那时已经对京剧唱腔、音乐、服装进行了一系列的改革。初到上海滩的他还是有些底气不足，究竟要换不换以前传统的唱法，梅兰芳犹豫了很久，终于还是决定用新式唱法。梅兰芳来上海演出的消息在报纸上登出，人们就纷纷买票进戏院。身在上海的听众，尤其是那些老戏迷早就通过各种渠道得知了梅兰芳的梅式唱法。

梅兰芳的这出戏一炮而红。上海听众对梅兰芳阴阳颠倒的扮相和梅式唱法都给予很大的肯定。一夜之间，梅兰芳的名字传遍了整个上海滩。人们纷纷买票来看，票价一涨再涨，仍然阻挡不了听众的热情。梅兰芳初来上海滩很快就风靡了整个江南，当时大街小弄都在流传一句话——"讨老婆要像梅兰芳，生儿子要像周信芳"，间接说明了当时梅兰芳的梅式唱法究竟有多火。

人们称梅兰芳为一代京剧大师，他所创立的新式唱法称为"梅腔"，他的艺术风格被称为"梅派"，他的听众称为"梅党"。梅兰芳彻彻底底红遍全国。

梅兰芳的戏改变了外国人对中国戏剧的看法，当时的美国报纸曾经这样评价梅兰芳的戏："中国戏不是写实的真，而是艺术的真，是一种有规矩的表演法，比生活的真更深切。"

抗战中的艺术探索

1931 年，日本侵略者制造"九一八"事变，作为一个爱国者，梅兰芳对日本的入侵非常愤怒，他编演了京剧《抗金兵》和《生死恨》，以古说今，引起了人们极大的赞赏,也激发了人们的爱国热情。

经历了无数个日日夜夜的探索和钻研,此时梅兰芳的京剧功底已经达到了炉火纯青的地步,他的表演更是出神入化,雍容华贵。在多年的舞台实践和探索中,梅兰芳渐渐形成了别具一格的"梅派"艺术。

就在梅兰芳开始进行艺术探索的同时,日本侵华战争已经全面开展,"九一八"事变后,日本在东北建立了伪满洲国。日本人找到梅兰芳希望可以利用他的影响力来招抚当时在东北的人民。梅兰芳毅然拒绝了。日本人以武力威胁,梅兰芳没有屈服。日本人最终没有下手,因为梅兰芳的名气实在是太大了,杀了他,对他的爱好者"梅党"和国际舆论都不好交代。但是日本人仍在尝试用不同的方法来拉拢梅兰芳。

为了断绝日本人的念想,梅兰芳只好蓄起胡须,留了胡子的男子在戏中就不能够扮旦角,梅兰芳曾经对自己的朋友说:"别瞧我这一撮胡子,将来可有用处。日本人要是蛮不讲理,硬要我出来唱戏,那么,坐牢、杀头,也只好由他了。"

梅兰芳这一别舞台就是八年,非常喜欢京剧的他,不能演不能唱,这样的日子对梅兰芳来说是很痛苦的一件事情,好在多年的演出生涯梅兰芳攒下有一笔还算丰厚的演出收入,日子还算过得下去,可是在梅兰芳回绝日本人后,这笔钱被日本人冻结了。梅兰芳一直靠这笔存款的利息过日子,冻结了存款,又没有演出,全家如何生存成了梅兰芳日夜思考的难题。

他问自己身边的人该怎么办?夫人说:"最近报纸登出了何香凝女士卖画谋生的消息,我们不妨也来学她。发挥你的绘画才能,卖画度日如何?"

梅兰芳有两大爱好除了京剧,就是画画。其实梅兰芳早就有这种念头了,只是不好意思开口。现在在全家人的支持下,梅兰芳就开始着手画画,很快,梅兰芳画了20多幅画,当市民看到是梅兰芳的署名后,大家争先恐后地去买。不久20多幅画就卖完了。

梅兰芳卖画的事情传出去后,引起了轩然大波。很多知名人士提出要为梅兰芳办画展。梅兰芳知道后很高兴，为了这次画展，他在全家人的帮助下，奋战了半个多月，画了几十幅作品。画展决定重阳节在上海展览馆展出。

消息也传到日本人的耳朵里，日本人派来了一群便衣警察，于画展展出前悄悄地潜入，作了很多手脚。

画展展出的那天，前来参观的许多群众进入画展后便怒气冲冲地出来。梅兰芳来到时看到画展冷冷清清的，觉得很是诧异。当他走进展厅后，却发现自己的画上都用大头针别着纸条，分别写有"汪主席订购"、"冈村宁次长官订购"，等等，梅兰芳怒火中烧，他索性用手把这些画全都撕碎了。

梅兰芳的毁画举动，整个上海都在讨论这件事情，也很快在全国范围内传播。上海当天的新闻头版几乎全都是言称："褚部长目瞪口呆，一场画展一场虚惊！"宋庆龄、郭沫若发表声援讲话，称赞梅兰芳的爱国高尚情操，是世人的楷模。梅兰芳的爱国之举，也得到了广大人民群众的认同，当时很多人都给梅兰芳写信，赞扬他。

京剧大师艰难求生

八年没有演出，八年没有演出收入，存款也被日本人冻结了，梅兰芳的日子越过越艰难。为了生存，梅兰芳只好还是卖画。直到1945年抗战胜利，世界反法西斯同盟胜利了，梅兰芳才剃掉蓄了八年的胡须，换上京剧的戏服，脸上也有了灿烂的笑容。不久后梅兰芳又重新登上了舞台，"梅党"不但没有减弱，反而更壮大了。这只能说是梅兰芳的人格魅力所在。

几年后，梅兰芳苦涩地回想起抗战期间的艰难生活，有点郁闷地跟好朋友说："一个演员正在表演力旺盛之际，因为抵抗恶劣的社会环境，而蓄须谢绝舞台演出，连嗓子都不敢吊，这种痛苦我无法用语言来形容。我之所以绘画，一半是为了维持生活，一半是借此消遣。否则，我真是要憋死了。"

梅兰芳在抗战期间断然蓄须明志、愤然毁画等行为，表现了一代优秀的艺术大师不屈不挠的刚劲骨气。这些事情都成为神州大地感人的佳话,在优秀的中华子孙之间广泛流传,对当时处在抗战中的民族起了很大的鼓舞作用。

梅兰芳的一生爱国,爱京剧,心怀祖国的同时,他没有忘记对京剧进一步探索,以便发扬和扩大京剧的影响力。梅兰芳做到了,是梅兰芳把京剧传播给了世界。梅兰芳的一生就像是他的那些戏,即使时隔多年,当他在上海重新开唱的时候,人们一听到那阔亮圆润的嗓音,就知道这是梅兰芳,上海滩出现万人空巷的场面,只为了听听这位京剧大师的声音。

梅兰芳阔亮圆润的嗓音,跨越了时间的局限,分分秒秒地传播在中华这片古老的土地上,永远不曾散去。

阿炳

民间音乐家

——朝霞相伴夕阳斜,胡琴盲杖乞天涯。

一曲二泉映明月,谁人不晓艺术家。

姓　　名	阿炳
籍　　贯	无锡
生卒时间	1893 年 8 月 17 日~1950 年 12 月 4 日
人物评价	一生共创作和演出了 270 多首民间乐曲。留存有二胡曲《二泉映月》《听松》《寒春风曲》和琵琶曲《大浪淘沙》《龙船》《昭君出塞》六首。

　　阿炳幼年出家做道士,青年时当过吹鼓手,中年时害眼疾无钱医治而失明,从此流落街头,靠卖艺糊口。阿炳在黑暗和贫困中挣扎了几十年,尝尽了人世间的辛酸。他在饥寒交迫中度日,但却人穷志不穷,一曲哀怨凄切的《二泉映月》,阿炳征服了世人。曾有描述阿炳的生活和他的成就说"朝霞相伴夕阳斜,胡琴盲杖乞天涯。一曲二泉映明月,谁人不晓艺术家。"

朝霞相伴夕阳斜

　　1893 年 8 月 17 日下午,阿炳出生在无锡雷尊殿旁的道馆。阿炳的父亲华清和当时是无锡城中三清殿道观雷尊殿的当家道士,虽然是当家道士,其实却没有多大的权力,生活依旧贫困。阿炳的出生给这个沉闷的道馆带来了很多乐趣。

阿炳的童年是不幸的,4 岁的时候,母亲就因为疾病去世了,阿炳由同族的婶母抚养长大。华清和是一位道士,这位道士在道经上的造诣不高,却在道教音乐上颇有成就,是当地道教音乐界公认的杰出的道教音乐家。

阿炳从童年起就同他父亲华清和学习音乐。在父亲的教导下,阿炳渐渐地对道教这些音乐感兴趣,可以说,阿炳最初最主要的音乐修养就是这些道家音乐,而且还是家传。道家音乐,大部分都是不关宗教在民间流传的音乐,其中甚至有很多是一点也没有变化的民歌曲调。这些音乐大多涉及"生、老、病、死"等话题,不知怎的在民间没落了,渐渐演变成了道教歌曲。

在父亲的影响下,阿炳奠下了自己最初的音乐基础。阿炳 8 岁的时候,被父亲带到道馆雷尊殿当了一名小道士。阿炳极富音乐天赋,非常聪颖,在音乐中往往能够举一反三,所以华清和把阿炳送到了私塾去学习,华清和固执地认为阿炳的才华要远远地超越他,应该能够有一番作为。

阿炳私塾读了 3 年书,后来跟父学习鼓、笛、二胡、琵琶等乐器。在私塾和父亲的教导下,阿炳变成了一个知书达理、能够演奏多种乐器的音乐才子,在道观和当时的无锡街面颇有些名气。

阿炳 12 岁时就跟着父亲常参加拜忏、诵经、奏乐等活动。后来,他自己也能够独当一面。阿炳在追求音乐的过程中,刻苦钻研,精益求精,并在道教音乐中"去其糟粕,取其精华",并广泛吸收民间音乐中的优秀曲调。

阿炳 18 岁时,就已经被当时的无锡道教音乐界誉为演奏能手。

25 岁时,华清和因病去世,阿炳继承父业成了雷尊殿的当家道士。年纪轻轻的就成为当家道士,阿炳的身边出现了许多不学无术、阿谀献媚的人,在他们的影响下,阿炳也开始染上了很多恶习。在出入三教九流各种场合中,阿炳也慢慢地染上了很多疾病。

在阿炳34岁那年,不幸降临到了他的头上——双目先后失明。阿炳的生活开始了翻天覆地的变化。

胡琴盲杖乞天涯

双目失明的阿炳渐渐失去了与上层社会人士的交往。在阿炳双目失明后,这些所谓的上层人士也渐渐失去了听阿炳演唱的兴趣,从此,阿炳也就断了收入的主要来源,生活一度拮据。

为谋生计,阿炳身背二胡,走上街头,戴着他那副经年不换的墨镜,扶着拐杖走上了街头,开始了上街卖艺,乞讨为生的生活。阿炳从此出现在中国普通百姓里命运最悲惨的那一类人的行列。乞丐常年不变的身份标志是,破衣烂鞋和一只等待施舍的缺角的碗,一只瘦骨嶙峋的手,对阿炳来说,则是多了一副墨镜。

由当初的“小天才”沦落到今天的上街乞讨,阿炳的心态变化不能谓之不大。阿炳长大后的性格多了一份比常人更为坚韧的隐忍,经历如此巨大的反差,内心深处对人性的怀疑,这与少年时天真开朗的他恰成对比。阿炳是经历过天堂与地狱的人,所以他的见解在某些方面还是很深刻的。他把自己的这种见解,自己对生命或人世的见解都凝注在胡琴和琵琶的弦上,所以他的歌声比常人多了份韵味。

阿炳40岁时,与同村的寡妇董翠娣同居了,这个同样不幸的女子在此后的十余年里一直陪伴在阿炳的身边,为阿炳黑暗的世界带去了一丝光亮。阿炳那时每天下午在崇安寺那边演唱。

他是瞎子,是乞丐,但他更是一个音乐人。音乐家特有的清高使阿炳不同于其他乞讨的人,每次出门前在妻子董翠娣的帮助下,阿炳总是尽可能穿上家中仅有干净体面的衣服,虽然很多衣服经过缝缝补补已经变得破旧不堪,但董翠娣仍然把它们洗得很干净。阿炳毕竟是不同于别的乞丐,他是艺人，而且是无锡城里最优秀的艺人之一。那时很多人都亲切地叫他"瞎子阿炳"，后来阿炳干脆就用它做了自己的艺名。谁也没有想到这艺名有一天能够轰动国际乐坛。

经历了坎坷的命运，阿炳对世事多了一份坦然。与别的艺人不同的是，阿炳敢于切中时弊，抨击社会黑暗，用老百姓喜欢的方式来表述。1932 年"一·二八"事变发生后，阿炳根据在巷间听来的十九路军的故事，改编成《十九路军在上海英勇抗击敌寇》的新闻来唱给围观的群众听，情到深处，阿炳竟用二胡演奏《义勇军进行曲》，这在当时是为国民党反动派所不许的。

在抵制日货的运动中，阿炳身先士卒，即使他生活艰难，当时日货相对于国货来说能为他节省一些，但他坚持支持国货，并把所有的钱都用来买国货。他用富有激情的声音和颇具感染的话语来激发群众的爱国热情，阿炳面对权贵不谄不媚的表现，赢得了无锡市民的喜爱。

为了生存，阿炳很多个晚上都在走街串巷，手操二胡，边走边拉，他的二胡声音里夹杂着一丝丝命运多舛的悲剧味道，在寂静的夜晚听来，颇为动人。

在这样的日子中，岁月随着胡琴的声音慢慢地消逝掉了。

一曲《二泉映月》

不久后，日军侵占无锡后，老百姓大举逃难，阿炳和董翠娣也一同到双方老家避难。这段时间，阿炳创作了蜚声国际乐坛的《二泉映月》。《二泉映月》的声音如泣如诉，凄切哀怨，听者常常会无声地流下眼泪。

后来，贺绿汀曾说："《二泉映月》这个风雅的名字，其实与他的音乐是矛盾的。与其说音乐描写了二泉映月的风景，不如说是深刻地抒发了瞎子阿炳自己的痛苦身世。"

陆墟是阿炳屈指可数的几个朋友之一。他曾这样向世人描述过阿炳在无锡二泉拉《二泉映月》时的场景："大雪像鹅毛似的飘下来，对门的公园被碎石乱玉堆得面目全非。凄凉哀怨的二胡声,从街头传来……只见一个蓬头垢面的老妪用一根小竹竿牵着一个瞎子在公园路上从东向西而来,在惨淡的灯光下,我依稀认得就是阿炳夫妇俩。阿炳用右胁夹着小竹竿,背上背着一把琵琶,二胡挂在左肩,咿咿呜呜地拉着,在淅淅沥沥的飞雪中,发出凄厉欲绝的袅袅之音。"

民国 28 年,阿炳重返无锡城,重操旧业。那段时间,尤其是晚上的闲暇时间,阿炳坐在无锡的二泉旁边,手握着自己家传的那把红木胡琴,拉着和自己命运一样曲折多舛的曲目《二泉映月》。如泣如诉的胡琴在寂静的夜里听来格外动人,阿炳很喜欢这个曲目,拉着这个曲目,他常常会想到自己的一生。

后来,阿炳仍在不断地修改这个曲目,对乐思、节奏加以润色,他把自己的遭遇和痛苦凝注在这首歌曲里面,使这首曲目听起来更为婉转动人。

1949 年 4 月 23 日,无锡解放,阿炳也算迎来了新生。阿炳可以在酒楼里拉着自己的曲目,再也不用担心遭到反动派的殴打。阿炳的名字和《二泉映月》迅速地向全国传播。

第二年的暑假,中央音乐学院师生为了发掘和挖掘民间音乐,更好地保护民间音乐,避免民间音乐的流失,杨荫浏等人专程到无锡找到了阿炳,并专门为他录制《二泉映月》《听松》《寒春风曲》三首二胡曲和《大浪淘沙》《龙船》《昭君出塞》三首琵琶曲,那时的阿炳身体已患病多年,手上的力道不够,所以当时录得并不是很完美。

1950 年深秋,在中央音乐学院的帮助下,阿炳参加了当时在无锡举办的音乐会,音乐会上阿炳由人搀扶着走向了舞台,拉动了他手中的红木胡琴,也拉响了《二泉映月》的曲目,博得观众经久不息的掌声。

谁人不晓艺术家

阿炳在无锡二泉边,一年一年持续地拉着他那令世人震惊的如同杜鹃泣血般的乐曲。他全身心都在这胡琴声上,他把自己对生命的希望和对生活的渴望全都凝注在胡琴上。他用这些如泣如诉的琴音换来他每日的饭食,也为他的精神带来了光亮。

他是真正的强者,从未屈服于自己的命运,即使在三餐不继、被迫逃亡的日子里。他属于人类中真正经历了苦难也真正看透了苦难的人。这是思想上的一次痛苦的涅槃,当他经过如火般的焚烧后,阿炳获得了重生。当他行走在那些命运加给他的痛苦中,他承受住了。这痛苦在他心里慢慢地凝聚成一股力量,使他的思想终于达到了常人难以超越的境界。在思想获得升华后,这些苦难都化作他指尖的一根弦,渐渐地被阿炳谱写为一首清澈的直抵人心的歌声。从这些歌声里,阿炳回到最初的快乐。那一刻他明白了自己在世间存在的价值。

所以,在1950年12月4日,阿炳即将离世期间,他做出了一个胜利的手势。是的,那一刻,他获得了永生,他赢得了时间,赢过了生命。

日本指挥家小泽征尔在第一次听到《二泉映月》这首乐曲时就感动得流出泪来。他告诉身边的人:"像这样的乐曲应该跪下来听。"

1959年国庆10周年时,中国对外文化协会将《二泉映月》当做民间音乐的代表送给国际友人。从那以后,这首歌曲在国外开始广泛传唱,蜚声国际乐坛。后来,此曲在美国被灌成唱片,并且在美国流行的中国音乐中名列前茅。

后来,《二泉明月》又被称为"20世纪华人音乐经典作品奖"。

当《二泉映月》在世界各地一遍遍响起的时候,人们眼中浮现的总是对艺术忠诚的阿炳形象:"傍晚,夕烟西下,阿炳坐在藤椅上,戴着墨镜,用洗得很干净的手来拉动胡琴,如杜鹃啼血般的声音就慢慢地传过来,如泣如诉,凄切哀婉……"

徐志摩

中国近代最具传奇色彩的诗人

——轻轻的我走了，正如我轻轻的来

姓　　名	徐志摩
籍　　贯	浙江海宁市硖石镇
生卒时间	1897 年 1 月 15 日~1931 年 11 月 19 日
人物评价	现代诗人、散文家、新月派"盟主"。

徐志摩原名徐章垿，1915 年毕业于杭州一中。他兴趣广泛，尤爱政治学与文学；先后就读于国内国外多所名牌大学，留学美国时改名志摩，英国的剑桥大学启蒙了他的文学人生。徐志摩出生在一个文化氛围极其浓厚的大家族之中，自小就过着优裕自如的生活。大学者沈钧儒是他的表叔，武侠小说家金庸是他的表弟，中国台湾言情小说家琼瑶是他的表外甥女。作为中国现代文学史上杰出的诗人和散文家，他的作品轻灵飘逸，音调谐婉，《再别康桥》《想飞》《我所知道的康桥》等至今仍为人传诵。

辗转求学路

徐志摩家族渊源深厚，直可追溯到明朝正德年间，是明朝大商人徐松亭的后裔。1897 年 1 月 15 日，诗人徐志摩出生了，按照族谱顺序，取名为章垮。与同时代的大多数人一样，徐志摩的童年也是在私塾上的学。11岁是他人生的一大转折点，进入了硖石开智学堂，老师是严厉而博学的张树森。都说严师出高徒，这话丝毫不错，徐志摩的成绩全班第一。在张树森的教导下，徐志摩打下了坚实的古文根底，为将来的文学创作铺垫了厚重的基石。

1910年，为了学业，刚满14岁的徐志摩孤身离家，进入美丽的城市杭州。经表叔沈钧儒指点，他考进了杭州府中学堂。在学堂里，他结识了一位将成为中国现代文学的另一位大散文家，那就是郁达夫。徐志摩的第一篇文章发表于学校校刊，名为《论小说与社会之关系》。他受到当时的思想家梁启超的影响，认为小说有益于社会，应该大力提倡。此外，他还发表了不少关于科学的文章，提醒人民重视科学发展。

5年后，徐志摩考上了现今上海理工大学的前身上海浸信会学院。不久，就像当时大多数富家公子，徐志摩不得不承受包办婚姻的磨难，听父母之命、媒妁之言，与上海巨富张润之之女张幼仪成婚。结婚不到一年，徐志摩北上，就读于北京大学。当时的北平，是新思想的海洋，是新文化的阵地。面对林林总总的知识，徐志摩尤如一只饥饿的狼，大吃特吃，不肯遗漏一丝，不肯多浪费一秒时间。那种情况，用今天的话说，叫做"知识饥渴"。

都说独学而无友，不如孤陋寡闻。为增长见闻，了解同辈人的趋向，徐志摩结交了不少良师益友，例如张君劢、张公权等。徐志摩一生，有不少良师，对他影响最深的，莫过于梁启超。据说，拜梁启超为师时，徐志摩特意举行了隆重的大典。徐、梁都是受了新思想影响的开明人士，在拜师上还要依旧例而行，可以想见他们都很看重这次拜师，即不仅弟子尊敬老师，老师也喜欢学生。

徐志摩生活优裕，但他并没有因此而忘记时局的痛苦和百姓所受的煎熬。那时正值袁世凯倒台，军阀大混战。目睹无辜被戮、百姓遭难的惨象，徐志摩痛心疾首地写道："抹下西山黄昏的一天紫，也涂不没这人变兽的耻。"为了找寻理想中的革命方式，徐志摩毅然远赴美国，攻读政治经济学，渴望以科学的头脑武装自己,成为于国于民都大有所用的人,成为中国式"汉密尔顿"。

徐志摩在美国待了两年,越来越觉得美国的资本主义社会比中国社会还会吃人。亲眼目睹资本家的贪婪和无产工人的贫穷,徐志摩既难过,又悲伤。他就像一只迷途的羔羊,整日整夜辗转反侧,只为寻找一颗能够解救自己和大众的明星。无意间,他看到了《新青年》,读了文章后,被新青年作家们深刻的思想和精妙的文笔吸引了。同时,他还喜欢上了罗素的哲学,打算师从罗素。

到了英国后,他遇上了一生中的女神,那就是民国第一才女林徽因。遇上林徽因,是徐志摩一生中最大的幸运,也是最大的痛苦。

情路坎坷

如果当时中国没有受到西方自由、民主思潮的侵袭,徐志摩与张幼仪的婚姻将会如他们父亲母亲的一样,良好地发展下去。但是,那时的徐志摩接受了不少西方恋爱自由、婚姻自主的思想,非常反对封建婚姻。遇上心目中的女神林徽因后,徐志摩更是不顾一切,甘愿放弃一切,狂追猛打地纠缠,只为博取林徽因的欢心。

可是,那时的徐志摩,不仅结婚成家了,还有了孩子。别说林徽因又深深爱着她的知己——那就是徐志摩的恩师梁启超的儿子、中国大建筑师梁思成——就算没有,也不会接受他。爱情,那是多么甜蜜,却又多么令人痛苦。徐志摩使尽才华,献尽殷勤,将所有不可能做的事都做了,林徽因对他仍是朋友一般,来往守礼,授受有节。在最爱的人身边,做了所有可能博取她欢心的事,结果还是两袖空空,除了伤感与痛苦,徐志摩还能有什么呢?

大作家纪伯伦赞美灵蚌,因为灵蚌不惜痛苦,日夜流泪,才孕育了世人所喜爱、所珍视的珍珠。倘若灵蚌不忍受痛苦,哪来珍珠?中国有一句成语,叫做"蚌病成珠",比喻意是,只有经过大磨大难的不得志,认识才会深化,感情才会升华,才能写出隽永绝美的文章。徐志摩承受了爱情的苦痛,一腔情感如奔突乱撞的激流,无处发泄,最终借助文学得到了实现。

到英国不久,徐志摩就结识了英国大作家狄更斯,从而进入了康桥大学。康桥环境优美,景物清雅,对情场失意的徐志摩而言,是养伤疗痛的最好所在。同时,沉浸在文学美妙的世界里,失意人不仅可以静心忘忧,还能够以白日梦的形式实现梦想,叫徐志摩怎能不深深恋上康桥?徐志摩有一首诗《康桥再会吧》,曾写道,他要将"心灵革命的怒潮,尽冲泻在你妩媚河中的两岸"。另外,他曾坦言表示,为了自由而神圣的恋爱和婚姻,他不惜做一个"不可教训的个人主义者"。

对一个爱得深、行得彻的个人主义者而言,还有什么不能做呢?为了毫无顾虑地奔上他的自由恋爱之道,徐志摩向发妻张幼仪提出离婚要求。必须指出,张幼仪是传统女性美的化身,自从嫁入徐家,她尊重丈夫,孝敬公婆,操持家务,勤勤恳恳。无缘无故就被离婚了,不是她的错。也许徐志摩有错,但也不能全怪他,因为他只是时代大波浪中的一小滴水珠。从根本上说,中西思想观念的差异与碰撞,才是造成徐、张二人婚姻不幸的根源。

对自由恋爱之途而言,离婚只提供了一个若有若无的可能性,它并不一定能确保行得通。尽管作了如此巨大的努力,付出了如此沉重的牺牲,林徽因还是同他人结婚了。更值得强调的是,林徽因离开英国时,没有通知徐志摩。她似乎感觉到了,他们的相遇,与其说是幸运,不如说是痛苦。因此,为了徐志摩,她不辞而别,再合适不过。

琵琶别抱,徐志摩心灰意冷,在《爱的灵感》里写道:"一年,又一年,再过一年,新月望到圆,圆望到残。"这只是简简单单的一句话,但若细细思量,会给人一种"奈眼中泪、心中事、意中人"的悲苦与无奈。

有人说,时间是治疗创伤的良药。为治疗爱情的创伤,徐志摩尽量不让自己静下来,不管佳人宴会,还是学术讲座,凡是能参加的,该参加的,他都尽量参加。当然了,不知道是痴情还是大度,不管学术讲座还是朋友宴会,只要是林徽因举办的,徐志摩都尽量参加。为了参加林徽因的讲座或者宴会,徐志摩常常甘愿放下手上的工作。

在一次宴会上,徐志摩遇上了生命中的另一个她,那就是陆小曼。两人一见,恍如前世已有相约,大有相见恨晚之意。不仅徐志摩对陆小曼倾心,陆小曼对徐志摩更是倾心。但是,徐志摩虽是单身,陆小曼却是有夫之妇。令人更想不到的是,陆小曼同徐志摩一般痴情,为与徐志摩结合,陆小曼断然终止了自己的婚姻。

不久,徐、陆二人宣布结婚。为了区区的个人感情,他们如此执迷不悟,引发社会钱塘怒潮般的口诛笔伐。徐志摩的父亲认为,徐志摩休了端庄娴雅的张幼仪,已经是大错了;还要娶抽烟喝酒懒散邋遢的陆小曼,更是错上加错,他老人家第一个不同意。徐志摩的恩师,梁启超老先生,听说徐、陆二人结婚,更是暴跳如雷。由此可见,徐、梁二人虽然是师徒,但作为传统文化大师的梁启超还是无法理解已经经历了思想解放的徐志摩那一代人的新潮想法。也许,这就是所谓的"代沟"吧。

震惊文坛

在遵循思想独立、行动自由方面,胡适先生与徐志摩较为接近。听说徐、陆二人将完婚,胡适不但不反对,还卖出老脸,请梁启超证婚。这一来,梁启超可是如遭惊雷,大跌眼镜。如果不去,面子上过不去;如果去了,说什么呢?

徐、陆成婚那天,只听证婚人梁启超说道:"我来,是为了讲几句不中听的话,好让社会上知道这样的恶例不足取法,更不值得鼓励。徐志摩,你这个人性情浮躁,以至于学无所成,做学问不成,做人更是失败,你离婚再婚就是用情不专的证明!陆小曼,你和徐志摩都是过来人,我希望从今以后,你能恪遵妇道,检讨自己的个性和行为,离婚再婚都是你们性格的过失所造成的,希望你们不要一错再错自误误人,不要以自私自利作为行事的准则,不要以荒唐和享乐作为人生追求的目的,不要把婚姻当做儿戏,以为高兴可以结婚,不高兴可以离婚,让父母汗颜,让朋友不齿,让社会看笑话。"据传,梁先生本还要继续批的,只是顾及徐志摩父母的颜面,才停了火。

听说,徐志摩还小的时候,有一个名叫志恢的和尚,给他摩过头,并确保"这孩子将来必成大器"。父母都望子成龙,儿子远赴美国之际,徐志摩的父亲就给儿子更名为志摩。徐志摩留学归来,还真被志恢和尚给说中了,成了大器。

至今,徐志摩的作品中,流传最广的是诗,而诗中流传最广的便是《再别康桥》。

"轻轻的我走了,正如我轻轻的来;我轻轻地招手,作别西天的云彩……悄悄的我走了,正如我悄悄的来;我挥一挥衣袖,不带走一片云彩。"

这首诗,不仅刻在徐志摩的墓碑上,还有人特意用北京的大理石刻上,带到英国去,立在剑桥大学河畔。凡是中英留学生,如果没在剑桥大学见过刻有《再别康桥》的大理石,那真是白留学了。

徐志摩的诗,都很好地遵循了闻一多先生音乐美、绘画美和建造美这三美的主张,字句清新,比喻新奇,韵律和婉,营造出一幅优美淡雅但又不无伤感的意境,读之让人神飘思逸地伤怀,仿佛连自己也因理想破灭而伤情难遣。《再别康桥》堪与戴望舒的《雨巷》、艾青的《大堰河——我的保姆》和穆旦的《我》相媲美。

回国后,在徐志摩的身边,聚集了一批文笔、思想俱佳的自由主义知识分子。他们都深受欧风美雨的滋养,观点相近,意气相投,渐渐形成了一个文艺社团,就是载入中国文学史册的新月社,并出版了《新月》刊物。1927年后,风起云涌的大革命波澜退潮,新月社的中心由北平转入上海;同时,为扩大影响力,以胡适、徐志摩为核心成员,开办了新月书店。

很遗憾,也许是天妒英才。1931年11月19日,惨事发生了。徐志摩乘飞机从南京去北平,因浓雾笼罩,本该高飞的飞机撞上了山头,机上人员全都

遇难。惊闻噩耗,蔡元培先生大为震惊;悲痛之余,特意为徐志摩写了副挽联:

谈话是诗,举动是诗,毕生行径都是诗,诗的意味渗透了,随遇自有乐土;

乘船可死,驱车可死,斗室生卧也可死,死于飞机偶然者,不必视为畏途。

徐悲鸿

融合中西画技第一人

——骏马八尺高，贫侠胜富侠

姓　　名	徐悲鸿
籍　　贯	江苏宜兴屺亭桥镇
生卒时间	1895 年 7 月 19 日~1953 年 9 月 26 日
人物评价	中国现代美术事业奠基者、杰出的画家、美术教育家。

徐悲鸿 1895 年生于江苏，他父亲徐达章是一位诗文书画俱佳的私塾老师。悲鸿自幼跟随父亲学习诗文书画，为将来的发展打下了坚实的基础。1912 年，年仅 17 岁的徐悲鸿任教于宜兴女子初级师范学校。四年后，徐悲鸿进入复旦大学，以半工半读的身份就读于法文系。大学期间，徐悲鸿一面学习专业知识，一面研究美术。为观摩西方美术，他先后游历西欧诸国，拜访名师。经八年留学，徐悲鸿终于实现了融合中西绘画技法的理想，成为世所公认的大师。

关于美术的理想

1895 年，正是中国大地惨遭蹂躏的年代。这一年的 7 月 19 日，有一个视艺术为终生追求的小生命诞生在江苏宜兴屺亭桥镇的一个平民家庭。见孩子可爱,像当时大多数平民父亲一样,徐达章给孩子取名为寿康,即希望孩子长寿安康。当时近乎天下大乱,期望长寿安康,是无数平民共同的心声。

也许是巧合,也许是上天故意安排。这个小生命诞生的这天,恰逢清末大画家任伯年去世。知道有任伯年这么一位伟大的画家后,徐寿康非常崇拜,自称是任伯年的"后身",坚决改名为悲鸿。更令人惊奇的是,任伯年只活了58岁,徐悲鸿也只活了58岁。难道真是天意?

古人曾言,人如其名。决心奉献于艺术后,徐悲鸿就真如一只茕然单飞的孤鸿,使尽毕生心血朝拜艺术之神。前路必然坎坷,希望也许渺茫,但徐悲鸿从不言弃,更不怕苦,因为他心中早已升起了一个比太阳还要温暖、还要光明的东西,那就是理想。理想不是灵丹妙药,甚至还是使人痛苦灰心的毒药,但它有一种激发潜能、催人奋进的力量。好多人,正因为没有理想,所以蹉跎日月,白头空悔。

徐悲鸿的母亲是一位淳朴的劳动妇女,没有任何收入,全家的担子都压在徐达章肩上。可是,仅靠教书,徐达章那点微薄的收入根本不够家用。为补贴家用,他常应人之邀,或作画,或题字,赚点小钱。这样的家庭,虽然不是诗书之家,但也差不了多少。更为重要的是,从小就见父亲给人作画题字,耳濡目染,徐悲鸿更能深刻地理解——艺术不为贵族享受,而是需要承载更为阔大、更为沉重的使命。

在更为宏远的意义上,艺术就如人生,诚如托尔斯泰所言:人生不是为了享受,而是一件十分沉重的工作。

9岁那年,徐悲鸿正式从父学画,每日必须临摹晚清名家吴友如的画作一幅,同时也要学习调色、设色等技能。才一年的时间,徐悲鸿就能帮助父亲填彩上色,可见这一年间他用功之深。同时,在字词对偶等方面,他的造诣也达到了颇深的境界,能写出"时和世泰,人寿年丰"等对联。

为分担家庭的经济重担,年仅13岁的徐悲鸿便已辗转乡镇,卖画为生。那种时代,背井离乡的日子极苦,但如果没有繁苦,哪来甘甜?对一位真正伟大的艺术家而言，最大的苦不是遍尝艰辛，饱历忧患，而是养尊处优地活在书斋里，躺在温暖舒适中梦想杰作。因为只有经历苦难的磨炼，才能在认识上有更大的提升，才能创造出伟大的作品。这一切，在不久的将来，徐悲鸿都理解了。

当时国门被迫大开，不仅洪水般涌进了西洋的商品，西洋的理论如绘画思想等也猛兽般地冲到中国大地上。听传西洋绘画神而又神，美而又美，而又感觉中国画法被迫退守一隅，徐悲鸿终于按捺不住怦怦而跳的向往之心，17岁那年只身前往上海，目的是采西洋画技之长，补中国技法之短。很不幸，数月后，父亲病重，徐悲鸿只得返回家乡。

漫漫进修路

三年后，徐悲鸿再度赴沪。皇天不负苦心人，他终于考上复旦大学。该大学是法国天主教会主办的，徐悲鸿之所以选择它，因为早就有了赴法留学的计划。大学期间，徐悲鸿苦心钻研绘画艺术，还结识了不少名人，例如油画家周湘、岭南画派的高剑父和维新派领袖康有为等人。不久，徐悲鸿意外获得赴日研修的资助，但结果很不理想。饱览了日本大量藏作之后，他认为日本画家确实求真求实，并能会心于造物，但过于显露，缺乏中国画家笔下的蕴藉之趣。

回国后，徐悲鸿受聘于北京大学。在一次研讨会上，他初生牛犊般地说了几句振聋发聩因而惹人厌恨的话，他说："中国画学之颓败，至今日已极矣。凡世界文明，理无退化。独中国画之在今日，比二十年前退五十步，比三百年前退五百步。"这一通言论，使当时的教育总长非常不喜欢他。但徐悲鸿什么都不怕，特意刻了副对联——独持偏见，一意孤行——表明自己的艺术理念。

因为他的这番固执，险些不能赴法深造；同时，又因他有如此固执的精神,经过一道小波折后,教育总长还是同意他赴法深造了。到了法国,徐悲鸿认识了给他终生教诲的大画家达仰。达仰告诉徐悲鸿,艺术之途没有捷径,让他"勿慕时尚,毋甘小就"。

听了大师的劝告,再结合自己年轻时的经历,徐悲鸿才没有盲目追随风靡当时的印象派、野兽派,等等,而是立志继承严谨的古典艺术。经过四年如一日的艰苦学习,四年后,徐悲鸿的油画作品《老妇人》赢得公认,入选法国国家美术展览会。他那位曾经轻视中国的法国同学也不得不低头承认,中国人不好欺负,甚至不能随便瞧不起。

当初,那位见识浅陋的法国同学第一眼看到徐悲鸿就大为皱眉,连连叹息。他的意思很明显,中国是弱国,既然是贫弱国家出来的国民,哪有高等的智慧?徐悲鸿傲然道:"好吧!既然你看不起我的国家。那么我们就赌一赌,从今天起,你代表你的国家,我代表我的国家,四年后,再见高低。"四年过了,作为外国人,徐悲鸿的作品入选法国国家美术展览会,而那位同学却毫无成就,真是判若云泥。

待到学有所成、留学归国这一年,徐悲鸿已经 32 岁了。也就是说,这三十多年来,在人生事业上,除了绘画,他什么都没做;除了成为画家,他什么都没想。这印证了苏轼的那句话:古之成大事者,不唯有超世之才,亦必有坚忍不拔之志。倘若一个人真能将三十余年的精力集中在一件事上,会有不成功的情况吗?

据徐悲鸿的孩子徐庆平说,徐悲鸿在法国留学期间,生活相当拮据。有一次,法国举办全国美术展,展出的精品相当之多,徐悲鸿一进去就被深深地吸引住了。直到闭馆关门了,他还没看够。走出门,只见漫天鹅毛大雪,纷纷扬扬,好似长了眼睛,直往人身上扑卷。这个时候,徐悲鸿才想起来,一天到晚,他没吃一块面包,没喝一滴水。因为手头儿紧,长期饮食不规律,徐悲鸿的身子已经非常虚弱了。这次饥寒交迫,竟使他得了肠胃病。他不知道,认为是胃病,想节约钱,苦挨。为克服病苦,一回到屋他就拼命作画。他得出的结论是，转移注意力，可以减弱人对痛苦的感觉。

回国后，徐悲鸿的第一幅油画作品是《田横五百士》，这也是第一幅中国题材的油画作品。之所以画这么一幅取材于《史记》的油画，徐悲鸿只想证明，尽管油画是外来的，但只要掌握得好，善于运用，同样可以用来表现中国题材。这是他"洋为中用，古为今用"艺术理念的实践范例之一。

谁是"贫侠"

1931年，九一八事变后，东北三省沦陷，徐悲鸿被迫迁往新居。他人在新居，但时刻难忘故居，特意作了一幅画，取名为"危巢"。应该强调的是，他作画的目的是以小寓大，以故居寓意国家。说故居危，也就是说国家危。国家危在旦夕，势悬一线，这是九一八事变后任何一位有良知的中国人的感触，徐悲鸿也不例外。

说到表达爱国情怀，抒发奋然之意，那就不能不提《八骏图》。《八骏图》是徐悲鸿以马喻人的代表作，在他笔下，每一匹马都精神抖擞，意气勃发，大有奋蹄而踏、破纸奔出之势。行家的评价是：一洗万古凡马空。可以想见，徐悲鸿笔下的马，有精，有气，也有神。他心中的骏马如此，他眼中的军民也没令人失望。抗战后期，为打破日本帝国主义的封锁，取得中国与外界的联系，中国军民采用最为简陋的工具，攀山崖，凿石壁，终于在高山峡谷之间开通了一条生命线——滇缅公路。徐悲鸿应大诗人泰戈尔之邀，前往印度时，见军民手凿肩扛，有悲情，更有劲力，深受震撼，一副《愚公移山》图撞心入胸，恰似就要从口中跳出一般。

都说"千古文人侠客梦"，伟大的爱国诗人屈原曾写道：长太息以掩涕兮，哀民生之多艰。徐悲鸿也曾刻有一章，自称"江南贫侠"。看着黎民为战争所害，或流血而死，或流离失所，徐悲鸿大为悲痛，决定下南洋，办画展筹款，现场作画售卖，所得钱款悉数捐给国家。据当时统计，徐悲鸿一共募集国币一万五千多元，在当时近乎天文数字。可以想见，他在南洋作了不少的画。时至今日，南亚媒体仍然强调，徐悲鸿在南亚所作画卷的数目，远远多过在中国所作的数目。如此一来，他这个"贫侠"，就比那些自我标榜为富侠的人慷慨激昂多了。

三大战役结束后，蒋家王朝卷起铺盖逃了。在留下还是远去上，徐悲鸿没有徘徊过，因为他非常坚定。他知道，自己的艺术生命植根于中国大地、中国人民之中，如果离开了，他还能祈望表现深刻的真善美吗？他没有离开，不仅是为了国家，更是为了他所视为生命的艺术。

作为一个伟大的画家，徐悲鸿不仅希望能够为艺术而生，也祈盼能为艺术而死。他留下的名言是：每个人的一生都应该给后代留下一些高尚有益的东西！他不仅这么说了，还做到了。1953 年 9 月 26 日，徐悲鸿因脑出血病死，临终遗嘱是，将他们一家人节衣缩食所收藏的历代书画 1200 余件和他的众多作品全部无偿地捐献给国家。他的一生，除了捐献给国家的众多书画珍品外，留给社会的那就是——为了理想而努力、为了国家而奋斗的精神。

郭沫若

中国现当代文学大家

——吟唱《女神》之激切,愤写《屈原》之悲慨

姓　　名	郭沫若
籍　　贯	四川乐山沙湾区
生卒时间	1892 年 11 月 16 日~1978 年 6 月 12 日
人物评价	中国新诗的奠基者、中国历史剧的开创者、中国唯物史学的探索先锋、中国古文字学家和考古学家。

　　郭沫若原名郭开贞,字鼎堂,号尚武。他的研究领域宽广,贡献颇多,是中国现当代史上少有的才人。在风起云涌、人才辈出的年代,郭沫若能够如锥处囊中,不立自现,不是偶然,而是必然。他是中国新诗的奠基者,是中国历史剧的开创者,也是中国唯物史学的探索先锋,也是中国古文字学家和考古学家。先后曾担任第一届中央研究院院士、中国科学院院长等重要职位。

祸不单行

　　郭沫若的家族谱系源远根深,径直可上溯到唐朝大将郭子仪。郭子仪平定安史之乱,谁人不知,谁人不晓?翻看《郭氏家谱》,见到有这么一位祖先,凡是稍微有点上进心的孩子,都或多或少地想要发扬祖上荣耀,光大门楣。

1892 年 11 月 16 日，郭沫若诞生在四川乐山县的一个小康之家。他父亲经营商业，母亲是没落仕宦人家的女儿。就当时的环境而言，小康之家已经算是幸福的家庭了。但是，郭沫若家不同，因为与过去相比，郭家退步了。生长在一个曾经风光过但又正日渐没落的家庭，上进心极强的郭沫若自然十分刻苦，渴望有所作为，为家庭带来荣耀。

少年时代，郭沫若就读于乐山县高等小学，成绩不仅名列前茅，而且几乎次次第一。那是 1906 年，当时同一个班级里面，同学们的年龄相差很大。按照自然竞争法则，大鱼要吃小鱼。学期期末考试，郭沫若勇夺第一。但那些年长的同学既眼红，又忌妒。年长同学们家族势力庞大，老师也没办法，只好违心听命，降格郭沫若为第三名。郭沫若知道前因后果后，气愤冲天，越想越觉得世界不公平，最后竟是痛不欲生。

当时，新思想不断涌入内地，通过阅读，郭沫若也接受了不少。他认为，老师私下更改学生名次，是封建专制的极端体现。因此，作为有新思想的一代人，他肩负着国家和民族的未来，不管是为了国家的发展，还是为了个人的前途，都应该奋起反抗，抵制专制的横行。为杀鸡儆猴，经过多方决定，学校将领头闹事的郭沫若给开除了。所幸，事后不久，经过郭家多方斡旋，郭沫若又进入学堂了。

这事不到一年，郭沫若患上伤寒重症。经过调养，虽然治愈了，但留下了听觉半聋的后遗症，真是祸不单行。但是，人们也常说，上天是公平的，在某一方面剥夺了你，就会在另一方面补偿你。很可惜，这个真理，当时的郭沫若并未领会。不久，他参加了罢课。对这么一个坚强顽固的"不可教导者"，学校再一次开除郭沫若。

当然了，对从小就熟读四书五经的郭沫若而言，不担心找不到学校上学，因为他确实有才华。只要人有能力，就不必害怕任何困难。1910 年，经过多方关系，郭沫若进入四川官立高等学堂分属下的中学堂。与前几次一样，他的思想不仅先进，还很激进，又一次带动学生罢课，被学校开除。一年后，辛亥革命爆发。为响应革命，郭沫若回乡组织民团，一心推翻旧制度，砸破旧社会。

回乡不到一年，又发生了一件让郭沫若难以承受的大事，那就是"黑猫婚姻"事件。当时的父母，被封建思想禁锢得厉害，担心什么"不孝有三，无后为大"。为了郭氏一脉香火延续，父母亲只得牺牲郭沫若的个人情感，强制儿子与张琼华结婚。被自由、民主新思想灌溉成长的郭沫若，怎么能接受呢？然而，时局如斯，环境如此，除了痛苦地接受，他又有什么选择呢？

至此，老师降名次和"黑猫婚姻"这两大事件，影响了郭沫若的一生。对郭沫若而言，这两次事件既是人生的阴影，也是前进的动力。一些研究郭沫若的学者甚至认为，遭遇这两次事件时，郭沫若甚至有自杀的念头。对真正的大家而言，自杀不是懦夫的举动，而是对生这一生存性的命题进行艰苦探索的一种方式，甚至是结果。中外历史名人，不少都曾经有过自杀的念头。

怒发能冲冠

在中国文艺界，郭沫若被公认为是继伟大的鲁迅先生之后，成就最为卓越的作家。巧的是，与鲁迅先生一样，郭沫若也是留学日本，并且也学医。更加巧的是，与鲁迅先生一样，郭沫若也弃医从文。在此，历史是多么相似！

传说，郭沫若还在娘胎时，他母亲曾梦见一只漂亮的小豹子咬她手掌的虎口。母亲多少有点迷信，孩子出生后，母亲就给他取名"文豹"。取这个名字时，郭家可能没有谁会期望孩子将来成为大文化人。至多不过希望他真能像一只文质彬彬的小豹子，光耀门楣便行了。然而，谁又知道，郭沫若真像一只文苑之林的豹子，第一吼就将中国文坛震惊了。真是不鸣则已，一鸣惊人啊！

婚后不到一年，郭沫若就离开了家乡。他感觉敏锐，超于常人。要天天面对一位看不上眼的夫人，心里自然难受得很。到了外面，见军阀胡作非为，民不聊生，他也很不好受。听说日本学习西方，发展得很好，不少同学都去了，郭沫若也想去。在兄长的帮助下,郭沫若很顺利就去了日本。

在日本,郭沫若结识了郁达夫、成仿吾、张资平等倾向浪漫主义的作家,开始创作。同时,他还研究哲学,为泛神论深深吸引,近乎无法自拔。1921年,他出版了自己的第一部诗集,取名《女神》。《女神》一经出版,当即震动中国文学界。当时的文学界好似刚刚拔起的华山,猝然遭了一记惊雷,摇了几摇,晃了几晃,仍是颤巍巍的,因为《女神》呐喊出了:打破封建禁锢,砸碎一切枷锁,尊重人性,尊重自由,释放心灵的"五四"呼声。

《女神》出版后,中国人终于可以扬眉吐气地说,我们终于有了属于自己民族的浪漫主义新诗人了。中国现当代文学史的研究专家们甚至认为,《女神》的出现是不可重复的,郭沫若也是不可再现的传奇性人物。不久,郭沫若与成仿吾等倾向浪漫主义的作家组建了中国第一个浪漫主义性质的文学社团,那就是影响力仅次于鲁迅等人所组建的文学研究会的创造社。

听闻蒋介石叛变革命后,郭沫若义愤填膺,怒不可遏,操起浓墨大笔,挥就了一篇慷慨激切的讨伐檄文,指出"蒋介石是流氓地痞、土豪劣绅、贪官污吏、卖国军阀、所有一切反动派——反革命势力的中心力量,是凶顽、狠毒、狡猾的刽子手"。蒋介石看到郭沫若的檄文后,当即勃然大怒,下令通缉郭沫若。郭沫若听闻,立即逃往日本。

对常人而言,流亡国外苦之又苦,但对郭沫若这种大学者而言,流亡之地是一块清净的洞天福地。人们都说了,欲做学问,必须先学会安静,耐得住寂寞,否则必将一事无成。流亡日本期间,郭沫若得以静下心来,研究中国上古时代的甲骨文和金文,成为"甲骨四堂"之一。另外,他还倾心研究马克思主义,撰写了《中国古代社会研究》,论证了中国同样经历过原始社会、奴隶社会和封建社会。

改妙联，救人命

凡是赤子，必然心念故国。尽管郭沫若在日本过得优裕自如，他还是忘不了正在遭苦受难的祖国。那一段时间，每次听说国家如何危难，郭沫若都心如刀绞，恨不能插上两翼，振翅回国，看看他的母亲到底伤到何种程度。很遗憾，赤子未生毛羽，不能奋飞。

直到 1937 年，抗日战争全面爆发，郭沫若才实现盼望已久的回国心愿。当时，日军武器先进，装备精良，而中国军民不仅瘦弱病残，使用的武器还非常落后，因此一些汉奸走狗就大肆鼓吹亡国论，替日本人标榜正所谓的"大东亚共荣圈"，不少军民越听越无斗志。为勉励日渐委靡的军民士气，郭沫若不辞劳苦，夜以继日，创造了不少以春秋战国时期的故事为题材的历史剧本，其中数以歌颂伟大爱国诗人屈原为主题的《屈原》最为有名。

是中国人，都知道，屈原是伟大的浪漫主义爱国诗人。郭沫若之所以推崇、敬佩屈原，以他作为剧本歌颂的对象，因为屈原虽然遭受千劫百难，一颗爱国的拳拳忠心却丝毫不变。为了祖国，屈原不惜冲犯君威，揭穿秦使的诡计，开罪凶恶的秦王。屈原正道直行，正好反衬当时卖国求荣之辈的阴险狡诈；他忠而被谤，正好讽刺了当时汉奸走狗的奴才嘴脸。此外，为全中国军民树立一位光辉俊洁的爱国者形象，也是对当时铁骨铮铮保卫祖国的前线战士的肯定和赞扬。

《屈原》发表后，长演不衰，全国军民大受鼓舞，奠基了郭沫若作为中国历史剧探索者和开创者的地位。港台地区不少研究者认为，郭沫若的文艺创作，开辟了一条结合精英文艺与大众文艺的道路，他的作品既有阳春白雪的精华，也有下里巴人的乐趣，因此能赢得全国人民的青睐。

新中国成立后，郭沫若担任了不少要职，为国家作出了颇多的贡献。

1951 年，郭沫若荣获苏联的列宁和平奖，使他的国际名誉大大提升。其实，早在日本留学期间，郭沫若就曾以德国伟大的作家歌德自况，并且被文化界广泛认可。

郭沫若一生的成就，除了文学、考古学和历史学外，还有书法上的。年轻时，为了练好书法，郭沫若就尝试悬肘执笔，静心落字。现在的学生，很少用软笔了，都写硬笔。写硬笔，手肘靠在桌面，写了不到一小会儿，娇生惯养的孩子们就喊手酸手疼。倘若真让他们悬肘写毛笔，不用一天，只一早上下来，肯定筷子都夹不稳了。

讲起毛笔字，郭沫若强调"回锋转向，逆入平出"。这八个字看似简单，却体现了"郭体"书法的精髓，可见他确实下了不少工夫。倘若有谁能像郭沫若一样，每天花点时间，静心练习，假以时日，必然有所成就。很可惜，现在的人，大多心浮气躁，少有能静下心来钻研某一长技的，以致略懂皮毛的人不少，真正掌握精华的人却如凤毛麟角。

1962 年，郭沫若游览普陀山，走进梵音洞时，看到一个小笔记本。拾起，打开一看，唬了他一跳，只见扉页上写着一联：年年失望年年望，处处难寻处处寻。横批更吓人，竟是：春在哪里。郭沫若一看，就知道该联系伤心绝望的人所作，担心对方一时想不开，自寻短见，马上命人四处查看，务必找到笔记本的主人。

不一小会儿，人找到了，还是一个女孩子。原来，她屡次报考大学，屡次落榜，再加上恋爱受挫，心灵承受不了，决心魂归普陀，做一个无忧无虑不用烦恼的神仙客。郭沫若听了，耐心开导，并将姑娘所作的对联稍微改了几个字，那对联立刻峰回路转，春意盎然。郭沫若改后的对联是：年年失望年年望，事事难成事事成。横批改得更好，改成：春在心中。

本已经心内成灰的小姑娘看了，就如枯木逢春，喜上眉梢，高兴不已。感激之余，姑娘更加敬佩，忙不迭地问郭沫若的身份。郭沫若坦白相告。竟能有幸得遇大文豪郭沫若，姑娘简直不敢相信。待姑娘倾述完理想和委屈，郭沫若又送了她一副对联。送的这副对联，就不是郭沫若作的了，而是清朝作家蒲松龄作的落地自勉联：有志者，事竟成，破釜沉舟，百二秦关终属楚；苦心人，天不负，卧薪尝胆，三千越甲可吞吴。姑娘受了如此勉励，从今而后，无论遭遇多大的困苦磨难，都是迎难而上，不再自暴自弃。

1978 年 6 月 12 日，郭沫若逝世于北京，享年 86 岁。

赵元任

汉语言学之父，国学大师

——自强！自强！人生何茫茫！谁与普度驾慈航

姓　　名	赵元任
籍　　贯	天津
生卒时间	1892 年 11 月 3 日~1982 年 2 月 24 日
人物评价	赵元任被人们称为中国现代语言和现代音乐学先驱。他是不折不扣的语言学家，是与梁启超、王国维、陈寅恪齐名的清华"四大导师"。

赵元任极富语言天赋，他会 33 种汉语方言，并且精通英、德、法语，并用英语书写了很多著作，是清华大学的"四大国学导师"。除此之外，赵元任还在音乐上颇有建树，他被人们称为"现代音乐先驱"，他灌注的唱片《叫我如何不想她》，至今为人们津津乐道。

赵家有子初长成

1892 年 11 月 3 日下午，赵元任出生在天津的一所弄堂里。赵元任的父亲赵衡年是个在文学和音乐方面具有较深的修养，曾经中过举人，善于摆弄乐器，尤善吹笛，据说就是因为一口好笛声才得到了赵元任母亲冯莱荪的青睐。冯莱荪善于诗词,她常与赵衡年一起对诗写词,又唱得昆曲和衡年的笛声相合,倒也是过得十分幸福。可谓夫唱妇随。

1900 年,赵元任跟随父母回到了老家常州青果巷,在家塾二中读书。开始接受传统文化的教育,这段时间赵元任打下了坚实的民族文化基础,这对他的一生有着深远的影响。还在家塾读书的时候,赵元任就展现出了语言天才,很多方言他一听就能学会。受父亲的影响,赵元任偏重于诗书和经书的学习。

14 岁时,赵元任考入了常州溪山小学。在学校里的赵元任显得与其他学生不同,基本上他很少听课,只是在课堂上看自己喜欢的书。但每次考试他的成绩都名列前茅,尤其是国文和数学,赵元任经常能拿满分。在同学中威望很高。

1907 年,赵元任进入南京江南高等学堂预科。这是一所新式学校,教学方法新颖,甚至还有从国外请来的教师。赵元任在学校成绩优异,尤其在语言学上更显得有天分。他的英语、德语都学得很好,深得当时教他英语的美籍教师嘉化的喜爱。嘉化经常赞赏赵元任聪颖,能够举一反三。

后来,这个来自美国的老师经常邀赵元任去他家中做客。嘉化的夫人是一位在音乐上颇有造诣的人,她擅长弹钢琴和唱歌。嘉化夫人也很喜欢这个年轻聪明的小伙子,他们经常交流彼此在音乐上的见解。在她的辅导下,赵元任开始学习西方歌曲,《可爱的家庭》(Home,Sweet Home)和《离别歌》(AuldLang Syne)等歌曲,就是这时候学会的,也成为赵元任的拿手歌曲。

这段时间赵元任进修"和声学"、"作曲"、"声学"等课程。受父母的影响,赵元任年幼便受到良好的音乐熏陶,在音乐上很有天赋。他还参加了学校组织的歌咏团,并担任主要演唱员。

高等学堂毕业后,赵元任于 1909 年考取了美国的官费生,赴美留学。赵元任在美国康奈尔大学主修数学,选修的是音乐。这段时间,赵元任很明显在音乐上用的时间最多,他在图书馆里找到关于音乐的著作然后通宵达旦地把它们攻读一遍。后来赵元任还向姜斯东学习作曲的制作,同时也向夸尔斯和席佛曼学习钢琴与和声,在老师的教导下,赵元任的音乐得到质的飞跃。在美国的这些年,每年他都选修音乐学,开始着手音乐的创作。

1918 年,赵元任获得了哈佛哲学系的博士学位,在哈佛教授希尔和斯帕尔丁的指导下,赵元任的音乐素养得到了很大的提高。第二年,赵元任回到康奈尔大学教授物理。

这时中国国内正在进行着轰轰烈烈的五四学生爱国运动,这些民主的风潮席卷到国外,赵元任被感染了,他开始创作了《呜呼三月一十八》等歌曲,表达了自己的强烈的爱国之情。身在异国他乡的赵元任渐渐成长为一个有见解有文化的有志之士。

有情人终成眷属

1920 年,在康奈尔任教一年的赵元任按捺不住自己思念祖国、思念家乡之情,回到清华大学任教,这时的赵元任已经是 28 岁的年龄了,在清华任教的讲师基本上都结婚了。

这一年,赵元任经友人介绍认识了杨步伟。杨步伟出生于南京望族,祖父是中国佛教协会的创始人。从小杨步伟就很胆大,她敢批评孔子,捉弄先生。考入南京旅宁学堂时,当时的入学考试作文题为《女子读书之益》,她写道:"女子者,国民之母也。"那时的她已经懂得男女平等,婚姻自由的思想。为了逃避父母为她包办的婚姻,她只身一人到上海读书。后来留学日本并获得博士学位。这是中国第一个留学医学女博士。毕业后,她在北京和同学杨贯中合开了一所"森仁医院"。

赵元任和杨步伟一见钟情。这年的春天,赵元任在中山公园向杨步伟坦白了自己对杨步伟的倾慕之心,杨步伟低头应答。

婚后,杨步伟放弃在医院做大夫的志愿,在家相夫教子。1921 年,她跟随赵元任回到美国,赵元任在哈佛大学任哲学和中文的讲师。赵元任是个爱国之情很深切的人,他始终按捺不住胸中浓郁的爱国之情,在美国待了几年后,赵元任还是回到了祖国,在清华园任教。赵元任的教学内容是广泛的,他是一个博学的人,在清华园他一人担任了七八个科目的教学,赵元任是个天才,也是全才。他与梁启超、王国维、陈寅恪一起被人们称为清华"四大导师"。

从 1922 年起,赵元任就开始创作歌曲和钢琴曲,赵元任关注中国工人阶级的生活,他创作《卖布谣》《劳动歌》等歌曲,都是描述底层老百姓的生活,表达了自己对百姓凄惨生活的同情。再后来创作的《听语》《海韵》等歌曲中,即使这些歌曲曲调舒缓、柔和,但歌中还是强烈地表达了对美好未来的向往之情。

1926 年,赵元任把刘半农 1920 年在伦敦写的《教我如何不想她》谱曲,在青年知识分子中广为流传。1933 年刘半农因病逝世时,赵元任曾经写了副挽联:"十载奏双簧,无词今后难成曲;数人弱一个,教我如何不想他!"1936 年,赵元任在"百代"公司灌录了这首歌的唱片,近半个世纪以来一直脍炙人口。

1938 年,赵元任回到美国在夏威夷大学教书,并在大学里开设了中国音乐的课程,在教学期间并开始着手汉语言的研究。后来又在哈佛大学教学,并参与哈佛大学燕京字典的编辑工作,那段时间,中国留学时慕名前往的很多,在赵元任的家里可以看到很多他和留学生的照片,他成了这些留学生的良师益友。有事情留学生也乐意跟赵元任讨教解决方法,赵元任很随和,尽心尽力地帮助这些学子。著名的科学家钱学森就常常在赵元任家里出现。

赵元任对方言的研究是前所未有的,甚至他会 33 种汉语方言,会说英、法、日、德、西班牙语等多种外语。用英、德、法文写作没有问题。他在对方言的研究和治学上的毅力和努力,令人叹为观止。

赵元任对汉语言的研究成就是世所公认的,他曾经在国内外报刊发表了自己关于汉语言研究成果，在国内外多次引起轰动。赵元任编撰了很多关于汉语言的著作，比如《中国语言词典》《中国语入门》《中国语文法之研究》《现代吴语研究》《钟禅方言记》及《湖北方言报告》等。这些巨著所涉及范围之广，所用材料之丰厚，都是别的著作中所没有的。赵元任是当之无愧的汉语言之父。

我国著名语言学家吕叔湘称赞赵元任对中国语言学的贡献："一是他以现代的语言作为语言学的研究对象，给中国语言学研究开辟了一条新路；二是他给中国语言学的研究事业培养了一支庞大的队伍。"

教我如何不想她

有不少人说赵元任"惧内"。赵元任与杨步伟相亲相爱，相敬如宾，数十年如一日，所以赵元任并不介意别人提到这点。一次为杨步伟《一个女人的自传》的胡适问杨步伟在家中谁说了算时，杨步伟有点低调地说："我在小家庭里有权，可是大事情还得丈夫决定。不过这件事是大事情还是小事情，通常还是由我说了算。若是我与他辩论起来，两人理由不相上下，那总是我赢。"赵元任从来不在口舌上争一时之利，他说："她既是我的内务部长，又是我的外交部长"，委婉地表达了对杨步伟的爱。

1971 年 6 月 1 日，是赵元任结婚 50 周年的纪念日，按照中国的传统，这属于金婚。这是一个很重要的节日。赵元任的学生和好友在旧金山"四海酒家"为他们举办了庆祝派对。会场热闹非凡，杨步伟在众人的要求下赋诗一首："吵吵闹闹五十年，人人都说好姻缘。元任今生欠我业，颠倒阴阳再团圆。"赵元任也跟着即兴和诗一首："阴阳颠倒又团圆，犹似当年蜜蜜甜。男女平权新世纪，同偕造福为人间。"赵元任夫妻之间感情情深不言而喻。杨步伟曾经对记者说："我们争争吵吵 60 多年，但也和和睦睦共度了大半个世纪。"

1981 年 3 月 1 日，杨步伟因病在美国去世。赵元任非常悲痛，六十年来，杨步伟就是赵元任的精神和生活上的伙伴。在写给友人的信中赵元任坦明了自己悲痛的心情，他说："步伟去世，一时精神错乱，借住小女汝兰处，暂不愿回柏克莱，今后再也不能说回'家'了。"

丧妻不久的赵元任回国探亲，并受到邓小平的热情接见。赵元任在中国社会科学院语言研究所录制国际音标。赵元任非常惊人地发了四百多个元音、辅音和声调，这和他年轻时所记的一样，多么惊人的记忆力。

在朋友的邀请下，赵元任被迫多次演唱《教我如何不想她》："这般蜜也似的银夜，教我如何不想她？水面落花慢慢流，水底鱼儿慢慢游。燕子你说些什么话？教我如何不想她？枯树在冷风里摇，野火在暮色中烧。教我如何不想她。"这首饱含思念祖国和家乡的歌曲，从头发已白的赵元任嘴里唱出来，别有一番沧桑。令听者动容。赵元任多次表示自己以后会经常回来的。

然而，天有不测风云，人有旦夕祸福。1982 年 2 月 24 日，赵元任在美国马萨诸塞州坎布里奇不幸逝世，留给世人无限的遗憾。

赵元任是罕见的语言天才，他的一生有很多成就。赵元任不仅在汉语言上著作颇丰，被人称为"汉语言之父"，而且在音乐上还具有很多独到的见解，他创作了 100 多首钢琴曲和歌曲，赵元任被誉为"现代音乐的先驱"。现在人们仍然可以从唱片里找到赵元任当年灌注的歌曲《叫我如何不想她》，是啊，叫人们如何不想他。

黎锦晖

中国流行音乐第一人

——一首好歌曲对一个孩子的影响是终生的

姓　　名	黎锦晖
籍　　贯	湖南湘潭
生卒时间	1891 年 9 月 5 日~1967 年 2 月 15 日
人物评价	中国流行音乐鼻祖、儿童歌舞剧之父。

黎锦晖,1891 年生于湖南湘潭,中国流行音乐鼻祖,儿童歌舞剧之父,"黎氏八骏"之一。他自幼深受民间戏曲文化熏陶,尤爱古琴,喜弄弹拨乐器。自 1927 年起,先后创办中华歌舞学校、中华歌舞团、明月歌舞团,并远赴南洋各地巡回演出。新中国成立后,入上海美术电影制片厂,负责作曲。1967年,逝世于上海。

"黎氏八骏"

20 世纪初期,湖南湘潭黎家出了八位人才,人称"黎氏八骏",分别是:锦熙,语言学家;锦晖,音乐家;锦耀,矿业专家;绵纾,教育家;锦炯,路桥专家;锦明,作家;锦光,音乐家;锦扬,作家。这"八骏"中,可能要数黎锦晖的成就面最宽广,从音乐到歌舞再到编辑,他无所不能。

黎锦晖的父亲,名黎松安,也是一位大才子,曾中晚清秀才。自小,黎锦晖就很喜爱音乐,常常跑去看戏听曲,不管是地方戏还是外来戏,只要有机会,黎锦晖必然去。黎锦晖不像大多数人,随便看看听听就完事,他的记性相当好,回到家里,想方设法,总要将看到的戏和听到的曲演唱一遍,才算完事。

在诸般乐器中,黎锦晖非常喜欢弹拨类的,其中极爱古琴。黎家本就是书香门第之家,黎锦晖玩弄各种乐器,条件自然完善。小学和中学,黎锦晖都是在家乡上的。也就是说,人生的前十多年,黎锦晖都完全浸泡在民族、民间音乐之中。一个人受了十多年的熏陶,就算没有音乐天赋,也多少沾了点,何况黎锦晖本就是一个相当聪颖有才的人。

1912 年,黎锦晖毕业于长江高等师范。随后到北平、长沙等地谋职,他很有才,普通职员能做,文字编辑能做,音乐教员也能做。经过多次挑选,最终选择了音乐,自小喜欢,兴趣所向嘛,这是最自然不过的事。受家庭氛围熏陶,黎锦晖的文言诗词相当好。上课时,他不断尝试用民族曲调配合文言歌词教导学生,自然有将民族音乐延续传承之功。

四年后,黎锦晖加入北京大学音乐团,同时担任《平民周报》主编。这一段时期,他编写了两部歌曲作品集,一本是以器乐曲为主的《平民音乐新编》,另一本是以声乐为主的《民间采风录》。随后,黎锦晖着手主编中国最为长寿之一的儿童刊物《小朋友》,为推广国语作了非凡的贡献。

《小朋友》由中华书局出版,黎锦晖主编,创刊于 1922 年。截至 2002 年 4 月 26 日,这本儿童周刊已经走过了 80 年的风雨历程。在这 80 年里,《小朋友》为儿童教育和儿童发展提供了莫大的帮助,同时也为国语和普通话的推广作出了不容忽视的贡献。

创办之初,黎锦晖就强调,该刊应该是一本"可以陶冶儿童的性情,增进儿童的智慧,使他们成为健全的国民,替社会服务,为民族增光"的儿童刊物,因而取名《小朋友》。深刻而通俗的《小朋友》发行不到五期,当即因内容丰富有趣、形式精美享誉海内外，不仅中国读者广泛订阅，连日本和南洋等地都有大批订阅者。

开山之人

可能是受到李叔同、沈心工等人的影响，黎锦晖一生对儿童教育和儿童发展情有独钟，除了创办多类型的儿童读物外，他的另一个重大贡献就是发展儿童歌舞剧和儿童歌曲。更令人不得不称赞佩服的是，黎锦晖发展儿童音乐时，特意与新文学运动携手共进，因此他视自己所带领的音乐运动为"新音乐运动"。

20世纪初期的中国，流行音乐贫乏得简直不可相信。举个例子，国民革命军北伐时，那首脍炙人口的打倒列强除军阀的歌曲——"打倒列强，打倒列强；除军阀，除军阀；国民革命成功，国民革命成功；齐欢唱，齐欢唱"——都是借用法国摇篮曲《约翰弟弟》的曲调。现在听起来，多么枯燥乏味，简直不堪入耳。大众流行音乐尚且如此，儿童通俗音乐那就可怜得骇人，可悲得痛人心了。

黎锦晖到北平后，曾经任职于孔德学校，即今天的北京二十七中学。孔德学校的创建人是著名教育家蔡元培先生。一次，蔡元培进校视察，发现学校校歌竟然用日本国歌的曲调，心里自然有点不舒服，马上找来音乐老师。音乐老师不是别人，正是黎锦晖。蔡元培告诉黎锦晖，应该结合民族特色，谱写出具有民族性质的歌曲。当时蔡元培相当有名，他倡导兼容并蓄，实行有教无类，黎锦晖都到北大去听过课，自然敬仰得很。听了名人的鼓励后，黎锦晖就全身心投入到音乐创作之上了。

大家都知道，黎锦晖没学过音乐专业知识。一个非科班出身的人，仅仅是会一点点民间音乐，会不会辜负教育家蔡元培的期许？答案是否定的，黎锦晖不仅没有辜负蔡元培的期许，所取得的成绩简直大得惊人，也许蔡元培都不相信。

不到十年的工夫，黎锦晖就创作了14首儿童歌舞表演曲目和12部儿童歌舞剧，并且全都闻名全国。仅以《可怜的秋香》为例，那时的下层百姓，不管是谁，光是听到这首歌就要掉眼泪，更别说开口唱了。原因很简单，这首歌曲虽然简单，但不单调。黎锦晖以极为质朴的手法，深刻地表现了丰富的内容。首先，该歌曲词通俗而简练，生动而明快；其次，它融合了反封建、争取民主自由的精神；最后，旋律悠扬，很适合孩子的心理和兴趣。黎锦晖所创作的儿童歌曲，大都具有这个特点。

值得一提的是，黎锦晖不仅思想先进，认识还很有远见。他认为，学习国语应该从儿童时期开始，而儿童学习应该从儿歌开始。黎锦晖的这个思想，直到现在，仍旧实用。哪家父母教导孩子说话，没有利用儿童歌曲？同时，也应该指出，在儿童歌曲里，孩子所学习到的，绝非简简单单的国语或者普通话。一首好歌曲对一个孩子的影响，可以说是终生的。

1927年，黎锦晖创办了中华歌舞专科学校，它是中国第一所专门培育歌舞人才的学校。学校的宗旨是，"中西合璧，雅俗共赏，改进俗乐，创造平民音乐"。由于黎锦晖管理得当，安排合理，凡是进入该校的学生，三个月后即可登台表演。这个速度，可是比今天速成班的速度还快。

同年，为庆祝中秋，孩子们集体演唱黎锦晖创作的童谣《摇啊摇》。黎锦晖大为感动，长身而立，望着当空的明月说："我们要高举平民音乐的旗帜，使平民音乐发展壮大，犹如当空皓月，人人得以欣赏。"就在这一刻，黎锦晖宣布"明月歌舞社"成立。无论业内还是业外，都一致认为明月歌舞社是中国近现代最早的专业歌舞表演团体。

明月歌舞社为中国流行音乐培养了不少音乐人，例如周璇、白虹、严华、姚敏、聂耳，等等。

明月当空照

1928 年起,黎锦晖开始带领中华歌舞团和明月歌舞团走出国门演出。中华歌舞团先后去了泰国、印尼、马来西亚、新加坡等地,演出非常成功,黎锦晖创作的《毛毛雨》当即传遍南洋。评论界一致认为,《毛毛雨》标志中国流行歌曲的诞生。

一年后,因经费短缺,歌舞团滞留新加坡,无法回国。为筹措经费,黎锦晖不惜"卖身",答应一家书局,短期内写了 100 首流行歌曲。歌曲寄回上海后,由文明书局出版,共 16 本,其中《桃花江》和《特别快车》等相当出名。

那时,中国音乐界有艺术音乐和通俗音乐之分。艺术音乐即精英音乐,只有上层人物才能欣赏,就像今天的京剧。通俗音乐主要分两大支系,一支是以黎锦晖为首的流行音乐,另一支则是以聂耳、冼星海等人所代表的群众性歌曲。

聂耳听了黎锦晖的《桃花江》等歌曲后,大加批评,指责格调不高,纯属嗲声嗲气地卖弄风情,一味迎合小市民的气味,没有承载起时局的安危。平心而论,聂耳批评的不是没有道理。但是,那时的黎锦晖带着一团的人,没有路费回国,如果不迎合一下大众,可能连家都回不了了。

其实,黎锦晖也有自己的"十不写"条款,例如"三妻四妾十美图"不写。可是,当时危急,"不写"只好变成"乱写"了。从中国音乐发展史来说,黎锦晖的创作奠定了后世流行歌曲的基本写作风格,即结合本土旋律与西洋舞曲的节奏。现今的流行歌曲,哪一首不是如此写作的?有的作曲家,甚至完全照搬国外的曲调,这比黎锦晖又落后多了。

不久,在南洋一位商人 3000 块大洋的资助下,黎锦晖带领明月歌舞团巡演。第一站是香港,在香港大剧场演出。那时的香港,已经被英国殖民者占据了。因此,这场演出,多少就有点为国争光的意思。

明月歌舞社八位青年女演员，着雪白长裙，披小纺袖衫，悄然而立，深情绵绵地合唱《总理纪念歌》。该歌由戴传贤作词，黎锦晖作曲，优美无比。歌曲还没唱完，剧场观众肃然起立，以此表达激动、感谢、敬慕、追惜之情。那一刻的气氛是何等庄严，何等肃穆，连在场的英国贵族都随之而起，屏声敛气。歌曲刚刚唱完，当即掌声雷动，可见明月歌舞社确实为国争了光。

抗日战争爆发后，黎锦晖也写了一些宣传抗日的爱国歌曲，例如《向前进攻》，等等，在进行流行音乐创作的同时，极大地激励了抗战军民的战斗热情。

1967年2月15日，黎锦晖永远离开了这个世界，但是，他所创作的那些脍炙人口的歌曲和他为中国流行音乐领域所作出的不朽的贡献将会永远为人们所铭记。

萧友梅

中国现代音乐奠基人

——我办音乐学校，是为了国家的未来，为了音乐的明天

姓　　名	萧友梅
籍　　贯	广东香山
生卒时间	1884 年 1 月 7 日~1940 年 12 月 31 日
人物评价	中国现代音乐史上开基创业的一代宗师、现代专业音乐教育奠基者、音乐理论家、作曲家。

　　萧友梅，又名雪明，字思鹤，1984 年生于广东香山。5 岁时随父移居澳门，拜儒生陈子褒为师。1901 年留学日本，经好友孙中山介绍，1906 年加入同盟会。1909 年回国，次年考取"文科举人"。"中华民国"建立后，出任总统秘书。1927 年与蔡元培等人创建上海国立音乐学院，出任教务主任。1940年，积劳成疾，病逝于上海。

留学日本

　　1884 年 1 月 7 日，萧友梅生于广东香山，即今日中山市。萧家家学渊源深远，可谓书香门第之家。萧友梅的父亲萧煜增，是清朝秀才，可以说是增"煜"门楣。后来，因为种种原因，萧煜增退了下来，以教书为乐。当时的广东

香山，还有一户人家，姓孙，也是书香门第之家，并且与萧友梅家世代交好，那就是孙中山家。萧友梅与孙中山，不仅从小相识，关系还很不错。

父亲是大秀才，这可是一项得天独厚的优势。在父亲的谆谆教导下，萧友梅学了不少经书，什么《大学》《论语》《孟子》等等，该看的都看过。19世纪末，广东沿岸全是外国炮船，骇人得很。1889年，萧煜增带着孩子，移居澳门，那时萧友梅才5岁。

当时的澳门，有一位相当有名的儒生，名叫陈子褒。陈子褒虽是儒生，思想一点都不迂腐，对严复等人所倡导的新学非常热爱。为了孩子能做一个"学以致用"的新式人才，而不是迂腐地守着空谈礼仪的经书，萧煜增就送萧友梅入陈子褒开办的"灌根草堂"。在陈子褒的教导下，萧友梅学了不少新知识，日语更是熟练到家。

根基夯实后，萧友梅正式进入学堂，广州著名的新式学堂"时敏学堂"。在学堂里，萧友梅跟在家一样，非常听老师的话，学习非常认真，成绩自然非常好了。1901年，作为该校第一届优秀毕业生，萧友梅很荣幸，随校长邓家仁一道留学日本。学生与校长一道留学，这可是少有的罕事！

到日本，萧友梅先入东京高等师范附属中学，成绩也是名列前茅；随后升入东京帝国大学，就读于教育系，成绩同样名列前茅。1904年，萧友梅转入东京音乐学校，专攻音乐。像所有当时忧国忧民的爱国志士一样，看着国家日渐贫弱，日渐挨打，萧友梅也希望学习一门专长，扶持社稷于将倾，拯救万民于水火，只是选来选去，他走音乐之路罢了。

萧友梅主张，古今中外的音乐都要学，要学透，学精。另外，他还认识到，音乐的骨干是一个民族的民族性。针对当时软弱如疲的国民性，萧友梅希望通过音乐改造。就这个出发点而言，萧友梅与鲁迅先生弃医从文的初衷，可谓是异曲而同工。

1905年，伟大的革命先行者孙中山、廖仲恺、胡汉民等人成立了一心拯救国家的同盟会。萧友梅同他们一样，也是热血青年，经儿时朋友孙中山介绍,于 1906 年正式加入同盟会,成为中国革命先行者之一。

倡办音乐学校

1909 年,萧友梅学成归国。次年,清政府举行大考,萧友梅夺得"文科举人"的头衔。身怀才华,自然希望为国出力,自然渴望殚精竭虑,振兴民族精神,让沉沉深睡的东方之狮清醒过来,站立起来。可是,大厦将倾,独木难支。萧友梅只有一双手,他所面对的却是整个浑浑噩噩的清王朝,却是腐败昏庸只知贪拿索要的千千万万双手。那些日子,壮士断腕的痛与愤,萧友梅确实体味到了。

"中华民国"成立后,萧友梅有了施展才华的余地,出任总统秘书。遗憾的是,总统孙中山任职时间很短。孙中山走后,军阀倒戈,袁世凯处心积虑地复辟,国家又变成了一锅稀粥。伤心失望之余,萧友梅回返广东,出任广东省都督府教育司学校科长。

萧友梅不是权力心重、一心削尖脑袋往官场钻的人。他的事业心,早就决定献给音乐和教育了。之所以每次都要同官员打交道,因为在当时的中国,不沾官场办不了事。一个淡泊名利、不谋仕途的人,偏偏被迫天天接触仕途,其痛可想而知。但是,这种痛,又有多少人真正知道?

1912 年 11 月,政府派遣萧友梅赴德国莱比锡音乐学院,学习教育学。勤奋好学的萧友梅不只学习了教育学,他还进入柏林大学,选修哲学、伦理学、儿童心理学,等等。4 年后,萧友梅以《十七世纪以前中国管弦乐队的历史研究》这一优秀论文获博士学位。好不容易学成归国,回国后,国家的情况却又变了。无奈之余,萧友梅只好在北京大学和北京国立艺术专门学校担任音乐教师。

当时人们不怎么重视音乐,音乐课程只是依附于其他专业的一门小课程,颇有傍人门户的凄凉,仰人鼻息的酸楚。例如,有的学校将音乐挂在美术系之下,称为图音系;有的学校则将音乐挂在体育系之下,合称体音系。音乐的地位如此低微,萧友梅决定将毕生精力贡献于提升音乐地位之上。

所幸,为音乐地位而奋斗的仁人志士不只萧友梅一人。当时杰出的教育家蔡元培先生,思想非常开明,也致力于提升音乐的地位。见萧友梅如此努力,时任教育部长的蔡元培就批准萧友梅创建北京女子高师音乐科。该科是我国大专院校第一个音乐系学科,萧友梅任科长。

梦想一步步接近,眼见理想就要实现了,不期飞来横祸。奉系军阀张作霖接管北京政权后,教育总长换成了迂腐短视的刘哲。1927年6月,刘哲颁发一道命令,以音乐"浪费国家钱财"、"有伤社会风化"为由,禁止北京国立所有高校开设音乐系科。萧友梅苦心经营多年的音乐系科就此毁于一旦,失望之余,南下寻求发展。

现代音乐教育

20世纪20年代后半期,正值北伐军渡江北上。开明的蔡元培早就南下了,萧友梅南下后,见到了蔡元培。经过多番准备,1927年萧、蔡等人终于在上海创办了我国第一所专业音乐学院,即上海国立音乐学院,萧友梅任教务主任。

创业难,经营起来更难。音乐学院创办后,尽管萧友梅尽力俭省,各种开支还是很大。由于经费短缺,学校常常不能按时交纳房租,萧友梅不得不带领学生们,逃难似的频繁迁移。更令萧友梅痛心疾首的是,1929年6月,学生们因为住宿费等杂费问题,与学校起了矛盾,最终恶性发展为冲突。学生都很年轻,血气很足,受到社会环境的影响,大闹罢课,还激发了学潮。而当局对罢课、学潮等事查得很紧,萧友梅自感愧疚,向教育部提出辞职。顶梁柱萧友梅走后,国立音乐学院当即停办。

其实,学生们一点都不懂得理解老师的苦心。萧友梅苦心经营学校,已经累得积劳咯血了。辞职后，萧友梅就到莫干山养病。再次经过多方面的努力，音乐学院又得以再办。萧友梅自然高兴，但也非常失望，因为好多成绩优越的学生不能再读书了。

1929年学潮中，熊乐枕、蒋凤之、冼星海、陈振铎等是首领，相当激进，当局认为他们是左翼分子，只给他们一张"学分成绩单"。可是，当局又明令规定，原先音乐学院的学生，必须凭学校的"通知书"才能重新注册入学。毫无疑问，这是开除学潮首领的阴谋。

被开除的学生中，可能要数冼星海留给萧友梅的印象最深。1928年，冼星海从北平考入上海，成绩相当优秀，但因为家庭贫困，难以维系学业。就在冼星海面临辍学之际，萧友梅立即伸出援手，安排冼星海以抄写文字的方式半工半读。此外，萧友梅还出面，领着会吹单簧管的冼星海报考工部局乐队。遇上这样的老师，夫复何求？

提起奖掖、扶助国家音乐人才，萧友梅不只帮助冼星海一人。早在北平教书时，只要见到家境困难的学生，萧友梅都尽力为他们在学校里安排工作，或是安排抄谱活儿，或是安排充任图书管理员。萧友梅所做的这一切，不是为了自己，而是为了国家的未来，为了音乐的明天。

国立音乐学院刚刚开办，1928年，没有受过正规训练，只是自练了一点琵琶技能的丁善德前来报考，萧友梅发觉他的潜力很大，招进学校，悉心培育。试问，如果没有萧友梅的培养，能有后来著名的音乐家丁善德吗？我国早期杰出的音乐人才，有不少都是在萧友梅的发现、培养下成长起来的，除冼星海、丁善德外，还有贺绿汀、李焕之、江定仙，等等。

此外，在聘请良师方面，萧友梅也为国立音乐学院做了不少努力。1929年，俄籍世界著名钢琴家查哈罗夫旅居上海，为聘请他入校任教，尽管屡遭拒绝，萧友梅还是屡次登门拜访。当时，普通教授的月薪只是200元，为聘请查哈罗夫，萧友梅不惜出400元一月。"三顾茅庐"的诚意何等真诚恳切，查哈罗夫终于被感动了，入校任教。从此，直到1942年病逝，查哈罗夫确实就兢兢业业地奉献在国立音乐学院的讲台上。1930年，萧友梅又为国立音乐学院聘请到了留学美国归来的著名音乐家黄自出任教务主任，贡献真的不小。

九一八事变后，萧友梅作了不少鼓舞士气的歌曲，其中以《从军歌》最为出名。1937年11月，在《音乐月刊》发刊词中，萧友梅写道："在此非常时期，必须注意利用音乐唤起民众意识与加强民众爱国心。"这一句话，也可以说是萧友梅一生对音乐的期望。

1940年12月31日，因结核菌侵入肾脏，萧友梅病逝于上海林仁医院，享年56岁。

黄宾虹

千古以来第一用墨大师

——举新安派大旗，终成一代宗师

姓　　名	黄宾虹
籍　　贯	浙江金华
生卒时间	1865 年 1 月 27 日~1955 年 3 月 25 日
人物评价	著名画家、中国美术开派巨匠、"千古以来第一用墨大师"。

　　黄宾虹，原名懋质，字朴存，号宾虹，浙江金华人。黄宾虹自幼嗜好绘画，喜爱篆刻。6 岁起得名师指点，刻苦学习，打下了坚实的基础。成年后，一心探索绘画技巧，历经艰难，终有发现，成为中国近现代美术史上的开派巨匠，有"千古以来第一用墨大师"的美誉。1953 年，黄宾虹 90 寿辰之际，国家授予"中国人民优秀画家"称号。

颠沛流离

　　黄宾虹生于商人家庭，生活条件虽然比不上贵族，但也算优裕充实。19世纪六七十年代，中国正值内忧外患之期，地方上非常不平静。幼年时代，黄宾虹就常常跟随父亲四处避难。6 岁那年，黄宾虹随父亲避难于金华山，在罗店拜李灼先、李咏棠为师,学习四书五经,目的为考取举人。课余闲暇,黄宾虹还独自摸索绘画、篆刻的技巧。一个偶然的机会,他遇上大师萧山倪翁。倪翁告诉他,绘画"当如作字法,笔笔亦分明"。黄宾虹谨记,作画不再潦草马虎。

从此,黄宾虹一面遵从父亲的意愿,认真读书识字,争取考中举人;一面依照自己的喜好,练习绘画,摸索技巧。13岁时,黄宾虹回乡参加童子试,名列前茅,一鸣惊人。他父亲非常欢喜,高兴之余,带儿子观看族里珍藏的书画真迹。在众多书画作品中,黄宾虹最喜欢董其昌、查士标的山水画。得看真迹后,尽管年龄幼小,黄宾虹却领悟了不少,作画水平大有进步。

一年后,黄宾虹参加县里的应院试,被列入高等。1879年,即黄宾虹16岁时,考入金华丽正书院。这一年,他又遇上名师陈春帆,跟随写真。经高人指点,黄宾虹的绘画技能又大有进步,可谓一日千里。

才是一年的时间,黄宾虹学习进步快,绘画技能进步也快,深得老师喜欢。不幸的是,他父亲经营的钱庄被人侵害,连布业生意都受到影响,再也做不下去了。家里生意衰败下去后,黄宾虹的生活条件也跟着变差了。但他仍旧听从父亲的意愿,接着在书院读书,走举人之路。

接下来的几年,黄宾虹一直来往于南京和扬州之间。有一天,在一个小书画摊上,黄宾虹见到了陈崇光的山水画和花鸟画,非常钦佩,很想拜陈崇光为师。好不容易,历经千辛万苦,终于找到了陈崇光,却发现对方已经疯了。随后的一段时间,黄宾虹都灰心失望,恨没能早些遇见陈崇光。

使情况更加糟糕的是,浙江一带遭遇水患,不仅生意难做,生活都很困难。黄宾虹的父亲看透时局,知道再坚持下去只有折的,没有赚的,急流勇退,搬回乡下。他父亲人是退回来了,一颗上进的心仍是不甘放弃,让黄宾虹跟随汪仲伊学习,还希望儿子考中举人。

黄宾虹非常孝顺,一直都听父亲的话,争取考中举人。非常无奈,外国军队船坚炮利,一步比一步更紧地威胁着清王朝。眼见国家岌岌可危,社会日渐混乱不堪,苦苦地坚持到1892年,黄宾虹终于放弃考取举人之路,在南京寻觅一个书馆，以教书为生，那时他已经 29 岁了。需要指出的是，不是黄宾虹考不上举人，而是时代已经变了，就算考中举人，也是无用。

上下求索路

1894 年，父亲谢世，黄宾虹不必再为是否继续投考举人之路犹豫难决，可以跟随自己的心意，将所有时间和精力都花费在绘画上。据传，为了研习真迹，黄宾虹不惜以有名的瓷器交换。当时的瓷器非常贵重，黄宾虹愿意交换，可见他非常喜爱绘画。

34 岁时，黄宾虹又结识了一位书画名家，那人就是影响他终生的郑雪湖。见黄宾虹谦虚有礼，求学心切，郑雪湖非常喜欢，他告诉黄宾虹，作画很难，但最难处不在实处，而在虚处。也就是说，作一幅画时，最难的不是画了什么，而是没画什么。听说"实处易，虚处难"这句画诀后，黄宾虹有所顿悟，更加钦佩老师了。此外，在这一年，黄宾虹还在贵池会晤了革命家谭嗣同，这对他后来思想发展的影响相当大。

1900 年春天，黄宾虹北上，打算像当年的太史公，饱览天下名山，为将来的事业积淀气魄。非常不幸，北上不久，八国联军侵华，造成庚子政变。见国之不国，哀鸿遍野，哪有心情欣赏山水？黄宾虹郁郁寡欢，只求早些回转乡里。回乡路上，他顺便游访黄山和华山，写了几首诗，画了几幅画。

外面的社会悲惨，乡里的情况也好不了多少，大片大片的田地，全都荒芜了。黄宾虹写信给郑播书，建议组织人员，开垦土地。郑播书同意，邀集了不少人，全都致力于开垦土地。第二年，风调雨顺，庄稼大获丰收，五谷丰登。

乡里的情况好转了，外面的社会也趋向和平了，黄宾虹再度入世。43 岁那年，他在芜湖遇上了正被官方通缉的才人陈去病，当即邀请陈去病到新安中学任教。随后，他们俩与许承尧、汪律本等人秘密组织黄社，一有空闲就聚在一起，把酒论诗，鼓吹革命。一年后，政府给黄宾虹扣一个"革命党"的罪名,黄宾虹被迫流亡上海。

当时的上海,不仅经济活跃,文化也很活跃,黄宾虹得看了不少真迹,阅读了不少艺术方面的书籍。同时,为了生计,黄宾虹还担任了《神州国光集》和《国粹学报》的编辑,结识了蔡守。针对当时国画技法式微的趋势,黄宾虹与蔡守多次讨论怎么糅合南北两宗技法合二为一,以沟通中西画学。这次讨论,黄宾虹增长了不少的见识。

没过多久,作家柳亚子到上海治病,与黄宾虹在国学保存会的藏书楼相见。两人一见如故,黄宾虹应柳亚子之邀,于1909年11月13日前往苏州,参加柳亚子、高天梅和陈去病等组建的南社的第一次雅集。这次雅集之后,黄宾虹声名大振。他不仅结交了更多的朋友,对书画的认识也更深刻了。

后来,同盟会的机关刊物《民主报》创刊,黄宾虹撰写"祝词",表达庆贺之外,还寄予"拯弱扶危"的厚望。武昌起义后,全国革命浪潮席卷而起,眼见清王朝即将崩溃,在南社临时集会上,黄宾虹参与了"以言论鼓吹共和"的讨论。

很不幸,革命夭折了。篡夺革命的胜利果实后,为复辟帝制,袁世凯不惜重金,利用爪牙,收购了《神州日报》,黄宾虹愤而离职。1916年,黄宾虹53岁,遇上鲁迅,两人晤谈很久,没有丝毫倦意。一年后,黄宾虹又遇上中国学界的两大泰斗,一个是留学刚归来的胡适,另一个是国学大师王国维。

1918年,诗僧、情僧苏曼殊魂归西天,黄宾虹前往西湖吊唁。在10月16日的江苏省教育会美术研究成立大会上,黄宾虹强调:封建社会的美术只保存了君王的,没有保存民间的。但是民间也有美术,研究者应该认真收集、研究民间美术,这可能是保存国粹并且推动社会进步的一大力量。

针对中国画界日渐横吹强劲的"以夷变夏"之风,黄宾虹多次做了批判,指出民族的艺术不可丢失。同时,他还着意收集明遗民画家的资料,渴望展示他们的高风亮节,借此鼓励自己坚守国画的阵地,也勉励他人。

此心不改

中国近现代绘画史上,有两大名家,人称"南黄北齐"。"南黄"即指安徽的山水画大师黄宾虹,"北齐"则是北京城的花鸟画大家齐白石。黄宾虹曾经指出,学画有三个大阶段,只有经历了这三大阶段,才能成为大师。关于这三个阶段,他用青虫化蝶的三眠三起比喻。

第一阶段,"先师今人",即先学习同时代人的画技;第二阶段,"继师古人",即学习前代人的画技;第三阶段,"终师造化",也就是说,不管是学习今人,还是学习古人,最终的目的还是要回到学习造化之上来。如果不师法造化,无论前两个阶段做得多么完美,都是无用的;同时,如果没有前两个阶段的积累,直接就去师法造化,也是只能学到一鳞半爪,最终贻误自己。

综观黄宾虹的一生,他确实以自己的人生认真实践这三个阶段。到了老年,黄宾虹还迈着蹒跚的步子,拜访名山,虔诚地向大自然求教,最出名的就是"青城坐雨"和"瞿塘夜游"这两个故事了。

1933 年早春,黄宾虹登临青城山,观赏大自然的杰作。不巧,突然间大雨瓢泼而来。风疾雨猛,避无避处,躲无躲处。黄宾虹索性不躲不避,坦然地坐在雨中,静观自然的神奇。雨势极猛,噼噼啪啪地打在山石上、草木上,就常人的感觉而言,万物都应该湿淋淋的。但是,黄宾虹发现,无论雨水多么劲疾,山石上总有干燥地方。看着干燥中有潮湿、潮湿中有干燥的山石,黄宾虹顿然大悟,开创了一种"雨林墙头"的画法。

五个月后,为了观赏杜甫诗中的"石上藤萝月",在一个月色清幽的夜晚,黄宾虹刻意拜访白帝城。夜月山色清幽寂静,微风徐来,凉凉的,给人一种飘然放逸的感觉。黄宾虹接连画了几个小时,丝毫不感疲倦。次日醒来,翻开手稿一看,他不禁惊道:"月移壁,月移壁!实中虚,虚中实。妙,妙,妙极了!"

经过这两次师法,黄宾虹终于找到了自己的美学追求,那就是"浑厚华滋"和"刚健婀娜"。他曾说道:"山水的美在'浑厚华滋',花草的美在'刚健婀娜'。笔墨重在'变'字,只有'变'才能达到'浑厚华滋'和'刚健婀娜'。"自此,黄宾虹也就开始从"白宾虹"向"黑宾虹"的转变。

60 岁以前,黄宾虹深受新安画派疏淡清逸画风的影响,重视画作"密不通风"与"疏可跑马"的结合,强调"实处要从虚处看,虚处要从实处来",被尊称为"白宾虹"。青城与瞿塘两处悟道之后,黄宾虹开始重视吴镇黑密厚重的积墨画法,再结合"钩古画法",逐渐发展了焦墨、泼墨、破墨、渍墨、宿墨、铺水等画法,使得画作层层深厚,磅礴骇人,被尊称为"黑宾虹"。

1939 年,突然有一位来自日本的画家朋友拜访年已 76 岁的黄宾虹。孔子曾说,有朋自远方来,不亦乐乎。黄宾虹不仅不乐,连见都不见,因为当时正值中日战争。黄宾虹的意思是,"国仇大于私谊",懒得相见。

完成"黑宾虹"的转变后,受西方印象派启发,黄宾虹探索如何融合中国山水画中水墨与丹青两大支系。经过一番努力,他终于实现了水墨中有丹青、丹青里隐含水墨的境界。到了 79 岁高龄,黄宾虹仍旧艰辛地探索着画技之道;不幸的是,他患上了白内障。一位大画家患上了白内障,就很类似贝多芬患上耳病,这一切是多么残酷。让人敬佩的是,也像伟大的贝多芬一样,黄宾虹不但没有放弃绘画,反而越发奋力了。

1943 年,黄宾虹 80 高寿,日本人处心积虑地为他举办了祝寿会。让中国人骄傲的是,黄宾虹拒绝出席。由此可见,黄宾虹学品好,人品更好。中国传统美德一直强调,欲做学问,必先学会做人,黄宾虹确实做到了。

抗日战争胜利后,黄宾虹多次强调,将来的画坛就没有中西之分了,因为将渐趋大同。他同时提醒后生晚辈,应该站立起来,学精国画,发扬民族精神,向世界伸开臂膀,时刻准备着同任何来人握手。这种容纳世界的广阔胸襟,除了世界级的大师,还有什么人拥有?更令人难以想象的是,早在 20 世纪 50 年代初,黄宾虹就预言道:"精神文明的竞争,必不后于物质文明的竞争。"请看当今世界,难得不是精神文明的竞争激烈于物质文明的竞争吗?

被白内障折磨了十多年，到 1952 年，89 岁高龄的黄宾虹终于抵挡不住了，白内障恶化，双眼几乎失明，但他依旧坚持作画，没有丝毫放弃的意思。一年后，为庆贺黄宾虹 90 大寿，国家美术协会授予他"中国人民优秀画家"荣誉。91 岁，黄宾虹胃部不舒服，两个月不进米食，但仍旧坚持读书作画，精神丝毫不减。

1955 年，病情恶化，黄宾虹被送进医院，确诊为胃癌。经多方治疗，无效，溘然长逝，享年 92 岁。料理完老人的后事，家属遵照其遗嘱，将老人身前的收藏和画作悉数捐献给国家。

齐白石

大器晚成的书画大师和书法篆刻巨匠

——作画妙在似与不似之间，太似为媚俗，不似为欺世

姓　　名	齐白石
籍　　贯	湖南湘潭
生卒时间	1864 年 1 月 1 日~1957 年 9 月 16 日
人物评价	我国著名书画大师和书法篆刻巨匠，曾被授予"中国人民艺术家"的称号，荣获世界和平理事会 1955 年度国际和平金奖。

　　齐白石，几年前，他只不过是乡下的一个小木匠，十几年后，他却成为名震国际的画家，他用不断的努力和坚持谱写了大器晚成的乐曲。他的画风带有民间浓烈的乡土气息，却以独具一格的"红花墨叶"画风风靡花坛。齐白石的经历告诉人们，只要努力，凡事皆有可能。

湘潭杏子坞的小木匠

　　1864 年 1 月 1 日，齐白石出生在湖南湘潭杏子坞。齐白石原名纯芝，小名阿芝。齐白石的父母都是当地的劳苦人，平日里以种地为生。所以齐白石的童年过得很艰辛，但也充满了童真童趣。齐白石小时候身体非常羸弱多病,因此祖母和母亲常常为此烧香拜佛。即使常常处于病重,齐白石仍很活泼,很爱动,在小朋友间颇有名望。只是由于营养不足,齐白石显得很消瘦。

8岁开始入蒙馆读书。由于家庭贫寒,齐白石读书不到一年便辍学在家,做些砍柴放牛的杂务活。在放牛的途中,白石往往沉迷于阅读小说。有时候竟只顾读书,忘了砍柴。因为齐白石的身体羸弱,"好像被风一吹,就能吹走似的",所以地里的重活齐白石干不了。为了齐白石以后的生路着想,家人就想让他学一门不太累的手艺,将来成为一家之主也能够养家糊口。

齐白石10岁的时候,他就结婚了。在父母的要求下娶童养媳陈氏春君。当时湘潭有这样的风俗:童养媳与丈夫年龄相当,先拜堂至夫家操持家务,成年后再同居。

当时村里有很多大器作木匠,齐仙佑就是其中之一。当时的大器作木匠,通俗点来讲就是专门盖房子、弄盒子板和做些家具等杂活。眼看着齐白石每天砍柴放牛也不是办法,这不年初,齐白石的父亲就向这位齐仙佑付了学徒费让齐白石跟他学木匠手艺。

善良的齐父没有注意到大器作同样是个苦力活,跟齐仙佑学师的那段时间,齐白石常常扛不动大檩条,但碍于齐家交了学徒费,只好暂时同意白石在这儿。三个月后,齐仙佑找了个理由打发齐白石回家。

同年5月,不甘心的齐家人让齐白石拜齐长龄为师。齐长龄也是大器作木匠。他心地善良,收下了羸弱的齐白石。然而,齐白石却改变了想法。这一年秋天,齐白石跟着师傅从附近的村庄做工回来,在途中,齐长龄遇到了几个专门作雕花木器的细木作,齐长龄一脸恭敬并献媚地问好,等人走远后,齐长龄对齐白石说:"做大器作的人,不敢和做小器作者平起平坐。不是聪明人,是一辈子也学不成细木作的。"看着师傅一脸恭敬,年少的齐白石没来由的一股不服,他下定决心,有时间一定去学习细木作。

16岁时,在与家人商量好后,齐白石改投师到雕花木匠周之美门下,学习小器作。雕花制作比大器作要精细很多,年少的齐白石看着周之美屋子里那些生动的、栩栩如生的作品,不由得被吸引住了。看着这些好看的精美的作品,齐白石暗下决心一定要学精学好。齐白石的聪颖受到师傅的赞赏,看着徒弟如此认真学习,周之美很用心地去教这个学生。

时光从齐白石一次次的雕刻中飞速地流逝了,从最初刻画简单的作品还经常出现毛病,到现在齐白石可以用自己的想象雕刻一个又一个栩栩如生的作品出来,经过时间的磨炼,齐白石功底变得深厚,刀法更是运用自如。

在雕刻的过程中,齐白石渐渐用自己的新的想法来雕刻以前没见过的物品,并加入自己在书中阅读的故事。渐渐地,齐白石超越了他师父周之美,周围的人称他为"芝木匠"。最为欣慰的还是齐白石的父母,在他们看来齐白石找到了可以养家糊口的工作。

一入画门深似海

有次,在家中收拾东西时,齐白石意外地在家中的墙角翻出了一部乾隆年间翻刻的《芥子园画谱》。《芥子园画谱》,又称《画传》,是以清代著名文学家李渔在南京营造别墅"芥子园"为名,当时李渔的女婿沈心友及王氏三兄弟编绘画谱,得到了李渔的支持。画谱自出版以来造就了无数个作画人才,所以这本画谱堪称中国的教科书。

《芥子园画谱》系统地介绍了中国画的基本技法,都是用通俗化的语言,最简单的画案,很适合初学者,故问世 300 余年来,风行于画坛,至今不衰。

齐白石翻看画谱,里面大多是些简单的很好学的作品,齐白石发现自己能把这些画雕刻出来,欣喜异常,如获至宝。夜晚,齐白石不忍睡,伴着油灯,一遍遍地看,如痴如醉。

从那以后,齐白石就用这本画谱作为雕花依据,雕刻的作品既对称,又显得大方好看。也没有以前不匀称的毛病了。这本《芥子园画谱》为他后来绘画打下了最基本的基础。

1889 年，是齐白石正式拜师学画画的时间，这一年齐白石已经 25 岁。作为一家之主，齐白石身上的担子很重，这已经是清朝末期的时候，慈禧太后为了满足个人的私欲，加深了老百姓的赋税，再加上当时除了地主家肯做雕花的很少。普通老百姓吃饱饭就不错了，哪有余钱去做雕花，所以齐白石的生意变得衰落下来，紧靠田地里的那点收成，全家人常常吃了上顿没下顿，日子过得十分艰辛。

关于这一年的故事，齐白石曾经在《白石自状略》中写道："年二十有七，慕胡沁园、陈少蕃二先生为一方风雅正人君子，事为师，学诗画。"

当时陈少蕃主要是对他讲解《唐诗三百首》，例外还教他一些《孟子》、唐宋八大家的古文等。胡沁园主要教齐白石工笔花鸟草虫，并把自己珍藏的古今名人字画拿出让其观摩。齐白石往往通宵达旦地临摹。《唐诗三百首》更是倒背如流。这两个人一文一画，完全是按着当时齐白石的缺点而对症下药。

和别的学生不同，齐白石的年龄在学生中偏大了，而且他还要养家糊口，所以齐白石知道自己留在画画上的时间不多，只好在画画时争分夺秒地去学。

跟着两位老师学习，齐白石的写诗和作画都得到了很大的进步，在老师的带领下，他也开始出入文人雅士的社交圈子。跟着这些文雅之士交谈，齐白石的眼界渐宽。这跟他以前做小器作是截然相反的另一种生活，他看着眼前的这些人，齐白石心里做了决定。他决定不再做小器作了，而是改为以卖画为生。

为画技十年谢客

决定卖画为生的齐白石，是以画像为主，有时也画画山水、人物、花鸟草虫、仕女等。一开始，卖画的过程并没有那么顺利，往往一个星期也卖不出一幅画，后来还是在老师的帮助下，齐白石渐渐打开了局面。随着时间的积累前来买画的人越来越多。

齐白石曾经说过这时期的事情："尤其是仕女，几乎三天两朝有人要我画的。我常给他们画些西施、洛神之类。也有人点景要画细致的，像文姬归汉、木兰从军等等。他们都说我画得很美，开玩笑似的叫我'齐美人'。"

通过卖画，齐白石得到了收入，家庭的经济状况也变得好起来。33 岁的时候，齐白石经常出入湘潭给人画像，时间久了，齐白石的名气也就大了起来。

1917 年，齐白石的家乡遭到兵匪之乱，为了躲避祸乱，齐白石只好只身赴京。到京后的齐白石居住在法源寺庙内，平时以卖画和刻印为生。身在他乡，思念之情不言而喻，再加上在京卖画的收入并不是很好，齐白石只能饥一顿饱一顿的。

那段时间，齐白石天天在街上作画，他的画充满着浓厚的乡土气息，虽然新颖，但很少有人买他的画，处于飘零中的齐白石见到了他平生的知己陈师曾。陈师曾也是画家，在京多年。在街头看见齐白石的印章，颇为赞赏，于是来到街上寻找齐白石，两人一见如故，很快就成为莫逆之交。

"我那时的画，学的是八大山人冷逸的一路，不为北京人所喜爱，除了陈师曾之外，懂得我的画的人，简直是绝无仅有。"齐白石说。

通过陈师曾，齐白石认识了很多在京的画家及文化名人，汪蔼士、王梦白、陈半丁、姚华等人就是在这时认识的。当时齐白石在京城没有名气，卖画和刻印的收入寥寥无几，在感慨之余，齐白石决定改变自己的画风。当时的齐白石已经是五十多岁的年龄，在他这个年纪，画家的画风早已成熟，改变不是件容易的事。但齐白石决心改变自己的画风。

"扫除凡格总难能，十载关门始变更"说的就是齐白石在 1920 年到 1929 年十年闭门谢客的经历。在这十年中，齐白石把自己关在一间小房子里，不断地摸索设计自己的画风和文风。齐白石是从乡间出来的，对乡土风物有着真切的爱恋，毕生眷念着家园的一草一木，毕生把童年的记忆和家乡的一切作为画题、诗题，这是齐白石与其他画家不同的一个特点；他把自己在乡间感受到的一切融合在自己的画中,到 1928 年,十年谢客的齐白石的画风已然成熟,从此他进入了"一花一叶扫凡胎,墨海灵光五色开"的境界,北京地面上开始出现了大量的带有强烈齐白石个人符号的"红花墨叶"派画风开始在京城流传,引起轰动。

白石老人爱国心切

1937 年,卢沟桥事变爆发,中国进入了全面抗日战争时期。天津沦陷后不久,齐白石就辞去了艺术学院和京华艺专教职,闭门在家。

为了避免日本人找到自己,齐白石除了闭门不出,还在门口贴出告示,上面写着"中外官长要买白石之画者,用代表人可矣,不必亲驾到门,从来官不入民家,官入民家,主人不利,谨此告知,恕不接见"。齐白石觉得这样还不能够阻挡日本人,于是他又画了一幅画表明自己的心志,画面很特殊,在传统的画面中,翡翠鸟一般都是站在河流中的石头或者荷花上,眼神犀利地望着水中出现的鱼儿。齐白石却采取了另外一种画法,他在水面上并没有画鱼,而在深水中画虾,并在画上题字:"从来画翡翠者必画鱼,余独画虾,虾不浮,翡翠奈何?"齐白石这幅画,把自己比喻成虾,而把日本人和汉奸比喻成翡翠鸟,耐人寻思。

为了拒绝日本人的骚扰,齐白石可谓是用了心思,但日本人并不领情,还是一次次明的或者暗的找到他。

抗战时期,京沪杭警备副司令宣铁吾过生日,硬是邀请齐白石赴宴作画,齐白石纵是国画大师,终究还是一介平民,为了家人的安全,齐白石只好去赴宴。齐白石姗姗来迟,他环顾了一下满堂宾客,稍微想了一下,然后拿起宣铁吾准备好的笔墨。转眼之间,一只栩栩如生的水墨螃蟹跃然纸上。众人一致赞赏,特务头子宣铁吾也面露喜色。齐白石心里一阵嘲笑,笔锋轻轻转动,在画面上留下了一行字:"看你横行到几时",后书"铁吾将军"。众人的笑声戛然而止,宣铁吾的脸面也变得铁青,好好的生日宴会因为一幅画,众人没了兴致。在齐白石走后,众人也找借口婉转告辞离开了宴会。

还有一次有一个汉奸求画,齐白石画了头戴乌纱帽的不倒翁,这个不倒翁涂着白鼻子,甚是怪异。还在上面赋诗一首:"乌纱白扇俨然官,不倒原来泥半团,将妆忽然来打破,浑身何处有心肝?"汉奸看到画后,灰溜溜地走了。

齐白石的爱国之举,得到了人民群众的赞赏,齐白石在人们心中的形象也就变得更高大了。

齐白石由一个乡村木匠最终成为名震世界的一代国画大师,他是艺术上的多面手,花鸟、山水、人物和刻印无一不通,无一不精。齐白石继承了传统的文人画的精华又抛弃了"八股文章"似的传统画法,和自己从乡间得到的一切融会贯通,取得创新。使得齐白石的画在时间中一步步登上艺术的巅峰。

齐白石曾说:"作画妙在似与不似之间,太似为媚俗,不似为欺世。"正是这样一个拥有着童心和善心的人,才能在复杂的作画题材中独辟蹊径,从容地走出自己的一条道路。

苏轼

宋朝第一全才

——君子以其身之正,知人之不正;

以人之不正,知其身之所未正也。

姓　　名	苏轼
籍　　贯	眉州眉山
生卒时间	公元 1037 年 1 月 8 日~1101 年 8 月 24 日
人物评价	宋代文学家、书画家、美食家。

苏轼,字子瞻,又字和仲,号东坡居士,人称"苏东坡"或"苏学士"。在中国历史上,苏轼也许不是最为杰出的人物,但一定是一位全才人物,在诗文词曲书画方面尤其如此。但是,苏轼一生坎坷不平,先后两次遭贬,历经八州,行程万里,真是"文章憎命达"。

"百年第一",唯此人

在中国历史人物画廊里,苏轼无疑是一位全才人物,在诗文词曲书画方面皆有成就。在写诗上,苏轼坚守清空快健,与弟子黄庭坚合称"苏黄";在文章方面,苏洵、苏轼、苏辙三父子名列唐宋八大家之中;在词作方面,苏轼开豪放一派,与辛弃疾合称"苏辛";在书法上,苏轼、黄庭坚、米芾、蔡襄并称

"宋四大家";在作画上,苏轼主张神似,以善绘苦竹怪木名世。

苏轼的父亲苏洵,不是别人,就是《三字经》里"二十七,始发愤"的"苏老泉"。孔子曾言,朝闻道,夕死可矣。何况二十七岁发愤的苏洵,勤奋刻苦得让人不敢相信。都说父母是孩子最好的老师,在苏洵勤学苦练的影响下,小时的苏轼也是一位勤苦的孩子,因而才会有还没有成年就已经学通经史,一天能写上千文字。

公元1056年,苏轼第一次赴京赶考。古代的科举很难考,有的人考了一辈子,都考不上,这是常有的事。但苏轼不是"有的人",他很有才,当场就写了一篇优秀的《刑赏忠厚之至论》。要说不巧,也很巧,主考官竟是大名鼎鼎的欧阳修,也是唐宋八大家之一。欧阳修看了《刑赏忠厚之至论》后,叹服至极,很想给这篇文章一个第一。但是,想来想去,欧阳修还是放弃了,只给《刑赏忠厚之至论》第二名。

明明是一篇该得第一的好文章,欧阳修怎么只给第二呢?难道他有私心,存心舞弊。不是的。古代科举考试严格至极,倘若发现舞弊行为,无论是官员还是考生,这一辈子就被列入"黑名单"了,想在朝廷混饭吃就只有等下辈子了。再说,欧阳修这种大人物,怎么会舞弊?

事情的真实情况是这样的,欧阳修有一个学生——后来也是唐宋八大家之一——名叫曾巩,非常有才,并且与苏轼同年参加科举考试。欧阳修认为,《刑赏忠厚之至论》是曾巩写的,为了避嫌,因而只给了第二名。

揭榜后,欧阳修才知道,《刑赏忠厚之至论》是苏轼作的。为表达歉意,欧阳修找到苏轼,将前因后果都说了。如果是小肚鸡肠的人,听说自己受了如此大的委屈,不将欧阳修杀了才怪。但是,苏轼大度得很,告诉欧阳修不必挂在心上。年纪轻轻,就如此豪放豁达,欧阳修更喜欢苏轼了。两人交好后,欧阳修不止一次说,早就应该将苏轼的姓名列于他人头地。成语"出人头地",大概就是这个意思。

智慧的痛

正如伟大诗人普希金所吟唱的,"假如生活欺骗了你,不要悲伤,不要心急!忧郁的日子里需要镇静,相信吧快乐的日子将会来临。"只要肯勤学苦练,有了真正的才华,能有什么机会是失去了就不再来的?

公元 1061 年,苏轼创下了一个"百年奇迹"。那就是,距上次考试不到十年,苏轼又进入了第三等。据当时统计,一百年来只出现苏轼这么一位非凡人物。遗憾的是,不久母亲病逝。按照惯例,作为儿子的苏轼需要回乡守孝。公元 1069 年,苏轼服满还朝,仍旧担任大理评事,领凤翔府判官。

然而,世界已经变了,雷厉风行的变法家王安石出任宰相,苏轼的恩师,即比较保守的欧阳修被迫离京。京城已经是改革派的天下,即保守派所称的"王党"的天下。那时的苏轼,还没认识到他只是孤零零一个人,装着一肚子"不合时宜",上书批判变法。结果很不好,龙颜大怒,苏轼才看清一切,只求外放,被贬通州。

面对人生的苦难,苏轼有一个观点,用西方哲学的话,就是"智者受难"。面对被贬的挫折,苏轼曾写道:人生识字忧患始。即是说,如果他不识字,不能读书,就不会懂那么多大道理。懂了道理后,为了"公平"、"正义"和"苍生",等等,就会做一些"不合时宜"的事。用孔子的话,就是"知其不可为而为之"。这样的人,自然吃苦。

其实,苏轼为了苍生,王安石也是为了苍生,只是行动缓急不同罢了。王安石雷厉风行,出任宰相后,当即大刀阔斧地改革,他的名言是"人言不足恤,祖宗不足法,天变不足畏"。这即是说,在改革之路上,谁若阻挡,王安石就"砍"谁。而苏轼平和冲淡,知道欲速则不达,他也同意改革,但认为要缓缓慢慢地展开,他的名言是"法相应则事易成,事有渐则民不惊"。苏轼之所以批判变法,全因为变法过激,妨民伤民。

随后的几年，都是改革派的天下，苏轼一会儿被调这儿，一会儿遭调那儿，进不了京城。四处为官，有一个好处，那就是生活阅历增加了，眼界也变广了，写起文章来，好得很。苏轼本就是一个满腹诗书的人，生活阅历再丰厚一点，诗文词曲书画的才气自然而然就有了。

公元1079年，苏轼遭遇了一生最大的变故，那就是垂于青史的"乌台诗案"。御史中丞李定和监察御史舒亶等人，生吞活剥苏轼的《杭州纪事诗》等，以"知其生不逢时，难以追陪新进"、"读书万卷不读律，致君尧舜知无术"等为例，诬告苏轼讥刺君王、嘲讽要臣、诋毁变法。

当时，正值变法的关键时期，而苏轼又是保守派中的名人，因而惩治苏轼多少就有点杀鸡儆猴的味道。不久，苏轼就被逮捕了，在御史台受审。自汉代以来，御史台又称乌台。而苏轼这一案与诗有关，因此又称"乌台诗案"。

魂飞汤火命如鸡

好多改革派中的阴险小人，例如告发者李定、舒亶之辈，早就恨不能置苏轼于死地了。幸好，宋神宗很爱惜苏轼的才华，舍不得杀。另外，宋太祖赵匡胤曾对天盟誓，除了谋反叛国，一律不杀大臣。当然了，王安石的"圣朝不宜诛名士"论，也起了一定的作用。

苏轼被关在狱中，伙食由儿子苏迈送。一天，苏迈要出城借钱，就将送饭的事交给朋友，但忘了说他们父子之间的约定。刚被逮捕，苏轼就知道存活的希望渺茫得很，被诛的可能性却极大。因此，他们父子就约定，平常不送鱼，如果有坏消息，才送鱼。

送饭的朋友不知道，送了一条鱼给苏轼。苏轼一见到鱼，当即心如死灰，求生的意志彻底崩溃。为此，苏轼还写了绝命诗，叫做《狱中寄子由》，共两首，第一首是：

圣主如天万物春，小臣愚暗自忘身。

百年未满先偿债，十口无归更累人。

是处青山可埋骨，他年夜雨独伤神。

与君世世为兄弟，更结人间未了因。

第二首是：

柏台霜气夜凄凄，风动琅珰月向低。

梦绕云山心似鹿，魂飞汤火命如鸡。

眼中犀角真吾子，身后牛衣愧老妻。

百岁神游定何处，桐乡知葬浙江西。

也难想不到，奸险小人欲置苏轼于死地，正钻头觅缝地找材料，见苏轼又写诗了，马上屁颠屁颠地呈给神宗，神宗看了之后，大为苏轼的才华所动，最终放了苏轼。

但是，死罪可免，活罪难逃，苏轼被贬黄州。另一方面，后人又很幸运，因为黄州期间的苏轼，写了《赤壁赋》《后赤壁赋》《念奴娇·赤壁怀古》等名篇。试想，如果没有被贬的苏轼，能有"大江东去，浪淘尽，千古风流人物"吗？能有"山高月小，水落石出"吗？就连"东坡居士"的别号，都是在黄州起的。

不久，神宗驾崩，王安石失去后台。公元1086年，年幼的哲宗即位，高太后听政，以砸缸名垂青史的司马光重新被起用，保守派掌权，立即反攻改革派，苏轼被调回京城。令保守派无法理解的是，苏轼竟然上书，要求继续施行某些王安石的变法。苏轼这么做，可能连王安石都想不到。

保守派恨不能全体歼灭改革派，恨不能早一日彻底铲除变法，苏轼竟然上书保留，自然不为保守派所留。如此一来，保守派容不下苏轼，改革派更容不下。紧接着，苏轼被贬杭州。在杭州，苏轼自比白居易，过得相当惬意，还修建了"苏堤"，也就是当今文化名人余秋雨曾在文章里提到过的"苏堤"。

随后的多年中，苏轼也有被调回京城的时候。但每次都因他装着一肚皮"不合时宜"，与掌权人物的政见不合，都被调回地方。公元1097年，被一贬再贬的苏轼遭调去海南。就当时的社会生活环境而言，远调海南，只是比满门抄斩稍微轻一点的惩罚。

关于此次被贬，苏轼曾写了一首七律《六月二十日夜渡海》，有两句是："九死南荒吾不恨，兹游奇绝冠平生。"这两句诗，读来多么悲壮，多么像屈原的"亦余心之所善兮，虽九死其尤未悔"。

公元 1101 年 8 月 24 日，苏轼于常州谢世，即现今江苏，享年 64 岁，皇帝赐谥号"文忠"。

柳公权

"柳字一字千金"

——年少戒骄始成名,老大不懈追晚霞

姓　　名	柳公权
籍　　贯	京兆华原(今陕西铜川耀州)
生卒时间	公元 778 年~865 年
人物评价	柳公权是唐朝最后一位书法家,官至太子师,故世称"柳少师",他的书法在唐朝极富盛名,被誉为"柳字一字值千金",又有"柳体"之称。

柳公权,字诚悬,唐代著名楷体书法家,与颜真卿齐名,合称"颜柳"。自幼,柳公权便苦学书法,先后师法王羲之、欧阳询、颜真卿等人,总结出"戒骄方成才"和"心正则笔正"两大道理,终生研习书法,自创一格,瘦媚劲健,人称"柳体",与颜真卿之体合称"颜筋柳骨"。因官至太子少师,世称"柳少师"。

先戒骄,后成才

中国人常说盛唐气象,因为唐朝创造了辉煌瑰丽的成就。仅以书法而论,初唐有欧阳询、虞世南、褚遂良、薛稷四大家,盛唐有张旭、颜真卿、怀素等人,中晚唐有柳公权、沈传师,等等,可谓名家辈出。而柳公权,可以说是名家中的名家。

公元 778 年,柳公权生于京兆华原,即今陕西省铜川耀州。柳公权的爷爷柳正礼,曾任参军,他父亲柳子温是刺史,他哥哥柳公绰是唐代名臣,可谓仕宦之家。柳公权更奇了,自从公元 808 年考中进士,一直担任官职,历仕七朝,算得上国宝级别人物了。

小时,柳公权的字极差,每一个字都是歪歪斜斜的,竖成一行看,七跷八低,左突右进,极像一条惨死的花老蛇,糟糕之极。仕宦人家子弟,写出这样的字来,不仅他父亲柳子温责罚,连教书先生都摇头叹息,暗思:孺子是否可教。

幸好,柳公权不仅自尊心强,性子也很要强。别人越是瞧不起他,越是认为他做不到的事,他越要认真努力,争取做到,让人佩服,知道他是可造之才。从此,小柳公权就狠下苦功,悄悄练习。都说天道酬勤,一年后,小柳公权的字大有进步,比起同龄小伙伴们的略高一个水平。

小小孩子,就懂得悬崖勒马,勤学补短,不仅父母高兴,老师也高兴,就都常常夸赞柳公权。赞美的声音四面八方涌来,就如飘飘扬扬撒落的羽毛,温暖舒适,小柳公权躺在上面,跷起二郎腿,优哉游哉,好不快乐。发展到后来,他甚至随随便便就翘起尾巴,自高自大,骄傲得很,有一种"老子天下第一"的狂妄。

一天,小柳公权约集几个小伙伴,到村口大柳树下玩耍。柳树下是一张石桌,他们约定,每人写一篇大楷,互相观摩学习。柳公权随便操起笔杆,三两下就写好了,不仅速度快,字也很好。看着小伙伴们慢慢腾腾,有的手腕颤抖不止,有的满头大汗,小柳公权就更加自视高人一等了。

这时,正好有一个卖豆腐脑的老人经过。烈日当空,老人满头大汗,他蹒跚地走到柳树下,卸下担子纳凉。小柳公权耍弄着写好的字,递给老人,炫耀地问,他写的字是不是很漂亮。老人翻起眼皮,只见纸上工工整整地写着:"会写飞凤家,敢在人前夸。"小小年纪,能写出这一手字,确实不错。但是,老人皱着眉头，沉吟一会儿，然后才说，柳公权写的字不好，一点骨气都没有，就像他卖的豆腐脑，软不拉耷的，不仅没筋没骨，甚至连形体都没有，根本不成字。

多年以来，小柳公权还是第一次听到批评，心里很不服气，就让老人写几个字给他看。老人笑了，说他是个粗人，不会写字，但京兆城里有一个人，还是用脚写字，都比柳公权写得好。老人还说，如果小柳公权不相信，可以亲自去城里看看。

"心正则笔正"

第二天，小柳公权起得很早，带上干粮，悄悄往城里跑去。刚进城门，迎面就是一棵参天古槐，枝丫上挂着一大张白布幌子，写着凛凛有神的"字画汤"三个大字。那三个字，雄厚朴茂，遒劲苍茫，若说像一头即将扑下来吃人的老虎，仔细一看，又像一条闲适地横卧的老龙。小柳公权见了，惊讶至极，暗想哪有这种显筋露骨却又不失丰腴沉厚的字。

往树下一看，只见一群人，层层叠叠地围在一起，都踮起了脚尖，纷纷伸长脖子，往人中央看去。小柳公权急忙跑近，从人缝里挤进去，还没挤到最前面，从人缝里一看，他就被吓呆了，还真有一个没了双臂的人，坐在地上，用脚写字。

这一来，小柳公权又惊又奇，使劲挤到最前面，怔怔地看着写字的人。那人是个老头，除了一头白发，全身黑得出奇，和黑炭相差无几。老头席地而坐，裤管齐膝挽起，左脚平平压住纸张，右脚拇指和食指夹住一支大笔，正一笔一画地写字。

老人沉沉稳稳地写着，众人静静看着，虽然都觉得写得好，但没有一个人大声说话，各人都只是在自己的喉咙里啧啧称奇。虽然有些微窃窃耳语的声响，但总体上非常安静。那种安静，是人对人的敬服，也是人对人的尊重。

大家正看得出神，老人也正写得出神。突然，只听"扑通"一声响，众人都是一惊,还认为树上的鸟窝掉了下来。循声朝响处看去,只见一个小娃娃跪在老人身前,哭也似地说道:"老爷爷,我愿拜您为师,我叫柳公权,求您收下我,将写字的秘诀传给我。"小柳公权非常激动,说得很快,站在远处的人都没听清他说什么。

老人扶起小柳公权,不无悲苦地说:"我一生下来就孤苦无依,没有双手,不能干活,为了讨口饭吃,只好用脚,练了几年,会写几个破字,怎么配为人师表。"小柳公权不信,苦苦哀求。老人无奈,铺平纸张,夹起笔,蘸了墨,端端正正地,又开始写字。小柳公权生怕错漏了什么,眼睛眨都不敢眨,静静地看着。一字一字看下去,老人写的是:写尽八缸水,砚染涝池黑;博取百家长,始得龙凤飞。

从此,小柳公权就按照这几句口诀,不骄不躁,勤加练习,手掌磨起了老茧不管,衣肘磨破了也不管。上古以降的书法名家,从汉魏到三国两晋,从王羲之到欧阳询、颜真卿等人,柳公权都写。不仅如此,柳公权还看人剖牛,研究骨架构造;还远观飞禽,体味飘逸之感;还静看走兽,寻找布局之法。

穆宗时期,柳公权的书法已经驰名全国了。一次,柳公权进京奏事,穆宗听说后,即刻召见柳公权,说:"朕于佛寺见卿笔迹,思之久矣。"这即是说,自从见到柳公权的书法,仰慕之余,穆宗早就很想见见真人了。至今流传的柳氏作品中,《金刚经碑》相当有名。

随后,柳公权就成了皇帝身边的御用文人,享受国家优厚待遇。一次,穆宗问柳公权,为什么他的书法如此之好。柳公权想到穆宗平日的行为有些偏邪,欲趁机进谏,朗声道:"用笔在心,心正则笔正。"穆宗听后,知道柳公权是旁敲侧击,决定改除偏邪,行走正道。自任职以来,柳公权都以这类方式进谏,因而有了"笔谏"之称。

懿宗时,柳公权被任命为太子的老师,人称"少师"。直到 82 岁高龄,柳公权还在为国家服务。当然,他也一直都在研习书法,力求创新。遗憾的是,因为年老力衰,听力与口舌都不太灵活,大脑思维更是迟钝,柳公权又侍奉过七位皇帝,称呼尊号时难免有弄错之时,因而屡遭御史弹劾。不久,柳公权也就告老还乡了。

夕照淡晚霞

中国人持有一种通常被认为是天经地义的观点,那就是一个人的人品在很大程度上决定了他的学品。即是说,如果一个人心术不正,根本不可能有巨大的成就。退一步说,这样的人就算略有小成,也属于褊狭、骄邪之类。虽然这种观点常常招致不少非议,但用在柳公权身上,绝对正确。

史书记载,柳公权生性耿直,只要是他认为不公平的,就要说出来。如果不说出来,就有块垒压胸、骨鲠塞喉的痛感。即使面对皇帝,柳公权也常常都是直言进谏。一次,唐文宗与大臣闲聊,说到汉文帝如何节俭。汉文帝的节俭,在历史上是出了名的。可以这么说,如果没有汉文帝的辛苦操劳和节衣缩食,就不会有大汉之初的"文景之治"。

唐文宗当即扬起袖子,扯着给朝臣看,自夸自豪地说,他的衣服已经洗过三次了,还穿在身上。李氏家族开创的大唐盛世,物产丰富得很,根本不同于汉朝建立之初,别说是皇帝,就是一般朝臣,在穿着上都没有唐文宗如此俭朴的。

朝臣们听皇帝如此说,心里一半是奉承,一半是惭愧,接二连三地,纷纷赞扬皇帝俭朴,有的甚至说比汉文帝还俭朴。唐文宗听了,自然飘飘然,说不出那个舒爽痛快。柳公权一句赞扬的话都没有。柳公权不仅不说话,还神情严肃地看着唐文宗和围绕在唐文宗身边的大臣。

谏官柳公权如此严肃,皇帝就问他有什么意见需要发表。一问,柳公权不答;再问,柳公权还是不答。足足到了第三问,柳公权才义正词严地说,皇帝作为天子,最重要的事是选贤任能,奖善惩恶,也只有这些才是一位天子值得夸耀的美德。至于是否穿洗过的衣服,完全是鸡毛蒜皮的细枝末节,不必理会。

如此看来，柳公权确实是一位铁骨铮铮的谏臣，而他的书法也如他的为人一样，铁骨铮铮，仿佛伸指一碰就会发出铿锵之音，真是"字如其人"。柳公权的字，以骨力遒健著称，与颜真卿字体的雍容雄浑互衬，因而才有"颜精柳骨"这个成语。

晚年的柳公权，书法更加炉火纯青，他将儒释道的精华融入其中，使得每一字看起来都遒媚劲健。他晚年的字，既骨力灌注，但也流媚快健。在字形、笔画的方圆之间，实现了音韵般的衔接与变化。当然了，这与柳公权"性晓音律"不无关系。音乐能激发灵感，这是真实可信的。

柳公权还健在时，唐朝民间早就相传，"柳字一字值千金"。到了后世，柳公权的字就更贵重了。但是，正如所有终生都奉献于艺术的大艺术家，柳公权一点都不爱钱。他的家奴海鸥和龙安，常常偷盗钱财，变卖器物，柳公权从不过问，淡然处之。

直到谢世，柳公权都不懈地练字，真是矢志不移。

怀素

唐代"狂草"大家

——狂癫高人事，勤苦醉僧才

姓　　名	怀素
籍　　贯	永州零陵（湖南零陵）
生卒时间	公元 725~公元 785
人物评价	唐代书法家、"狂草"大家。

怀素，字藏真，俗姓钱，唐代草书大家。自幼酷爱书法，苦学成才，于零陵出家，又称"零陵僧"。怀素的书法以"狂"为特色，圆转之间劲力非凡，起笔落笔飘逸奔放，如行云流水，自成一格，人称"狂草"，与另一草书大家张旭齐名，合称"张癫素狂"或"癫张醉素"。

绿田庵

唐代大诗人李白曾作了一首七古，名《草书歌行》，专为夸赞他好朋友怀素的书法，起始几句便是："少年上人号怀素，草书天下称独步。墨池飞出北溟鱼，笔锋杀尽中山兔。"能够成为诗仙李白的朋友，已经很难了；再得他称赞"草书天下称独步"，那就更难了。由此可见，怀素的书法造诣非同小可。

自幼，怀素就有两爱，第一爱是书法，第二爱是佛法。这两爱，在怀素心里，不相上下，可以说各占了他一半的心。在《自叙帖》中，怀素坦言道："怀素家长沙，幼而事佛，经禅文暇，颇喜笔翰。"

据记载，怀素 10 岁出家为僧。因于零陵出家，世人又称他"零陵僧"。尽管没有钱财购买纸张，但怀素的苦练精神相当惊人，可谓"天下第一"。

起初，怀素将所有手边能够用的木板和圆盘等涂抹上白漆，一有闲暇，就日夜不停地练字。不久，怀素发觉，漆板非常光滑，不易着墨。有的时候，笔墨写上去，还像泪人儿似的流"眼泪"，不仅难看，还难辨析笔法的长短，评赏是否进步。

在光滑滑的漆板上练了一段时间后，怀素就去开荒了。寺院附近有很多荒地，每天怀素都荷起锄头，太阳还没升起，他就已经开始挖地了，一直挖到太阳没入地平线。日落了，怀素还不回禅房，仍旧继续挖，一直挖到地上都落满了月光。

怀素具体挖了多广的荒地，不太清楚。唯一清楚的是，他挖的荒地，至少种了一万株芭蕉树。芭蕉的叶片呈长圆形，非常宽大，所占的空间相当宽。种一万余株芭蕉的荒地，该有多宽，想想就可以知道了。

待芭蕉叶成熟，怀素就摘下。种芭蕉的人，却摘芭蕉叶，怀素是不是疯癫了？他没疯癫，他种芭蕉，本就不为芭蕉，而是为了芭蕉叶。生活实践告诉怀素，所有树叶中，芭蕉叶宽大无比，非常适合当纸张练字。

怀素曾有一个精妙的比喻，那就是将芭蕉林称为"绿天庵"，可见绿色油油的芭蕉林是他的最爱。

一万余株芭蕉树的叶子，要练多少字，要练多长的时间，才能练完？答案是很快。没等到下一次芭蕉叶成熟，怀素已经将所有的芭蕉叶练满字了。速度如此之快，体现的是什么？体现的是怀素对练字的酷爱。这种爱，已经达到"痴"的境界了。

常常听说，有不少人，因为喜爱某物或某人，最后"痴"了。为了心之所爱,命都可以不要。怀素对练字的喜爱,绝不下于此。

这就不难理解,为什么大诗人李白对怀素的评价高于书圣王羲之了,他在诗中写道:"王逸少,张伯英,古来几许浪得名。张颠老死不足数,我师此义不师古。古来万事贵天生。"

怀素为了练好书法,的确已经达到"癫"的境界了,比"痴"更高一层的境界。

笔冢

成熟的芭蕉叶练完了,而新的芭蕉叶刚刚发芽,还嫩得很,舍不得摘下,该拿什么练字呢?答案还是芭蕉叶。从此,怀素每天都端着砚台,拿着笔,直接在活芭蕉叶上写字。然而,他练字太勤了,没过多久,能够写字的芭蕉叶已经全部是字了。就算有时天公作美,他刚刚将全林的芭蕉叶都写满字,立刻就下了一场跳珠般的大雨,将每一片芭蕉叶都清洗干净,这也只是偶然的奇迹,不可能常常发生。

后来,没有芭蕉叶可写的怀素,就静静地站在芭蕉树旁,守着每一片叶子发芽,长大,泛绿,成熟。那样的日子,是多么令人难熬,但又多么使人愉快。说令人难熬,因为夏天天气炽热如火,站在闷热的蕉林里练字,有苦受的。另外,山里的蚊子一个比一个大,毒液强得骇人,被叮一下,不知要疼、麻、痒多长时间。

皇天后土,果然不负苦学人。经过在"绿天庵"里几十年如一日地苦学苦练,怀素终于成为一代书法大家,与"草圣"张旭齐名,在中国书法史上留下了光芒四射的成就。宋代大书法家米芾认为,怀素之字"如壮士拔剑,神采动人,而回旋进退,莫不中节"。这即是说,怀素书法虽然龙飞凤舞,但飞得合理,舞得也合理,全都在法度之中。大文豪兼书法家苏轼则认为,怀素书法"出新意于法度之中,寄妙理于豪放之外"。

关于怀素力灌笔端、挥写如风的神采,诗仙李白形容得非常精彩:"吾师醉后倚绳床,须臾扫尽数千张。飘风骤雨惊飒飒,落花飞雪何茫茫。起来向壁不停手,一行数字大如斗。悦悦如闻神鬼惊,时时只见龙蛇走。左盘右蹙如惊电,状同楚汉相攻战。"怀素能有如此神技,全是在芭蕉林里苦练的结果。

当然了,以漆板、芭蕉叶等代替纸张的一个坏处是,很伤笔。一支崭新的笔,在勤学苦练的怀素手里,要不了几天就秃了。古往今来的大师,听说过有将池水染成黑色的,说到练秃一支又一支笔的,那就很少了,可能只有怀素一人。

在今天永州市零陵区怀素公园里,有一个笔冢塔。据说怀素所练坏的笔,都埋藏于塔下。凡是到了怀素公园的人,都应该去看看笔冢,瞻仰一下大师的风范,汲取一点勤学苦练的精神。当今社会,什么都不缺,最缺怀素大师这种勤学苦练精神。

历代对怀素书法的总体评价是:"运笔迅速,如骤雨旋风,飞动圆转,随手万变,而法度具备。"这一句话,也是欣赏和评价怀素"狂草"的要领。

众所周知,怀素生于"草圣"张旭之后,他对"草圣"的书法,有继承,更有创新。如果没有创新,怎么会有"以狂继癫"?怎么会有"张癫素狂"?

癫狂的境界

关于怀素的"癫",唐代贯休的杂言《观怀素草书歌》形容得很好:

张颠颠后颠非颠,直至怀素之颠始是颠。

师不谭经不说禅,筋力唯于草书朽。

颠狂却恐是神仙,有神助兮人莫及。

铁石画兮墨须入,金尊竹叶数斗馀。

半斜半倾山衲湿,醉来把笔狞如虎。

粉壁素屏不问主,乱挐乱抹无规矩。

这样的"颠人",也可能只有怀素一个。

史料记载，怀素虽然信佛，也出家为僧，但是不避酒肉。他不但不避酒肉，还大碗喝酒，大口吃肉。并且，与"书圣"王羲之、"诗仙"李白一样，怀素写字最好的时候，一定是酒酣大醉的时候。在兰亭雅集上，王羲之醉醺醺的，因而创造了"天下第一行书"。怀素也是如此，只有醉后，他才能将身体里的潜力激发出来。

据传，一次怀素醉后，操起笔管，一任胸中浩然之气激荡，以中锋笔挥写大草，如"骤雨旋风，声势满堂"。猝然间，只听他"忽然绝叫三五声"，抬头一看，已经是"满壁纵横千万字"。

怀素的朋友不多，但几乎全是名流。诗人之中，除"诗仙"李白外，还有"诗圣"杜甫等；书法家中，杰出的代表是以丰腴雄浑名世的颜真卿。仔细分析，就会发现，怀素的朋友，大多具有浪漫主义风格。仅以李白为例，他近乎是几千年中国诗界中最为浪漫的人物。"燕山雪花大如席，片片吹落轩辕台"，难道不浪漫？

都说观友知其人，有了这么一群浪漫的朋友，怀素自然受到影响。人品对学品的影响，不会一点即现，而要有一个慢慢浸染的过程。仔细观赏怀素的书法作品，例如《食鱼帖》，就会发现，在一个个骨感有劲、瘦削含神的草字之间，流淌着风一般的神韵，飘荡着月光似的清凉，那就是怀素浪漫飘逸的体现。

这种既沉着，但又不失荡漾的风格，是怀素书法的一大特色。沉着，体现了怀素练字的毅力和艰辛，那是贫而苦学者的特色；荡漾，则体现了怀素天性中的浪漫与真挚。这种浪漫的天性，正如大诗人李白所言，是最贵的，因为"古来万事贵天生"。

吴道子

唐代第一大画家

——神笔显活物，画圣绘千秋

姓　　名	吴道子
籍　　贯	阳翟（今河南禹州）
生卒时间	公元 680~公元 759 年
人物评价	唐代第一大画家、画圣。

　　吴道子，又称吴生、道玄，唐代第一大画家，有"画圣"之称。他年少孤贫，靠给人作画度日。后遇一老和尚，经"波涛成海"的指点，绘画功夫妙入神境。唐玄宗很欣赏吴道子的画作，召入皇宫，赐名道玄。但吴道子生性散漫，离开宫廷，四处流浪，因而关于他的传说很多。

波涛如何成海

　　在中国画界，吴道子是一个充满传奇色彩的人物，画界尊称他为"画圣"，画工尊称他为"祖师"，道教中人尊称他为"吴道真君"、"吴真人"。从中国美术史分析，无可否认的是，吴道子是中国山水画鼻祖。宋代大才子苏轼直接将吴道子与诗圣杜甫等人并论，写道："诗至于杜子美，文至于韩退之，书至于颜鲁公,画至于吴道子,而古今之变,天下能事毕矣!"

说也奇怪,吴道子这种人才,生活也相当传奇。据传,吴道子很小就失去了双亲,生活相当贫苦。为了活下去,他就跟着民间画工、雕匠学习,由于刻苦,倒也学到一点粗浅皮毛。一天,吴道子在河北定州城外,见到一座雄伟的寺院"柏林寺"。走进去一瞧,有个垂垂老矣的和尚正在墙壁上作画。

老和尚问吴道子,是否喜欢画画。吴道子点了点头,老和尚就让他拜师。第二天,老和尚带吴道子去后殿,指着雪白的墙壁说,要在上面作一幅《江海奔腾图》。老和尚还说,为了画好波浪,他们师徒需要出外三年,遍访天下河海湖泊,观看波浪,练习作画。

师徒二人出来后,天天画波浪。起初,吴道子很感兴趣。一段时间后,他就厌倦了,一提笔就懒懒洋洋的。老和尚见了,拍着吴道子的肩,语重心长地说:"孩子,要想画出江海奔腾的气势,非下苦功不可,一滴水珠、一朵浪花都不能马虎。"说着,老和尚打开身旁的画箱,海风恰好迎面卷来,只见漫天都是水珠、浪花,翻翻滚滚而去。

直到那一刻,吴道子才知道,为了画好《江海奔腾图》,老和尚已经练了若干年,并且都只画水珠和浪花。吴道子大为所动,知道欲速则不达,立志先从画水珠开始。从此,不管寒暑阴晴,吴道子天天跑到河边,眼望浪涛,手上作画,再也没有丝毫厌倦腻烦之感。

时间飞逝,一眨眼,三年过去了,吴道子的画技也有了惊人的进步。可是,刚刚回到寺院,老和尚就病倒了,卧床不起。看着奄奄一息的师父,吴道子眼含热泪,说:"师父,我愿意替您完成《江海奔腾图》。"

说也怪,听到徒弟如此志气勃勃的话,老和尚的病就好了一半,真是人逢喜事精神爽。从此,除了看望师父,吴道子整天都将自己关在后殿,对什么都不闻不问,一心作画。整整9个月的时间,吴道子都是在寂静的后殿度过的,吃住都是。

秋天来了,树叶一片接一片飘落。这天,吴道子轻轻推开师父的禅门,跪在床前，缓缓地说："师父，《江海奔腾图》已经做好了，请您去看。"这一下就更奇了，老和尚突然坐起，病竟然好了。

沐浴更衣，吃了饭后，老和尚领着全寺和尚，一同去后殿观赏。刚刚推开殿门，只见连天波涛，翻翻滚滚，好似沸腾了，汹涌澎湃之声大作，扑面而来，和尚们吓慌了手脚，呼喊着："不好啦！不好啦！天河开口了，快逃命！"

和尚们中气充沛，喊声极大，但在老和尚听来，就像苍蝇蚊子振翅而飞的声音一样，微弱得可怜，因为他耳中还听到了海啸山崩般的浪涛声。老和尚抚摸着吴道子的头，和蔼可亲地说："孩子，这幅《江海奔腾图》，成功了！"

绝才遇绝才

离开柏林寺后，吴道子又拜入一位画家门下。那位画家画了一辈子的画，但因为没有创新，所以名不见经传。不久，吴道子得了画家的真传。画家见吴道子悟性奇高，是可造之才，就以毕生的教训告诉吴道子，说："师傅作画一生，但也苟活一生，之所以没有成就，皆因为迂腐得紧，墨守成规。你若想开宗立派，有所作为，必须记住'不拘成法，另辟蹊径'八个字。"

吴道子谨记，将这八个字视为一生至宝。不久，吴道子拜以"癫狂"著称的书法家张旭为师。在张旭的引导下，吴道子一面从书法艺术中汲取灵感，熔书法、绘画于一炉，创造了"兰叶描"法，大改旧窠；另一方面，吴道子又学习张旭的癫狂精神，不拘泥于俗见，勇于追求心灵所向，蹈履心之所思。吴道子纵酒使气，醉后作画如风，一旋而成，在历史上可是首屈一指。

学成临别，吴道子坦言告诉恩师张旭，说他一心致力于丹青，但画坛腐枝烂桠极多，需要炼就一柄利斧，才能开一代之风。他之所以拜张旭为师，既为汲取灵感，也为培养精气神。张旭听后，不但不责怪，还送吴道子一句话：绝顶聪颖绝顶狂，天生道子世无双。

不久，吴道子遇上了剑术精妙纯熟的公孙大娘。在公孙大娘快比流星、凛若疾风的剑法中,吴道子悟出了用笔之道,那就是"快、准、狠"。从此,吴道子作画势如疾风,风起笔飞,风落画成,这是快。据说,吴道子画佛头顶上的圆光,不用尺规,挥笔即成,分毫不差,这是准。至于"狠",那就是说吴道子作的寺院壁画,有令人行善避恶的威慑力。无论多么恶的人,只要看了吴道子的壁画,当即放下屠刀。这类壁画中,《地狱变相》最为有名。

浪迹不久,开元初年,吴道子被招入宫。他作画太神了,人人欲观,皇帝直接下令:非有诏不得画。一次,在东都洛阳,吴道子遇见了大将军裴旻和张旭。吴、裴、张三人各有擅长,人称三绝。皇帝非常高兴,就让他们三人各显身手。

裴旻手提宝剑,缓步走到中央。突然,只见一道光芒闪过,直刺上天。接着,就见那道光芒或直刺,或斜削,或反撩,变化万端,人眼竟然看不到具体的动作,当真快比流星。裴旻刚刚舞罢剑,张旭似有顿悟,长身而起,直入场中,蘸墨挥毫,也是势如急风暴雨,噼噼啪啪,待他回身落座,众人才看到壁上已经书写好了一墙龙飞凤舞的草书,放逸之极,堪比行云流水。场外观者见了,个个都以齿咬指,啧啧称奇。

吴道子倒了一大碗酒,仰长脖子,一口喝干。众人耳中还听着烈酒"咕咕"下肚的声响,只见吴道子已经兔起鹘落般,旋到场中,运笔成风,或点或描,"俄顷而就,有若神助"。画作如此之好,速度还如此之快,不仅洛阳人第一次见到,大将军裴旻也是第一次见到,不禁惊呼:"神人!神人!"从此,洛阳百姓以"一日之中,获睹三绝"为谈资。

《地狱变相》

老母亲去世后,裴旻请吴道子作几幅神鬼图像,算是安慰、扶助冥魂。吴道子说,他好久都没有作画了,丝毫没有灵感。如果裴旻愿再舞剑一场,他的灵感就来了。裴旻正有此意,非常高兴,换一身疾装劲服,左手握剑,步走如飞,只见白光一闪,舞了起来,竟比上次还好。吴道子高声喝彩,喝了一大碗酒,右手提笔,也旋风般作起画来。裴、吴两人,还真是心灵相通,吴道子画最后一笔时,裴旻正好自天而落;吴道子收笔,裴旻的剑也已入鞘。据说,吴道子一生作画,"得意无出于此"。

公元725年,吴道子随唐玄宗东封泰山。过一座桥时,玄宗感觉很好,让吴道子等画工作画。陈闳负责画人物,韦无忝负责画兽类,吴道子负责画自然之景。吴道子所画的景色,不同于以往紧密细致的画法,而是疏疏几笔,就将一景一物的精气神完全体现了,人称山水"疏体"。《金桥图》刚一绘成,声名鹊起,人称"三绝之作"。

后来,唐玄宗让吴道子等人去画嘉陵江一带景色。其他画工每到一处,必勤勤苦苦地写生,唯独吴道子只看不画。一个多月后,画工们回到长安,玄宗就问吴道子,成果如何。吴道子操起画笔,当场作画,不一会儿,嘉陵江景色完美无瑕地呈现在玄宗身前,即《嘉陵江山水三百里图》。

看着清波荡漾、山色如洗的嘉陵江之景,玄宗如临其境,赞赏不绝。其他画工,回到长安后,又画了几个月,才将嘉陵江山水图呈给玄宗,并且有景没情,味同嚼蜡,枯燥乏味得紧。更为重要的是,吴道子的山水图,结束了景色作为人物陪衬的地位,让景色走到前台,出演主角,开创了山水画。

传说,一次吴道子口渴,见一座寺院,就前去讨杯水喝。僧人见吴道子似疯似癫,有心怠慢,故意拖延。讨一杯水喝,苦等了老半天,吴道子很无聊,随手就在墙壁上画了一头驴。谁知道,晚上时,画中的驴竟然活了,跃下墙壁,满屋子乱踏,撞桌踢凳,弄得禅房一片狼藉。这也许是一个传说,但是,在皇宫的大同殿里,吴道子曾画了五条飞龙,人称五龙壁。史料记载,五龙"麟甲飞动,每欲大雨,即生烟雾",与活龙一般。

《东观余论》记载,景云寺的《地狱变相》壁画出自吴道子之手。这幅画很奇,不像一般鬼神图画,画中之物并没有刀山、油锅、沸水、牛头、马面等骇人的形象,但整个画面阴森恐怖,凡是看画的人,无不汗毛直竖,不寒而栗。附近的人听说后,纷纷入寺观看。更奇的是,人们高高兴兴地来,神情严肃地离去,好似遭了审判。那一段时期,街面上卖肉为生的屠户,不再宰猪杀牛,甚至连鱼都没人敢卖了,因为看了吴道子的《地狱变相》后,人人"惧罪修善"。

此外,还有故事说,一天傍晚,吴道子路过一所茅草房,听见纺织声音,却见不到一丝光焰,感觉非常奇怪。第二天,他就登门拜访。原来屋中只有一位白发老婆婆。她丈夫死得早,儿子也死得早,无人照管,靠纺棉度日,买不起灯油,已经有三年没见过灯焰了。吴道子听后,画了一张明月星空图送给老婆婆。从此,一到夜晚,老婆婆的茅屋里就有了月光和星光,明亮得很。

关于吴道子的这一类故事,已经近乎神笔马良的故事了。与神笔马良不同的是,确实有吴道子这么一位人。在《历代名画记》中,吴道子的名言是:"众皆密于盼际,我则离披其点画;众皆谨于象似,我则脱落其凡俗。"可以说是吴道子一生画作的注解。

王羲之

天下第一行书

——仰观宇宙之大，俯察品类之盛

姓　　名	王羲之
籍　　贯	会稽（今绍兴）
生卒时间	不详
人物评价	有"书圣之称"，也称"王右军"、"王会稽"，被誉为"天下第一行书"。

王羲之，东晋著名书法家，字逸少，号澹斋，生卒年月不详。作为望族后裔，王羲之先后出任多项要职，后为会稽内史，领右将军，又称王右军、王会稽。王羲之酷爱书法，曾随卫夫人等学习，转益多师，博采众长，众体兼备，自开法门，后世推尊为"书圣"，与其子王献之合称"二王"。

将池水写成墨水

在中国，提起《兰亭集序》，可能没有几个人不知道；若是说到《兰亭集序》的真迹，可能只有傻瓜才不想要。还有，说到刘禹锡的名诗《乌衣巷》，也是没人不知道；那一句"旧时王谢堂前燕，飞入寻常百姓家"，可谓家喻户晓。此外，什么"墨池"、"东床快婿"、"入木三分"等典故，知道的人更是不少。上举所有这些，都与一个人有关，那就是享誉千古、大名鼎鼎的书圣王羲之。

王羲之是琅琊望族王氏后裔，他的曾祖王览与《二十四孝图》中的王祥是亲兄弟，他伯父王导官至太尉，他父亲王旷官至淮南太守。更为重要的是，王氏家族辅助晋室南渡，在建康（今南京）建立东晋，那时王羲之14岁。从此，琅琊王家与陈郡谢家合称，因而才有"旧时王谢堂前燕"。

公元303年，王羲之诞生。他的启蒙老师，就是亲叔叔王廙。王廙文武全才，非常厉害，人称"过江书画第一"。也就是说，晋室南渡之后，若要找寻书画最好的人，不必四乱奔寻，去找王羲之的叔叔王廙就行了。

都说名师出高徒，将门有虎子，王羲之这两项优势都占了。他父亲王旷，不仅书法写得好，还有一册秘籍，叫做《笔论》。王旷总将《笔论》藏在枕头下，不轻易让王羲之翻看，因为觉得王羲之才12岁，根基不深，资格不够。那种情况，就像世外高人教导徒弟，如果弟子功力不够，让他直接接受上层武学，可能会走火入魔。由此可见，《笔论》真是书法奇书。

孩子的好奇心都很浓，越是不让看，偏偏越要看。王羲之天性聪慧，偷看几次后，非但没"走火入魔"，功力还大增，写的字越来越好。他母亲发现后，就劝丈夫允许孩子看《笔论》。王旷见王羲之书法根基有了，也就允许他看《笔论》了。

平日，除了练习书法，王羲之也跟着母亲，时常去拜访王导。王导是朝中要人，他喜欢王羲之，自然也就有很多人跟着喜欢。但是，平心而论，王羲之受到别人的喜欢，更大的原因还是因为他书法好。小小孩子就有一技之长，潜力可大得很，一旦爆发出来，可是石破人惊，惊天动地，叫人怎能不打心里喜欢。

公元316年，王羲之到尚书左仆射周颛家做客。周颛相当喜欢王羲之，让王羲之同坐。不仅如此，满座还没动筷，周颛就先割一片牛心给王羲之。当时的牛心，是一道大菜，可以说是"国菜"，听说吃了可以补心，人人喜爱。周颛如此抬举，从此，王羲之名气飙升，享誉朝野。

王羲之一生，有三大吃，这只是一吃。

天性最放达

公元 322 年，征西将军庚亮见到王羲之的《答家兄书》后，叹服至极，说"焕若神明，顿还旧观"，并邀请王羲之出任参军。不久，朝廷拜王羲之为宁远将军，升迁江州刺史。不幸的是，王羲之赴任途中，遭嫉恨满腹的原江州刺史追杀。愤慨之余，王羲之登游庐山后，返回家乡。

四年后，听从母亲的安排，王羲之前往建康探亲，住在乌衣巷王导家中，那时王导官拜司徒。车骑将军郗鉴生有一个漂亮的女儿，欲与王家联姻，王导也不反对。经过一番布置，王羲之等王氏子弟就聚集在一起，等待郗鉴的门生前来选婿。

既是名门望族之后，王家诸子弟自然有不少品貌出众的人，可谓满门俊彦。遗憾的是，听说选婿后，诸子弟正襟危坐，拘束得紧。门生见了后，回去就向郗鉴报告，说："王氏诸少并佳，然闻信至，咸自矜持。唯一人在东床袒腹食，独若不闻。"郗鉴听后，不再多问"王家三少"的情况，直接说："正此佳婿邪！"

当时，年仅 16 岁的王羲之、王承、王悦合称"王家三少"，数王羲之最放达。听说选婿，王羲之还是敞开肚皮；不仅敞开肚皮，还吃东西。在常人看来，这样的人怎么会是好女婿，怎么肯将女儿一生的幸福托付于他。但是，郗鉴必定是有远见的人，他选的这个女婿不仅光耀门楣那么简单，还使王家成了书法世家。王羲之的孩子王献之，也是一位相当有名望的书法大家，人称"小圣"。东床袒腹而食，这是王羲之的第二吃。

在今天的江西抚州临川区文昌学校里，有一口非常著名的小池，那就是墨池。世传，王羲之非常仰慕大草书家张芝练字之风，以他为楷模，"临池学书，池水尽墨"。也就是说，王羲之为了学好书法，天天练习，天天在小池里洗笔，最终池水都给洗成墨水了。这种"不得临川问，悬心不可言"的刻苦精神和不懈毅力，一直激励着中华学子。

更令人钦佩不已的是，在学习张芝的草书之前，王羲之已经得了卫夫人的真传，已经可以称得上书法名家了，但他仍旧继续学习，真是学无止境。学了草书后，王羲之又学习钟繇的正书。通过不断地转益多师，王羲之隶、草、正、行各种书法皆精，并且跳出法度之外，改变汉魏以来波挑用笔之风，独创圆转流利的技法，自成一家。

《唐人书评》：卫夫人书如插花舞女，低昂美容；又如美女登台，仙娥弄影；红莲映水，碧沼浮霞。然而，苦苦学得了精华后，王羲之却说"学卫夫人书，徒费年月耳"。在这里，人们看到的不是王羲之的狂妄自大，而是看到了他勇于突破，敢于创造。没有创造，也就没有米芾尊称的"天下第一行书"。

"天下第一行书"

关于王羲之的书法，人们常引用《洛神赋》的词句评论，说："翩若惊鸿，婉若游龙，荣曜秋菊，华茂春松。仿佛兮若轻云之蔽月，飘摇兮若流风之回雪。"此外，还有更精练的，全是四字评：龙跳天门，虎卧凰阁；天质自然，丰神盖代；入木三分，之之不同。

据说，一次王羲之给人写对联，中途有事离开。那时他儿子王献之近乎得了父亲的真传，就替父亲写完。外人一看，觉得王献之与他父亲的字一般好。然而，待工人砍削木板时，发现王羲之的字入木三分，王献之的只是停留在表面。练字练到入木三分，才叫功夫深。

史书记载，王羲之"幼讷于言，人未奇之"，但长大后，辩才无碍，"以骨鲠称"。他做了一段时间的官，却发现自己根本适应不了官场，于是在公元355年，王羲之辞官不做，告老还乡。回到家乡后，王羲之修建书楼，遍种花木，教导子弟，赋诗作文，写字绘画，相当快乐。此外，因为喜欢白鹅，王羲之常常静观它们。

一年年末，王羲之写了一副春联——春风春雨春色，新年新岁新景——

贴在大门两侧。第二天,开门一看,竟然不见了。王羲之也不生气,笑了笑,再写一副:莺啼北星,燕语南郊。这副春联如此短小,如果专偷春联的人,肯定不会偷。谁知道,第二天开门一看,还是被人趁夜揭走了。想了一想,王羲之又提起笔,写了一副。写好后,他命家人剪掉下半,只贴上半。晚上,揭联的人一看,左面竟是"祸不单行",右面是"福无双至"。第二天就是大年初一,谁家愿意贴这么一副对联。非常失望,小偷悻悻而回。初一天还没亮,王羲之府上的春联已经变成:福无双至今朝至,祸不单行昨夜行。众人看了,连声喝彩,连没偷到对联的小偷都叹服不已。其实,小偷不是想偷对联,而是想要王羲之的字。王羲之的字,无论以前,还是现在,都是一字千金。

《晋书》记载,蕺山有一位老妇人卖六角竹扇,但做工不好,无人问津。见老妇人垂垂老矣,非常可怜。王羲之走上前,在每柄竹扇上各写五个字。老妇人不识字,王羲之又写得龙飞凤舞,她就脸有愠色。王羲之笑道:"但言是王右军书,以求百钱邪。"老妇人刚开口叫卖,人人疯狂抢购,有如怒潮爆发。

还有一次,王羲之去门生家,见小桌子光滑干净,兴趣来了,写了几个字。那几个字,有各种书法,草体字不少,相当潦草。门生的父亲不识宝,感觉弄脏了桌子,找来菜刀,刮削了半天,才刮干净。王羲之的字号称入木三分,可以想象,老人刮削时一定很吃力,并且心里咒骂王羲之。门生回家,见王羲之的字被刮削了,又惊又懊,几天闷闷不乐。

此外,听说会稽有一位老妇人养了一只很神奇的白鹅,叫起来非常好听,王羲之很喜欢,派人去买,但老妇人不卖。王羲之不是强夺他人所好的人,买不到,就打算亲自去看看。有一种说法,王羲之的字写得那么好,皆因从观看白鹅之中,妙悟而得。听说大书法家王羲之登门拜访,老妇人惭愧没好的款待,抓住白鹅,一刀杀了。王羲之一行到时,白鹅已经被煮熟了,正冒着香喷喷的热气。为此,王羲之"叹惜弥日"。这是王羲之的第三吃。

王羲之以书法著称,但没有留传下来一幅真迹。就算现今最贵重的《兰亭集序》,也是摹本。